Diogenes Taschenbuch 21182

EDGAR ALLAN POE wurde 1809 in Boston geboren. Nach dem frühen Tod seiner Mutter nahm ihn die Tabakhändlerfamilie Allan auf: Aus Edgar Poe wurde Edgar Allan. 1826 begann er ein Studium an der University of Virginia. Während dieser Zeit veröffentlichte er seinen ersten Gedichtband im Selbstverlag. Um seinen Gläubigern zu entkommen, trat er 1827 dem Militär bei. Ab 1832 erschienen seine Short-Stories und Gedichte in diversen Zeitschriften, mit C. Auguste Dupin schuf er zudem den ersten Detektiv der Weltliteratur. Poe starb 1849 unter mangelhaft aufgeklärten Umständen in Baltimore.

Edgar Allan Poe

Der Untergang des Hauses Usher

*und andere Geschichten
von Schönheit, Liebe
und Wiederkunft*

Diogenes

Die vorliegende deutsche Übersetzung
erschien erstmals als Band 11 der
Gesamtausgabe der Werke Edgar Allan Poes,
herausgegeben von Theodor Etzel
im Propyläen Verlag, Berlin 1922
Nachweis der Übersetzungen am Schluß des Bandes
Covermotiv: Illustration von Aubrey Beardsley,
›Der Untergang des Hauses Usher‹, 1895
(eine der 4 Illustrationen Beardsleys
zu ›Tales of Edgar Allan Poe‹)

Veröffentlicht als Diogenes Taschenbuch, 1984
Alle Rechte vorbehalten
Copyright © 1984
Diogenes Verlag AG Zürich
info@diogenes.ch · www.diogenes.ch
In Fragen zur Produktsicherheit (GPSR):
truepages UG (haftungsbeschränkt)
Westermühlstraße 29, 80469 München
info@truepages.de
ASR / 20 / 852 / 9
ISBN 978 3 257 21182 5

Inhalt

Berenice

Dicebant mihi sodales, si sepulcrum amicae visitarem, curas meas aliquantulum fore levatas.

Ebn Zaiat

Mannigfach sind Trübsal und Not. Unglück und Gram sind vielgestaltig auf Erden. Gleich dem Regenbogen spannt sich das Unglück von Horizont zu Horizont, und gleich den Farben des Regenbogens sind seine Farben vielfältig und scharf abgegrenzt und dennoch innig miteinander verwoben. Wie kommt es, daß Schönheit mir zum Kummer wurde, daß selbst aus Friedsamkeit ich nur Gram zu schöpfen wußte? Doch wie die Ethik lehrt, daß das Böse eine Konsequenz des Guten sei, so lehrt uns das Leben, daß die Freude die Trauer gebiert. Entweder ist die Erinnerung vergangener Seligkeit die Pein unseres gegenwärtigen Seins, oder die Qualen, die sind, haben ihren Ursprung in den Wonnen, die gewesen sein könnten.

Mein Taufname ist Egäus, meinen Familiennamen will ich verschweigen. Doch gibt es keine Burg im Lande, die stolzer und ehrwürdiger wäre als mein Geburtshaus mit seinen düstern grauen Hallen. Man hat unser Geschlecht ein Geschlecht von Hellsehern genannt. Und dieser Glaube wurde bestärkt durch allerlei Sonderlichkeiten im Baustil des Herrenhauses, in den Fresken des Hauptsaales, in den Wandteppichen der Schlafgemächer, in den Ornamenten einiger Gewölbepfeiler der Waffenhalle, besonders aber in der Galerie alter Gemälde, in Form und Ausstattung des Bibliothekzimmers und schließlich auch in seinen äußerst seltsamen Bücherschätzen selbst.

Die Erinnerung an meine frühesten Lebensjahre ist mit jenem Zimmer und seinen Büchern, von denen ich nichts Näheres mehr sagen will, innig verknüpft. Hier starb meine

Mutter. Hier wurde ich geboren. Doch es ist überflüssig, zu sagen, daß ich schon früher gelebt, daß meine Seele schon ein früheres Dasein gehabt hatte. Ihr leugnet es? Nun, wir wollen nicht streiten. Selbst überzeugt, suche ich nicht zu überzeugen. Jedoch – ich habe ein Erinnern an luftzarte Gestalten, an geisterhafte, bedeutsame Augen, an harmonische, doch trauervolle Laute; ein Erinnern, das sich nicht bannen läßt, ein Erinnern, das einem Schatten gleich sich nicht von meiner Vernunft loslösen läßt, solange ihr Sonnenlicht bestehen wird.

In jenem Zimmer also wurde ich geboren. Da ich solcherweise, aus der langen Nacht des scheinbaren Nichts erwachend, in ein wahres Märchenland eintrat, in einen Palast von Vorstellungen und Träumen, in die wunderlichen Reiche klösterlich einsamen Denkens und Wissens, so ist es nicht erstaunlich, daß ich mit überraschten, brennenden Blicken in diese Welt starrte, daß ich meine Knabenjahre im Durchstöbern von Büchern vergeudete, meine Jünglingszeit in Träumen verschwendete. Erstaunlich aber ist es, welch ein Stillstand über die sprudelnden Quellen meines Lebens kam, als die Jahre dahingingen und auch mein Mannesalter mich noch im Stammhaus meiner Väter sah, erstaunlich, welch vollständige Umwandlung mit meinem Wesen, mit meinem ganzen Denken vor sich ging. Die Realitäten des Lebens erschienen mir wie Visionen und immer nur wie Visionen, während die wunderlichen Ideen aus Traumlanden nicht nur meinem täglichen Leben Inhalt gaben, sondern ganz und gar zu meinem täglichen Leben selber wurden.

Berenice war meine Kusine, und wir wuchsen zusammen in den Hallen meiner Väter auf. Doch wir entwickelten uns sehr verschieden: ich schwächlich von Gesundheit und der Trübsal verfallen, sie ausgelassen, anmutig und von übersprudelnder Lebenskraft; ihrer warteten die spielenden Freuden draußen in freier Natur, meiner die ernsten Studien in klösterlicher Einsamkeit. Ich lauschte und lebte nur meinem eignen Herzen und ergab mich mit Leib und Seele dem angestrengtesten und qualvollsten Nachdenken; sie schlenderte sorglos durchs Leben und achtete nicht der Schatten, die auf ihren Weg fielen, und nicht der rabenschwarzen Schwingen, mit denen die Stunden schweigend entflohen. Berenice! Ich beschwöre ihren Namen herauf – und aus den grauen Trümmern des Gedenkens erheben sich jäh tausend ungestüme Erinnerungen! Ah, leibhaftig steht ihr Bild jetzt vor mir, so wie in jungen Tagen ihrer Leichtherzigkeit und ihres Frohsinns! O wundervolle, himmlische Schönheit! O Sylphe, die durch die Gebüsche Arnheims schwebte! O Najade, die seine Quellen und Bäche belebte! Und dann, dann wird alles grauenvolles Geheimnis, wird zu seltsamer Spukgeschichte, die verschwiegen werden sollte. Krankheit, verhängnisvolle Krankheit befiel ihren Körper; plötzlich – vor meinen Augen fast – brach die Zerstörung über sie herein, durchdrang ihren Geist, ihr Gebaren, ihren Charakter und vernichtete mit schrecklicher, unheimlicher Gründlichkeit ihr ganzes Wesen, ihre ganze Persönlichkeit! Weh! Der Zerstörer kam und ging! Und das Opfer – wo blieb es? Ich kannte es nicht mehr – erkannte es nicht mehr als Berenice!

Unter der Gefolgschaft dieser ersten verderbenbringenden Krankheit, die eine so gräßliche Umwandlung in Körper und Seele meiner Kusine herbeiführte, ist als quälendste und hartnäckigste Erscheinung eine Art Epilepsie zu nennen, die nicht selten in Starrsucht endete – in Starrsucht, die endgültiger Auflösung täuschend ähnlich war. Das Erwachen aus diesem Zustand war in den meisten Fällen erschreckend jäh.

Inzwischen nahm meine eigne Erkrankung – denn als solche, sagte man mir, sei mein Zustand anzusehen – mehr und mehr Besitz von mir und entwickelte sich zu einer neuartigen und äußerst seltsamen Monomanie, die von Stunde zu Stunde an Stärke zunahm und schließlich unerhörte Macht über mich gewann. Diese Monomanie – wenn ich so sagen muß – bestand in einer krankhaften Reizbarkeit jener geistigen Eigenschaft, die man mit Auffassungsvermögen bezeichnet.

Es ist mehr als wahrscheinlich, daß ich nicht verstanden werde; aber ich fürchte in der Tat, daß es ganz unmöglich ist, dem Verständnis des Durchschnittslesers einen auch nur annähernden Begriff davon zu geben, mit welcher nervösen interessierten Hingabe bei mir die Kraft des Nachdenkens (um Fachausdrücke zu vermeiden) sich eifrig betätigte, sich verbiß und vergrub in die Betrachtung sogar der allergewöhnlichsten Dinge von der Welt.

Ich konnte stundenlang von der belanglosesten Textstelle oder Randglosse eines Buches gefesselt werden; ich konnte den größten Teil eines Sonnentages damit zubringen, irgendeinen schwachen Schatten zu beobachten, der über eine Wand oder den Fußboden hinzog; ich konnte eine ganze Nacht lang das stille Lampenlicht betrachten oder dem Flammenspiel des Kaminfeuers zuschauen; ganze Tage verträumte ich über dem Duft einer Blüte, oder ich sprach irgendein monotones Wort so lange vor mich hin, bis es keinen Sinn mehr hatte und nur noch Klang zu sein schien; ich verlor jedes Bewußtsein meiner physischen Existenz, indem ich mich vollkommner Ruhe hingab, mich nicht rührte und regte und halsstarrig stundenlang so verweilte. Dies sind einige der häufigsten und harmlosesten Grillen, die mich plagten – die Folge eines Geisteszustandes, der vielleicht gar nicht so selten ist, sicherlich aber jeder Analyse oder Erklärung spottet.

Doch man darf mich nicht mißverstehen. Die an so nichtige Dinge gehängte, tief ernste, krankhaft übertriebne Aufmerksamkeit ist nicht mit jenem Hang zu Grübeleien zu verwechseln, den mehr oder weniger wohl alle Menschen besitzen und der besonders Leuten von starker Einbildungskraft eigentümlich ist. Es war nicht einmal, wie man leichthin hätte annehmen können, ein besonders übertriebnes Stadium dieses Hinträumens, sondern etwas ganz und gar anderes. Jene Träumer und Phantasten, die von irgendeinem meist wirklich interessanten Gegenstande angezogen werden, verlieren dieses ursprüngliche Objekt bald aus den Augen, weil sein Anblick eine ganze Gedankenkette in ihnen aufrollt und eine Anzahl von Folgerungen und Betrachtungen in ihnen erweckt; und wenn sie dann aus solchen – meist angenehmen – Träumereien erwachen, so ist der Gegenstand, der diese Träumereien veranlaßte, ihrem Bewußtsein völlig entschwunden. In meinem Falle jedoch war es stets ein ganz nichtiger Gegenstand, an den meine Betrachtung sich knüpfte, wenngleich er infolge meines krankhaft intensiven Anschauungsvermögens vielfältige und übertriebne Bedeutsamkeit bekam. Meine Gedanken schweiften nur wenig ab und kehrten stets eigensinnig wieder zu ihrem Ausgangspunkt zurück. Diese Grübeleien waren niemals angenehm, und wenn sie endeten, so hatte der Gegenstand, von dem sie ausgingen, für mich ein unnatürlich gesteigertes Interesse bekommen, und eben dies war es, was den charakteristischen Zug meines Übels ausmachte. Kurz gesagt: in meinem Fall handelte es sich um ein abnorm konzentriertes Anschauungsvermögen, während das Wachträumen normaler Menschen auf ein Analysieren und Folgern hinausläuft.

Wenn auch die Bücher, mit denen ich mich damals beschäftigte, diesen krankhaften Zustand nicht gerade hervorgerufen hatten, so trug ihr phantastischer und oft unlogischer Inhalt immerhin viel dazu bei, mein Leiden so eigenartig auszubilden. Ich erinnere mich unter anderm noch gut der Abhandlung des edlen Italieners Coelius Secundus Curio »DE AMPLITUDINE BEATI REGNI DEI«, des großen Werkes des heiligen Augustinus »Die Stadt Gottes« und ferner des Tertullian »DE CARNE CHRISTI«, in welchem der paradoxe Satz: »MORTUUS EST DEI FILIUS; CREDIBILI EST QUIA INEPTUM EST; ET SEPULTUS RESURREXIT; CERTUM EST QUIA IMPOSSIBILE EST«, mich zu tiefem, fruchtlosem Nachsinnen veranlaßte und viele Wochen lang meine Zeit gänzlich in Anspruch nahm.

So konnte mein Verstand, den nur die trivialsten Dinge aus dem Gleichgewicht brachten, mit jenem Meeresfelsen verglichen werden, von dem Ptolomäus Hephästion sagt, daß er allen menschlichen Angriffen widerstand, ja selbst der heftigen Wut von Wind und Wellen trotzte, der aber erbebte, sobald er mit der Blume Asphodelos berührt wurde. Ein oberflächlicher Beurteiler möchte wohl nun mit Bestimmtheit annehmen, daß die Veränderung, die Berenices unglückselige Krankheit in ihrem Seelenzustand hervorgerufen hatte, mir häufig Gelegenheit für dies intensive und anormale Nachsinnen gegeben hätte, das ich soeben nach bestem Können zu beschreiben versucht habe – aber nein, dies war in keiner Weise der Fall. In meinen klaren Stunden bereitete mir ihr Leiden allerdings Schmerz, denn dieser völlige Zusammenbruch ihres heitren und edlen Lebens ging mir tief zu Herzen, und ich fragte mich oft bekümmert, welch grauenhafte Mächte einen so unerhörten Umsturz hatten herbeiführen können. Aber solche Betrachtungen hingen mit meiner Idiosynkrasie nicht zusammen, sie waren ganz so, wie sie unter analogen Umständen weitaus die meisten Menschen angestellt haben würden. Es ist vielmehr bezeichnend für die Eigenart meines Übels, daß mich die unwichtigere, doch augenfälligere Wandlung in Berenices physischem Zustand – diese sonderbare und grauenhafte Vernichtung ihrer wirklichen, sichtbarlichen Persönlichkeit – weit mehr fesselte.

Sicherlich habe ich sie in den strahlenden Tagen ihrer unvergleichlichen Schönheit nie geliebt. Infolge meiner seltsamen Anomalie waren meine Gefühle nie vom Herzen – waren meine Neigungen stets vom Verstand ausgegangen. Im frühen Morgengrau – im schattigen Gitterwerk des mittäglichen Waldes – nächtens in der Stille meines Studierzimmers – wann und wo sie mir je vor Augen trat, immer war es mir, als sei sie nicht die lebende, atmende Berenice, sondern eine Traumgestalt; sie erschien mir nicht als ein irdisches Geschöpf, sondern als die Abstraktion eines solchen – nicht als etwas, das man bewundern, sondern als etwas, dem man nachsinnen müsse – nicht als ein Wesen zum Lieben, sondern als ein Thema zu tiefgründigem Erforschen. Und jetzt – jetzt schauderte ich bei ihrem Nahen und erbleichte bei ihrem Anblick. Aber ich beklagte ihren Verfall bitter, und ich erinnerte mich, daß sie mich seit langem liebte, und so kam es, daß ich ihr in einer schlimmen Stunde von Heirat sprach.

Und als die Zeit nahte, da wir Hochzeit halten wollten, saß ich an einem Winternachmittag eines jener wunderbaren warmen, stillen und umschleierten Tage, die man die Amme des schönen Eisvogels nennt*, wie ich vermeinte ganz allein im innern Gemach der Bibliothek; aber als ich aufblickte, sah ich Berenice vor mir stehen.

War es meine eigne fiebernde Einbildungskraft oder eine Wirkung der dunstigen Atmosphäre oder das trübe Dämmerlicht im Zimmer oder der Faltenfluß ihres grauen Gewandes, was ihr so verschwommene Konturen gab? Ich konnte es nicht sagen. Sie sprach kein Wort; und ich – nicht um alles in der Welt hätte ich ein Wort hervorbringen können. Ein eisiger Frost durchrieselte mich; eine unerträgliche Angst befiel mich; eine verzehrende Neugier durchdrang meine Seele, ich sank in meinen Sitz zurück und verharrte regungslos und hielt den Atem an und heftete meine Augen durchdringend auf ihre Gestalt. Ach, sie war entsetzlich abgemagert! Nicht eine einzige Linie, nicht eine einzige Kontur verriet noch eine Spur ihrer früheren Persönlichkeit. Meine brennenden Blicke fielen schließlich auf ihr Antlitz.

Die Stirn war hoch und sehr bleich und sonderbar starr

---

* Denn da Jupiter während der Winterzeit zweimal sieben Tage Wärme schenkt, so haben die Menschen diese milde und gemäßigte Zeit die Amme des schönen Eisvogels genannt. *Simonides*

und war über den hohlen Schläfen von zahllosen Löckchen des einst pechschwarzen Haares beschattet, das jetzt von lebhaftem Gelb war und dessen phantastische Ringel mit der souveränen Melancholie des Antlitzes seltsam kontrastierten. Die Augen waren ohne Leben und ohne Glanz und anscheinend ohne Pupillen; und ich schauderte unwillkürlich vor ihrem glasigen, starren Ausdruck zurück und wandte mich der Betrachtung der dünnen und eingesunkenen Lippen zu. Sie teilten sich zu einem sonderbar bedeutungsvollen Lächeln und enthüllten meinem Blick langsam der veränderten Berenice Zähne. Wollte Gott, daß ich sie nie gesehen hätte oder daß ich, nachdem ich sie sah, gestorben wäre!

Das Schließen einer Tür schreckte mich auf, und aufblickend bemerkte ich, daß meine Kusine das Gemach verlassen hatte. Aber in der wüsten Kammer meines Gehirns war etwas zurückgeblieben: das weiße Gespenstbild ihrer Zähne – und das ließ sich nicht mehr vertreiben. Das flüchtige Lächeln von Berenices Lippen hatte genügt, jedes Schattenfleckchen auf dem schimmernden Email, jede Einkerbung der Schneiden – kurz jedes kleinste Merkmal ihrer Zähne tief in mein Gedächtnis einzubrennen. Ich sah sie jetzt sogar deutlicher als vorhin, da ich sie wirklich vor Augen hatte. Die Zähne! – Die Zähne! – Sie waren hier, waren dort, sie waren überall – sichtbar, greifbar vor mir; lang, schmal und übermäßig weiß, umwunden von den bleichen Lippen – ganz so wie in jenem Augenblick, da jenes verhängnisvolle Lächeln sie zuerst enthüllte.

Dann kam meine Monomanie mit voller Wut über mich, und ich wehrte mich vergeblich gegen ihre unerklärliche, bezwingende Gewalt. Alle Gegenstände und Ereignisse um mich her schienen zu versinken – ich hatte nur noch Gedanken für diese Zähne. Nach ihnen trug ich ein wahnsinniges Verlangen. Die Welt und alles, was mich mit ihr verband, schwand hin vor diesem einen, einzigen Bild. Sie, die Zähne, sie allein waren meinem geistigen Auge gegenwärtig – und sie, in ihrer ausgesprochenen Individualität, wurden zum einzigen Gedanken meines Geistes. Ich hielt sie in jede Beleuchtung. Ich betrachtete sie von allen, allen Seiten. Ich studierte ihren Charakter. Ich verweilte bei ihren einzelnen Eigentümlichkeiten. Ich vertiefte mich in die Übereinstimmungen und Abweichungen, die die Zähne in ihrer Formbildung aufwiesen. Ich entsetzte mich, als ich ihnen in Gedanken die Fähigkeit sinnlichen Empfindens und, auch ohne daß die Lippen sie unterstützten, seelisches Ausdrucksvermögen zuschrieb. Von Mademoiselle Salle hat man mit Recht gesagt: »QUE TOUS SES PAS ÉTAIENT DES SENTIMENTS«, und von Berenice glaubte ich weit überzeugter: QUE TOUS SES DENTS ÉTAIENT DES IDÉES. DES IDÉES! – ah, war dies der idiotische Gedanke, der mich zugrunde richten sollte? Des idées – ah, das war es, weshalb ich diese Zähne so wahnsinnig begehrte! Ich fühlte, daß einzig ihr Besitz mir Frieden bringen – mich der Vernunft zurückgeben konnte.

Und so wurde es Abend – und Nacht kam und verweilte und ging – und wieder dämmerte der Tag – und die Nebel einer zweiten Nacht sammelten sich rings – und immer noch saß ich regungslos in jenem einsamen Zimmer – und immer noch saß ich in Betrachtungen vergraben – und immer noch übte das Gespenst der Zähne, das da mit lebhafter und gräßlicher Deutlichkeit im Wechsel von Licht und Schatten durchs Zimmer schwebte, seine schreckliche Gewalt.

Da brach in meine Traumversunkenheit ein Ruf voll Grausen und Bestürzung; und nach einer Pause vernahm ich Geräusch banger Stimmen, untermischt mit Klagelauten des Schmerzes. Ich erhob mich von meinem Sitz, und als ich die Tür zum Vorzimmer aufwarf, fand ich dort eine Magd, die mir in Tränen aufgelöst berichtete, daß Berenice nicht mehr sei! Sie war am frühen Morgen einem Anfall von Epilepsie erlegen, und jetzt, beim Hereinbrechen der Nacht, wartete das Grab auf seinen Bewohner; alle Vorbereitungen zur Bestattung waren beendet.

Ich fand mich im Bibliothekzimmer sitzend – und wieder allein dort sitzend. Es schien, als sei ich wiederum aus einem wirren und aufregenden Traum erwacht. Ich wußte, daß jetzt Mitternacht war, und ich wußte recht gut, daß man Berenice bei Sonnenuntergang in die Erde gebettet hatte. Doch von den nachfolgenden dunklen Stunden hatte ich keine bestimmte und klare Erinnerung. Dennoch gedachte ich ihrer voll Grauen – einem Grauen, das um so entsetzlicher war, als ich es nicht an bestimmte Vorgänge zu binden vermochte. Es war in den Aufzeichnungen meines Lebens das furchtbarste Blatt, über und über mit dunklen, gräßlichen und unfaßbaren Erinnerungen bekritzelt. Ich versuchte, sie zu entziffern, aber es war unmöglich, und zwischendurch – wie das Gespenst eines verklungenen Rufes – gellte hin und wieder der schrille und durchdringende Schrei einer weiblichen Stimme mir in die Ohren. Ich hatte irgend etwas getan – was war es? Ich stellte mir laut diese Frage, und die flüsternden Echos des Zimmers antworteten mir – »was war es?«

Auf dem Tisch neben mir brannte eine Lampe, und daneben lag eine kleine Schachtel. Sie hatte durchaus nichts Auffallendes, und ich hatte sie schon manchmal gesehen, denn sie war Eigentum des Hausarztes; wie aber kam sie hier auf meinen Tisch, und warum schauderte ich, wenn ich sie ansah? Diese Fragen wollten sich in keiner Weise beantworten lassen. Meine Blicke fielen schließlich auf den unterstrichenen Satz eines offen vor mir liegenden Buches. Es waren die sonderbaren, doch einfachen Worte des Dichters Ebn Zaiat: »DICEBANT MIHI SODALES, SI SEPULCRUM AMICAE VISITAREM, CURAS MEAS ALIQUANTULUM FORE LEVATAS.« – Warum nur standen mir die Haare zu Berge, als ich dies las, warum erstarrte mir das Blut in den Adern?

Es wurde leise an die Tür geklopft, und bleich wie der Tod trat ein Diener auf Zehenspitzen herein. Seine Blicke waren voll wahnsinnigen Entsetzens, und er sprach bebend zu mir mit gedämpfter, heiserer Stimme. Was sagte er? Einige abgerissene Sätze hörte ich. Er sprach von einem wilden Schrei, der das Schweigen der Nacht gebrochen habe – daß das Hausgesinde zusammengeströmt sei – daß man in der Richtung des Schreies auf Suche gegangen sei; und dann wurde seine Stimme unheimlich deutlich, als er von Grabschändung redete – von einem aus dem Sarg gerissenen, entstellten Körper, der noch atmete – noch pulste – noch lebte!

Er deutete auf meine Kleider; sie waren von Erde beschmutzt und mit Blut bespritzt. Ich sagte nichts, und er ergriff sanft meine Hand: sie trug frische Kratzwunden von Fingernägeln. Er lenkte meine Aufmerksamkeit auf einen an die Wand gelehnten Gegenstand: es war ein Spaten. Mit schrillem Aufschrei sprang ich an den Tisch und riß die Schachtel an mich, die dort lag. Aber es wollte mir nicht gelingen, sie zu öffnen. Und sie entglitt meinen zitternden Händen und schlug hart zu Boden und sprang in Stücke. Und heraus rollten klappernd zahnärztliche Instrumente und zweiunddreißig kleine, weiße, elfenbeinschimmernde Dinger und verstreuten sich rings auf den Fußboden . . .

Morella

Αυτο καθ' αυτο μεθ' αυτου, μονο ειδες
αιει ον.

Plato, Symposion

Ein Gefühl tiefer, jedoch höchst seltsamer Zuneigung verband mich meiner Freundin Morella. Ein Zufall war's, der mich vor vielen Jahren mit ihr zusammenführte, aber seit unserer ersten Begegnung brannte meine Seele in fremder, entfesselter Glut. Das war nicht die Flamme des Eros, das war ein seltsam wilder Seelenbrand, und bitter und qualvoll war meinem Geist die wachsende Überzeugung, daß ich das rätselhafte Wesen dieser Gluten auf keine Weise zu ergründen noch ihr Aufflammen und Niedersinken zu beherrschen vermochte.

Und das Schicksal, das uns zueinander geführt hatte, band uns am Altar zusammen. Doch sprach ich nie ein Wort, daß Leidenschaft gewesen wäre, dachte nie einen Gedanken, der Liebe bedeutet hätte. Morella aber floh jede Geselligkeit und schloß sich innig an mich an und machte mich glücklich – denn Staunen und Träumen ist Glück.

Morellas Gelehrsamkeit war unergründlich. Bei meinem Leben! ihre vielseitige Begabung war geradezu übernatürlich – ihre Verstandeskräfte waren gigantisch! Ich wußte das und wurde in vielen Dingen ihr Schüler. Es begann damit, daß sie mir eine Anzahl jener mystischen Schriften vorlegte, die man gemeiniglich nur als den Abschaum der frühen deutschen Literatur ansieht. Das Studium dieser Werke – aus mir unverständlichen Gründen – bildete ihre liebste und andauerndste Beschäftigung, und daß es auch die meine wurde, ist einfach dem unwiderstehlichen Einfluß von Beispiel und Gewohnheit zuzuschreiben.

Mit alledem hatte, wenn ich nicht irre, mein Verstand wenig zu schaffen. Soviel ich weiß, stimmte meine Weltanschauung durchaus nicht mit den Idealen dieser Leute überein, und auch in meinem Tun und Denken war keine Spur von ihrem Mystizismus zu entdecken. Ich wenigstens hatte diese Überzeugung und überließ mich daher ruhig und blindlings der Führung meiner Frau, der ich unerschrocken in allen ihren Studien folgte. Und dann – dann, wenn ich, über geächtete, verderbliche Blätter gebeugt, fühlte, wie ein verderblicher Geist sein Feuer in mir entzündete, kam Morella und legte ihre kalte Hand auf meine heiße Hand und entfachte aus der Asche einer toten Philosophie irgendwelche fast bedeutungslosen, doch eigentümlichen Worte, deren seltsamer Sinn sich flammend in mein Gedächtnis grub. Und dann – dann ging ich Stunde um Stunde nicht von ihrer Seite und berauschte mich am Wohlklang ihrer Stimme, bis diese mir zum Überdruß und schließlich zum Entsetzen wurde und schwarze Schatten sich auf meine Seele lagerten und bis ich erbleichte und tief im Innern vor den fast überirdischen Lauten schauderte. Und so wurden plötzlich Glück und Freude zu Entsetzen und namenlosem Abscheu, und Schönheit weckte Grauen, so wie einst aus dem Tale Hinnom das Gehenna geworden war.

Es ist unnötig, über die einzelnen Probleme, die jene alten Bücher in uns anregten und die lange, lange Zeit fast das einzige Thema unserer Gespräche bildeten, viel zu sagen. Alle die, die etwas von »theologischer Moral« verstehen, kennen diese Fragen sehr gut, und jene, die darin unerfahren sind, würden mich sicherlich kaum verstehen. Der wilde Pantheismus Fichtes, die gemäßigtere Lehre der Pythagoräer von der Wiederkunft und vor allem die Identitätsdoktrinen, wie Schelling sie aufstellte, bildeten den hauptsächlichsten Stoff für unsere Diskussionen und schienen die phantasievolle Morella am tiefsten und schönsten anzuregen. Jene sogenannte persönliche Identität definiert Locke, wie ich glaube, als das dauernde Bestehen eines jeden vernunftbegabten Daseins. Und da wir unter »Person« ein intelligenz-

und vernunftbegabtes Wesen verstehen und da alles Denken stets von Bewußtsein begleitet ist, so formt dieses beides gemeinsam unser »Ich« und unterscheidet uns durch Verleihung unserer »persönlichen Identität« von anderen denkenden Wesen. Doch das »PRINCIPIUM INDIVIDUATIONIS«, der Begriff dieser Identität, die mit dem Tode verloren oder nicht verloren geht, war mir stets ein Problem von außerordentlicher Bedeutung, nicht allein wegen seiner verwirrenden und aufregenden Konsequenzen, sondern auch wegen der sonderbaren und eifrigen Art und Weise, in der Morella es behandelte.

Doch die Zeit war gekommen, in der das Geheimnisvolle im Wesen meines Weibes mich wie ein Alp, ein Zauber bedrückte. Ich konnte die Berührung ihrer bleichen Finger nicht ertragen, ich konnte den sanften Klang ihrer tönenden Sprache, den Glanz ihrer melancholischen Augen nicht ertragen. Und sie wußte all dies und hielt es mir doch niemals vor. Sie schien meine Schwäche, meine Manie zu kennen und nannte es lächelnd »Schicksal«. Selbst die mir unbekannte Ursache für meine sich steigernde Abneigung schien sie zu kennen, doch machte sie nie eine Andeutung, die mir auf die Spur geholfen hätte. Aber sie war Weib und härmte sich und schwand hin und welkte von Tag zu Tag. Mit der Zeit erschien und blieb auf ihren Wangen eine bedeutungsvolle Röte, und die blauen Adern auf ihrer bleichen hohen Stirn schwollen an. Und wenn mein Wesen für einen Augenblick in Mitleid schmolz, so traf mich im nächsten das Aufleuchten ihrer bedeutsamen Augen – und meine Seele entsetzte sich und wurde von einem Schwindel ergriffen, wie er uns befällt, wenn wir hinab in einen grausig düsteren, unergründlichen Abgrund spähen.

Muß ich noch sagen, daß ich mit tiefem, aufreibendem Verlangen die Stunde von Morellas Ableben herbeiwünschte? Ich tat es. Aber der schwache Geist klammerte sich noch Tage, Wochen, Monate an seine zerbrechliche Hülle; und es kam so weit, daß meine gemarterten Nerven Herrschaft über mich gewannen. Dies Hinzögern machte mich rasend, und mein teuflisches Herz verfluchte die Tage und die Stunden und die bitteren Minuten, die länger und länger zu werden schienen, je mehr ihr zartes Leben dahinschmolz, wie Schatten länger und länger werden im sterbenden Tag.

Aber eines Herbstabends, als alle Winde im Himmelsraum schliefen, rief mich Morella an ihr Bett. Ein trüber Nebel lagerte über der Erde und ein warmer Glanz auf den Wassern, und die Farben des herbstlichen Waldes glühten so bunt, als sei ein Regenbogen vom Firmament herabgefallen und in Millionen bunte Scherben zersplittert.

»Dies ist der Tag der Tage«, sagte sie, als ich zu ihr trat. »Der Tag der Tage – sei es zum Leben oder Sterben. Ein schöner Tag für die Söhne der Erde und des Lebens – ah, schöner für die Töchter des Himmels und des Todes!«

Ich küßte sie auf die Stirn, und sie fuhr fort:

»Ich sterbe, dennoch werde ich leben!«

»Morella!«

»Die Tage, da du mich lieben konntest, sind nie gekommen – doch sie, die du im Leben verabscheutest – im Tode sollst du sie anbeten.«

»Morella!«

»Ich wiederhole es: – ich sterbe. Doch in mir lebt ein Unterpfand der Neigung, die du – ach wie gering! – für mich, Morella, fühltest. Und wenn mein Geist entflieht, wird das Kind leben – dein Kind und meines, Morellas! Doch deine Tage werden Tage der Sorge sein – der Sorge, die beständiger ist als alles andere, gleichwie die Zypresse ausdauernder ist als alle anderen Bäume. Denn die Stunden deines Glückes sind vorüber, und Freude erblüht nicht zweimal im Leben, nicht zweimal, wie die Rosen von Paestum zweimal blühen im Jahre. Rebe und Myrte werden dir unbekannt sein, und du wirst, gleich den Moslemin in Mekka, auf Erden schon dein Leichentuch mit dir herumtragen.«

»Morella!« schrie ich auf, »Morella! Wie kannst du das wissen?«

Aber sie wendete das Gesicht ab, und ein leises Zittern überlief ihre Glieder. Sie starb, und ihre herrliche, ihre entsetzliche Stimme war tot.

Doch wie sie es vorausgesagt hatte, geschah es. Ihr Kind, das sie sterbend geboren hatte und das den ersten Atemzug tat, als seine Mutter den letzten tat, dies Kind, ein Mädchen, lebte. Und es entwickelte sich geistig und körperlich außerordentlich schnell, war das vollkommene Ebenbild von ihr, die jetzt dahingeschieden war, und ich liebte es mit einer Liebe, deren Glut und Innigkeit mir oft wie eine Kraft aus einer anderen Welt erschien.

Doch nicht lange, da verdunkelte sich der Himmel dieser reinen Zuneigung, denn Grausen und Kummer jagten wie ungeheure verderbenbringende Wolken darüber hin. Ich sagte schon, das Kind entwickelte sich außerordentlich früh an Körper und Geist. Und in der Tat, sein schnelles leibliches Wachstum war geradezu befremdend. Aber schrecklich, o schrecklich waren die tobenden Gedanken, die mich überstürzten, wenn ich des Kindes geistiger Entwicklung folgte. Wie konnte es anders sein? Entdeckte ich doch täglich in den Vorstellungen der kindlichen Seele die abnorme Begabung und das ausgereifte Wissen des Weibes, vernahm aus dem kindlichen Munde die genialsten Erfahrungssätze, die Menschen jemals aufgestellt haben, und sah im Auge des Kindes die Weisheit und Leidenschaftlichkeit vollkommener Reife glühen.

Als alle diese Erscheinungen meinen erschreckten Sinnen offenbar wurden, als meine Seele sie in sich aufgenommen hatte – war es da zu verwundern, daß ein entsetzlicher Argwohn mich befiel in der quälenden Erinnerung an die grausigen Phantasien und unerhörten Theorien der verstorbenen Morella?

Und ich verbarg dies junge Wesen, das ich anbetete, vor

den Blicken und Einflüssen der Welt, und in der vollständigen Abgeschlossenheit meines Heims wachte ich mit aufreibender Sorge über alles, was dieses geliebte Wesen betraf.

Und wie die Jahre dahinflossen und ich Tag um Tag in ihr heiliges und mildes und beredtes Antlitz spähte und Tag um Tag ihr Wachsen und Reifen bemerkte, geschah es, daß ich Tag um Tag neue Dinge fand, in denen die Tochter vollständig ihrer Mutter – der schwermütigen und toten – glich. Und stündlich verdichteten sich diese Schatten einer unnatürlichen Ähnlichkeit und wurden immer tiefer und immer bestimmter und immer beängstigender – und immer grauenvoller anzusehen. Daß ihr Lächeln dem Lächeln ihrer Mutter vollkommen glich, das hätte ich ertragen können; aber dann, plötzlich, schauderte ich, denn ihr Lächeln war nicht nur dem Morellas gleich – es war mit ihm identisch! Daß ihre Augen den Augen Morellas glichen, konnte ich hinnehmen, aber manchmal, oft, drang der Tochter Blick in die Tiefen meiner Seele mit einer verwirrenden Eindringlichkeit, wie sie eben nur Morella eigen sein konnte. Und in den Umrissen der hohen Stirn und in den seidigen Locken ihres Haares, in den bleichen Fingern, die mit diesen Locken spielten, und in der klagenden Musik ihrer Stimme und vor allem – o! vor allem in den Redewendungen der Toten, die von den Lippen der Lebenden und Geliebten flossen, fand ich Nahrung für die aufreibendste Gedankenarbeit und für das rastloseste Entsetzen – für den Wurm, der niemals sterben wollte!

So vergingen die ersten zehn Jahre ihres Lebens, und noch immer hatte meine Tochter keinen Taufnamen. »Mein Kind« und »mein Liebling« sind ja übliche Benennungen, wie Vaterliebe sie findet, und die strenge Abgeschlossenheit, in der sie lebte, schloß jeden weiteren Verkehr aus und machte daher einen anderen Namen überflüssig. Morellas Name war mit ihr gestorben. Ich hatte der Tochter niemals von der Mutter gesprochen; es war unmöglich, von ihr zu sprechen. Tatsächlich hatte also das Kind in seinem jungen Leben keine anderen Eindrücke empfangen als diejenigen, die sich ihm in den engen Grenzen unserer Zurückgezogenheit bieten konnten.

Doch schließlich vermeinte mein abgehetzter Geist durch die Zeremonie der Taufe Erlösung zu finden. So führte ich also das Kind zur Taufe. Und als ich vor dem Taufbecken stand, suchte ich nach einem Namen. Viele Namen voll Weisheit und Schönheit, aus alter und neuer Zeit, aus meiner Heimat und aus fremden Ländern, drängten sich mir auf die Lippen, und viele, viele Namen für Sanftes und Frohes und Gutes. Was trieb mich nur dazu an, die Ruhe der Toten und Begrabenen zu stören? Welcher Dämon veranlaßte mich, jenen Namen zu flüstern, bei dessen Erinnerung schon das Blut mir stürmend zum Herzen schoß? Welcher Unhold sprach aus den Tiefen meiner Seele, als ich in schweigender Nacht mitten im düsteren Kreuzgang in das Ohr des heiligen Mannes die Silben flüsterte: »Morella!« Und wer anders als Satan selbst veranlaßte mein Kind, bei diesem kaum vernehmbaren Laut zusammenzuschrecken, die verglasten Blicke gen Himmel zu heben und mit zuckendem Gesicht, auf dem die Schatten des Todes kämpften, auf die schwarze Marmorplatte unserer Familiengruft niederzusinken und zu antworten: »Hier bin ich!«

Klar, kalt und vollkommen deutlich trafen diese einfachen Worte mein Ohr und rollten von da wie geschmolzenes Blei zischend in mein Gehirn. Jahr um Jahr kann dahingehen, doch niemals die Erinnerung an diesen Augenblick! Wahrscheinlich, noch wußte ich nichts von Blumen und Reben – doch Zypresse und Schierling umdrohten mich Tag und Nacht. Und ich wußte nichts mehr vom Wandel der Zeit, und der Stern meines Schicksals losch aus am Firmament, und die Erde verlor ihr Licht, und die Gestalten, die sie belebten, glitten an mir vorbei wie Schatten, und mitten unter ihnen sah ich nur – Morella! Die himmlischen Winde atmeten nur einen Laut, und die rieselnden Wellen der ewigen Wasser murmelten immerfort – Morella! Aber sie starb; und mit meinen eigenen Händen trug ich sie zu Grab. Und ich lachte ein langes, bitteres Lachen, als in der Gruft, in die ich die zweite bettete, nicht eine Spur zu finden war von der ersten – Morella.

Das Stelldichein

Erwarte mich, ich werde zu dir finden
Auch in des Schattentales finstern
Gründen.
Nachruf Henry Kings, Bischofs
von Chichester, an seine Gattin.

Unglücklicher, geheimnisvoller Mann! der du, in deine eigenen Phantasien verstrickt, hinstürztest in den Flammen deiner eigenen Jugend! Im Geiste sehe ich dich wieder, noch einmal steigst du vor mir auf. Nicht, o nicht so, wie du jetzt bist – im kalten Tal ein stummer Schatten – sondern, so wie du *sein könntest:* ein Leben köstlicher Träumereien verschwendend in jener Stadt der blassen Traumgedichte, in *deinem* Venedig, dem Elysium, das die Sterne lieben und in dem die hohen Fenster der Palastbauten Palladios in tiefem, bittrem Sinnen in die Geheimnisse der stummen Wasser hinabschauen. Ja, ich wiederhole es: – wie du *sein könntest!* Gewißlich gibt es andre Welten denn diese – andre Gedanken als jene der Menge – andre Anschauungen als jene der Sophisten. Wer also könnte dich zur Verantwortung ziehen? Wer deine träumerischen Stunden tadeln oder solches Tun ein Vergeuden nennen – ein solches Tun, das nur ein Überströmen deiner ewig jungen Kräfte war?

Es war in Venedig unter dem gedeckten Brückengang, genannt »Ponte dei Sospiri«, als ich dem Manne, von dem ich hier reden will, zum dritten oder vierten Male begegnete. Meine Erinnerung an die näheren Umstände dieser Begegnung ist wirr und dunkel. Dennoch weiß ich, wie tiefe Mitternacht es war, sehe die Seufzerbrücke, die Weibesschönheit und den Genius der Romantik, der über jenem engen Kanale schwebte.

Die Nacht war ungewöhnlich finster. Die große Uhr auf der Piazza hatte die fünfte Stunde des italienischen Abends geschlagen. Der Platz des Kampanile lag schweigend und verlassen, und die Lichter im alten Dogenpalast verlöschten eins nach dem andern. Ich kehrte auf dem Großen Kanal von der Piazetta her heim. Als aber meine Gondel gerade bei der Mündung des San-Marco-Kanals angekommen war, gellte aus einem dunklen Schlund eine weibliche Stimme in einem einzigen wilden, langgezogenen Schrei. Erschrocken sprang ich auf, während der Gondolier sein einziges Ruder fallen ließ. Ein Wiederfinden in der pechschwarzen Nacht war unmöglich, wir mußten uns also der Strömung überlassen, die hier vom großen in den kleinen Kanal treibt. Wie ein riesiger, schwarzgefiederter Kondor trieben wir langsam der Seufzerbrücke zu, als tausend Fackeln an den Fenstern und am Treppenhaus des Dogenpalastes aufflammten und mit einem Male die tiefe Nacht in bleichen, unnatürlichen Tag verwandelten.

Ein Kind war aus den Armen seiner Mutter von einem der oberen Fenster des hohen Bauwerks in den tiefen dunklen Kanal gestürzt. Die stillen Wasser hatten sich lautlos über ihrem Opfer geschlossen, und obgleich außer meiner Gondel keine einzige andere zu sehen war, kämpfte schon mancher kräftige Schwimmer mit den Fluten und suchte auf der Oberfläche vergebens nach dem Schatz, der, ach! nur drunten in der Tiefe zu finden war. Auf den breiten, schwarzen Marmorflächen am Eingang des Palastes, wenige Stufen über dem Wasser stand eine Gestalt, die keiner, der sie damals sah, jemals vergessen haben kann. Es war die »Marchesa Aphrodite« – die Angebetete von ganz Venedig – die Strahlendste der Strahlenden – von allen den Schönheiten die Lieblichste – aber dennoch das junge Weib des alten, ränkevollen Mentoni; und sie war die Mutter jenes hübschen Kindes, ihres ersten und einzigen, das jetzt tief im modrigen Wasser in bittrem Harm ihrer süßen Zärtlichkeit gedachte und sein kleines Leben erschöpfte in dem Bemühen, sie herbeizurufen.

Sie stand allein. Ihr schmaler, nackter, silberglänzender Fuß schimmerte auf dem schwarzen Marmor. Ihr Haar, das sie zur Nacht erst halb gelöst, umschmiegte inmitten einer Flut von Diamanten ihr klassisch schönes Haupt in Locken gleich denen des jungen Hyazinth. Ein schneeweißes, schleierfeines Gewand schien fast die einzige Umhüllung des zarten Körpers; doch die Mittsommer- und Mittnachtluft war heiß, dumpf und still, und keine Bewegung der statuenartig reglosen Gestalt verschob die Falten des nebelleichten Gewandes, das sie umhing, wie der schwere Marmor die Niobe umhängt. Doch – seltsam – ihre großen glänzenden Augen blickten nicht hinunter auf das Grab, das ihre strahlendste Hoffnung barg – sondern glühten in eine ganz andere Richtung. Das Gefängnis der alten Republik ist, wie ich glaube, der stattlichste Bau in ganz Venedig; aber wie konnte jene Dame es so starr betrachten, wenn ihr zu Füßen ihr eigenes Kind im Todeskampfe lag? Und jene dunkle Nische – die gerade in das Fenster jenes Zimmers hinübergähnt – was konnte in ihren Schatten, in ihrer Architektur, in ihren efeuumschlungenen düsteren Kranzgewinden sein, das die Marchesa di Mentoni nicht tausendmal vorher schon bewundert hätte? Unsinn! – Wer erinnert sich nicht, daß in solchen Schreckensmomenten das Auge gleich einem zertrümmerten Spiegel die Bilder seines Leids vervielfacht und in zahllosen, fernen Plätzen den Jammer sieht, der vor ihm liegt?

Viele Stufen höher als die Marchesa und innerhalb des Portales stand in festlichem Gewand die Satyrgestalt Mentonis. Er klimperte gelegentlich auf einer Gitarre und schien zu Tode gelangweilt, während er hie und da Befehle erteilte zur Wiederauffindung seines Kindes. Ich war so bestürzt und erschrocken, daß ich, nachdem ich bei dem entsetzlichen Schrei aufgesprungen war, mich nicht zu rühren vermochte, und so mußte ich wohl den Blicken der aufgeregten Gruppe einen gespenstischen und unheimlichen Anblick bieten, wie ich da mit bleichem Antlitz und starren Gliedern in jener trauerschwarzen Gondel an ihnen vorüberglitt.

Alle Anstrengungen waren vergebens. Selbst die Ausdauerndsten gaben die Suche auf und überließen sich düsterem Gram. Es schien nur wenig Hoffnung noch für das Kind zu sein – wie viel weniger also für die Mutter! Doch aus dem Dunkel jener Nische, von der ich schon sagte, daß sie sich am Gefängnis der alten Republik befand und dem Fenster der Marchesa gerade gegenüber lag, trat jetzt eine in einen Mantel gehüllte Gestalt ins Licht; einen Augenblick stand sie droben an der Schwelle des schwindelnden Abgrunds, dann stürzte sie sich kopfüber in den Kanal. Als der Retter gleich darauf mit dem noch lebenden, noch atmenden Kind in den Armen auf den Marmorfliesen neben der Marchesa stand, löste sich sein nasser, schwerer Mantel und fiel zu seinen Füßen nieder und enthüllte den erstaunten Zuschauern die anmutige Gestalt eines jungen Mannes, dessen Name damals in ganz Europa widerhallte.

Kein Wort sprach der Retter. Aber die Marchesa! Jetzt wird sie ihr Kind an sich nehmen – und es ans Herz drücken – wird seinen kleinen Körper streicheln – wird es in Liebkosungen ersticken. Ach! Andere Arme haben es dem Fremden abgenommen – andere Arme haben es fortgenommen und unbeachtet in den Palast getragen! Und die Marchesa! Ihr Mund, ihr schöner Mund zittert; Tränen treten in ihre Augen – in jene Augen, die so milde und fast flüssig waren. Ja! Tränen treten in diese Augen – und seht! das ganze Weib erbebt aus innerster Seele, die Statue hat Leben bekommen! Die Weiße des marmornen Antlitzes, der schwellende, marmorne Busen, das edle Weiß des marmornen Fußes werden plötzlich von tiefer Röte überflutet; und ein leichter Schauer schüttelt ihren zarten Körper, wie die sanfte Luft Neapels die silbernen Lilien im Grase.

Weshalb errötete die Dame? Auf diese Frage gibt es keine

Antwort, es sei denn die, daß sie in Hast und Schrecken ihres mütterlichen Herzens, als sie ihr stilles Gemach verließ, vergessen hatte, die kleinen Füße in Schuhe zu verbergen, und ganz vergessen hatte, über ihre venezianischen Schultern die Hülle zu werfen, die ihnen gebührt. Was sonst hätte sie veranlassen können, so zu erröten? – Was war der Grund für die wilde Klage in diesen Augen? Für den Aufruhr in diesem jagenden Busen? Für den krampfhaften Druck dieser zitternden Hand? Dieser Hand, die, als Mentoni in den Palast zurückkehrte, wie zufällig auf die Hand des Fremden sank? Welcher Grund mochte vorliegen für den leisen, den so sehr leisen Ton jener unverständlichen Worte, die von der Dame hastig geflüstert wurden, ehe sie von ihm ging? »Du hast gesiegt,« sagte sie – oder das Murmeln des Wassers müßte mich getäuscht haben –, »du hast gesiegt – eine Stunde nach Sonnenaufgang – werden wir uns treffen – so laß es sein!«

Der Tumult hatte geendet, die Lichter im Palast waren erloschen, und der Fremde, den ich jetzt wiedererkannte, stand allein auf den Fliesen. Er bebte in unerklärlicher Aufregung, und sein Auge blickte suchend nach einer Gondel umher. Es schien mir das wenigste, daß ich ihm einen Platz in der meinigen anbot. Er nahm dankend an. Wir versahen uns mit einem neuen Ruder und fuhren seiner Wohnung zu, während er seine Selbstbeherrschung schnell zurückgewann und in herzlichem Tone unserer früheren flüchtigen Bekanntschaft gedachte.

Es gibt Menschen, von denen ich gern ausführlich spreche. Der Fremde – laßt mich ihn bei diesem Namen nennen, ihn, der immer aller Welt ein Fremder war –, er ist für mich ein solcher Mensch. An Körpergröße stand er eher unter als über dem Mittelmaß, obgleich es Augenblicke der Leidenschaft gab, in denen seine Gestalt hoch aufwuchs und meine Feststellung Lügen strafte. Die schlanke Ebenmäßigkeit seines Körpers deutete mehr auf jenes schnell bereite Handeln, wie er es an der Seufzerbrücke bewiesen, als auf seine herkulische Kraft, von der man wußte, daß er sie bei gefährlicheren Gelegenheiten gezeigt hatte. Er hatte den schönen Mund und das Kinn eines Gottes – seltsam feurige, tiefe, feuchte Augen, deren Glanz von reinstem Haselnußbraun bis zu strahlendem Schwarz schwankte – und eine Fülle schwarzen Lockenhaars, aus der eine ungewöhnlich breite Stirn wie lauter Licht und Elfenbein hervorstrahlte. Seine Gesichtszüge waren so klassisch ebenmäßig, wie ich sie nur allein im Marmorantlitz des Kaisers Commodus gefunden habe. Dennoch gehörte sein Gesicht zu jenen, die jeder einmal im Leben gesehen hat, doch nie mehr wiederfindet. Es hatte keinen besonderen – keinen herrschenden Ausdruck, der im Gedächtnis haften bleiben konnte; ein Gesicht, das man sah und lieben mußte, doch sofort vergessen hatte – vergessen, mit dem unbestimmten und rastlosen Verlangen, sich seiner wieder zu erinnern. Wohl warf die Seele jeder heftigen Leidenschaft ihr Spiegelbild auf dieses Antlitz – doch gleich dem Spiegel, der nichts festzuhalten weiß, so wies auch dieses keine Spur der Leidenschaft mehr auf, sobald die Leidenschaft verflogen war.

Als ich ihn in der Nacht unseres Abenteuers verließ, bat er mich dringend, ihn sehr früh am andern Morgen zu besuchen. Kurz nach Sonnenaufgang betrat ich also seinen Palazzo, einen der hohen düsteren, aber phantastisch prunkvollen Bauten, wie sie sich in der Nachbarschaft des Rialto zu seiten des Großen Kanals auftürmen. Man wies mich eine breite gewundene Mosaiktreppe hinauf und in ein Gemach, dessen unvergleichliche Pracht wie ein Meer von Glanz durch die geöffnete Tür herausströmte und mich blendete und schwindlig machte.

Ich wußte, daß mein Bekannter wohlhabend war. Man hatte von seinen Reichtümern in Ausdrücken gesprochen, die ich als lächerliche Übertreibungen zurückgewiesen hatte. Als ich aber um mich blickte, schien es mir ganz unmöglich, daß die Schätze irgendeines Menschen in Europa hingereicht haben könnten, um diese fürstliche Pracht zu entfalten, die ringsumher glühte und flammte.

Obwohl, wie ich sagte, die Sonne schon aufgegangen, war das Gemach noch strahlend beleuchtet. Aus diesem Umstand sowie aus einem Zug von Abspannung im Antlitz meines Freundes schloß ich, daß er während der ganzen Nacht nicht zur Ruhe gegangen war. In der Architektur wie in der Ausschmückung des Raumes waltete die offenbare Absicht, zu blenden und zu verblüffen. In der Einrichtung war weder eine Harmonie noch irgendein nationaler Charakter zu finden. Das Auge wanderte von Gegenstand zu Gegenstand und blieb nirgends haften – weder auf den Grotesken griechischer Maler noch den Skulpturen aus Italiens größten Tagen noch den rohen Schnitzereien des unkultivierten Ägypten. Überall im Zimmer hingen kostbare Draperien und zitterten unter dem Hauch einer leisen, schwermütigen Musik, von der man nicht wußte, woher sie kam. Mannigfache und unvereinbare Düfte, die aus seltsam geformten Räucherbecken zugleich mit zahllosen, leckenden, flackernden Zungen grünlichen und violetten Lichtes aufstiegen, legten sich schwer auf die Sinne. Die Strahlen der Morgensonne strömten herein auf das Ganze – herein durch Fenster, deren jedes einzelne aus einer einzigen Scheibe karminroten Glases bestand. In tausend Reflexen sich spiegelnd tanzten diese natürlichen Strahlen über die schweren Draperien, die wie Katarakte flüssigen Silbers aus ihren Nischen quollen, mischten sich schließlich mit dem künstlichen Licht und wogten in gedämpften Massen über einen Teppich, der aussah wie flüssiges Gold.

»Ha ha ha – ha ha ha!« lachte der Herr des Hauses, als er mich zu einem Sitz geleitete und sich dann der Länge nach auf ein Ruhebett warf. »Ich sehe«, sagte er, da er bemerkte, daß ich in diesen eigenartigen Empfang mich nicht recht zu finden vermochte, »ich sehe, Sie sind verwundert über meine

Wohnung, meine Statuen, meine Bilder – meinen sonderbaren Geschmack in Einrichtung und Ausschmückung! Vollkommen berauscht von meiner Prachtentfaltung, wie? Doch verzeihen Sie, mein lieber Freund (hier wurde seine Stimme die Herzlichkeit selbst), verzeihen Sie mir mein ungezogenes Lachen. Sie sehen so furchtbar erstaunt aus! Übrigens sind manche Dinge wirklich so spaßhaft, daß man lachen *muß* – oder sterben. Lachend zu sterben muß der herrlichste aller herrlichen Tode sein! Sir Thomas More – welch ein feiner Geist war Sir Thomas More – Sir Thomas More starb lachend, wie Sie wissen. Und in den ›Absurditäten‹ des Ravisius Textor findet sich eine lange Liste von Leuten, die ein solches köstliches Ende nahmen. – Wissen Sie übrigens,« fuhr er nachdenklich fort, »daß in Sparta, dem jetzigen Palaeochori, in Sparta, sage ich, im Westen der Zitadelle inmitten eines Chaos kaum erkennbarer Ruinen eine Art Sockel steht, auf dem noch die Lettern *ΛΑΞΜ* lesbar sind. Zweifellos sind sie ein Teil des Wortes *ΓΕΛΑΞΜΑ*. Nun gibt es in Sparta wohl tausend Tempel und Altäre für tausend verschiedene Gottheiten. Wie äußerst seltsam, daß der Altar des Lachens alle anderen überdauert hat! Doch gegenwärtig«, sprach er in ganz anderem Tonfall weiter, «habe ich kein Recht, mich auf Ihre Kosten lustig zu machen. Sie konnten allerdings verblüfft sein. Europa kann nicht zum zweitenmal so Herrliches hervorbringen wie dies mein königliches Gemach. Meine anderen Räume sind keineswegs gleichartig – entsprechen durchaus der modernen Abgeschmacktheit. Dies hier ist besser als das Moderne – nicht wahr? Dennoch würde sich so leicht kein zweiter Mensch von Vermögen finden, der es liebte und verstände, mir es nachzumachen. Ich hüte aber auch den Raum vor jeder Profanierung. Mit einer einzigen Ausnahme sind Sie, abgesehen von mir und meinem Kammerdiener, das einzige menschliche Wesen, das ihn betreten hat, seitdem er so geschmückt ist, wie Sie ihn sehen.«

Ich verneigte mich dankend, denn der überwältigende Eindruck von Pracht und Duft und Musik, zusammen mit der eigenartigen Begrüßung, benahm mir die Worte für eine Empfindung, die ich vielleicht zu einem Kompliment hätte formen können.

»Hier«, begann er wieder, indem er aufsprang, mich beim Arm nahm und mit mir die Runde durchs Zimmer machte, »hier sind Gemälde von den Griechen bis zu Cimabue, von Cimabue bis zur Gegenwart. Gar manche sind, wie Sie sehen, ohne Rücksicht auf herrschende Sittenbegriffe ausgewählt. Sie geben jedoch alle den passenden Hintergrund für ein Zimmer wie dieses. Hier sind auch Meisterwerke unbekannter Größen und hier unfertige Entwürfe von Leuten, die zu ihrer Zeit berühmt gewesen, Entwürfe, die der Scharfblick der Akademien der Vergessenheit und mir anheimfallen ließ. Was halten Sie,« fragte er und wandte sich ganz plötzlich einem Bilde zu, »was halten Sie von dieser Madonna della Pietà?«

»Sie ist ein echter Guido«, sagte ich mit all der Begeisterung, deren ich fähig bin, denn ich hatte ihre unvergleichliche Lieblichkeit beseligt in mich aufgenommen. »Sie ist ein echter Guido! – Wie *konnten* Sie nur dazu kommen? Sie ist unbedingt das in der Malerei, was die Venus in der Skulptur ist.«

»O«, sagte er gedankenvoll, »die Venus – die schöne Venus? – Die Venus von Medici? – Die mit dem kleinen Kopf und dem goldenen Haar? Ein Teil des linken Armes (hier ließ er die Stimme sinken, so daß man ihn kaum verstand) und der ganze rechte sind spätere Ersatzstücke; und in der Koketterie jenes rechten Armes liegt, finde ich, die Quintessenz aller Ziererei. Gebt mir den Canova! Der Apollo – auch er ist eine Kopie – da kann kein Zweifel sein – blinder Narr, der ich bin, daß ich die viel gerühmte Offenbarung in dem Apollo nicht finden kann! Ich kann mir nicht helfen – bedauert mich! – ich kann mir nicht helfen, ich muß dem Antinous den Vorzug geben. War es nicht Sokrates, der sagte, der Bildhauer habe sein Bildwerk schon im rohen Marmorblock erblickt? Dann wären also Michelangelos Zeilen keineswegs Original:

NON HA L'OTTIMO ARTISTA ALCUN CONCETTO
CHE UN MARMO SOLO IN SE NON CIRCONSCRIVA. «

Es ist oft bemerkt worden – oder sollte es doch sein, daß das Gebaren eines Edelmenschen sich von dem der anderen gar sehr unterscheidet, ohne daß man doch genau feststellen könnte, worin der Unterschied besteht. Konnte ich diese Beobachtung im weitesten Maße auf meines Freundes äußeres Benehmen anwenden, so auch, wie ich an diesem ereignisreichen Morgen spürte, auf seine geistigen Eigenschaften. Auch kann ich die besondere Geistesart, die ihn so wesentlich über alle anderen Menschen hinaushob, nur als eine Gewohnheit zu eingehender, immerwährender Betrachtung kennzeichnen, die sein alltägliches Tun durchdrang, seine tändelnden Stunden belebte und selbst die Minuten der Heiterkeit durchwob – gleich den Nattern, die sich aus den Augenhöhlen der grinsenden Masken am Kranzgesims der Tempel von Persepolis herauswinden.

Ich konnte aber nicht umhin, aus der halb leichtfertigen, halb feierlichen Art, mit der er eigentlich unwichtige Dinge umständlich abhandelte, eine zitternde Angst oder besser eine nervöse Inbrunst herauszufühlen – eine Erregtheit im Tun und Reden, die mir unerklärlich schien und mich mehrfach stark beunruhigte. Öfter hielt er auch mitten in einem Satze inne, dessen Anfang er anscheinend vergessen, und lauschte andächtig vor sich hin, als erwarte er einen ersehnten Besuch oder horche auf Klänge, die allein in seiner Einbildung ertönen mochten.

Während einer seiner derartigen Träumereien blätterte ich in Polizians, des Dichters und Gelehrten, köstlicher Tragödie »Orpheus« – der ersten echt italienischen Tragödie –, die neben mir auf einer Ottomane lag. Gegen Ende des dritten Aktes fand ich eine mit Bleistift unterstrichene Stelle; es war eine Stelle voll herzbewegender Gewalt – eine Stelle so voll tiefer Wollust, daß kein Mann sie lesen konnte ohne einen Schauer unerhörter Erregung, kein Weib ohne einen Seufzer. Die ganze Seite war mit frischen Tränen getränkt, und auf dem daneben eingehefteten Blatt standen in englischer Sprache und in einer Handschrift, die von der charakteristischen Schrift meines Freundes so sehr abwich, daß ich sie nur mit einiger Mühe als die seinige erkennen konnte, folgende Verse:

> Du warst für mich all dieses, Lieb,
> Was Seele füllt und Sein,
> Warst Inselgrün im Meere, Lieb,
> Springbrunn und Altarstein
> Voll Frucht- und Blumenwunder, Lieb,
> Und all das Blühn war mein!
>
> O Traum, dem Sterben kam!
> O Sternenhoffen, dessen Licht
> Sturmwolke mir benahm!
> Ein Rufen aus der Zukunft spricht:
> »Voran! Voran!« – Doch Gram
> Um das, was war, nimmt Zuversicht,
> Macht müd und flügellahm.
>
> Denn weh! des Lebens warmer Glanz
> Erstrahlt für mich nicht mehr!
> Die Woge raunt im Brandungstanz
> Zum Strand: nie mehr – nie mehr
> Wird wundgeschoßne Schwinge ganz,
> Dürr bleibt der Baum und leer,
> Dem jäh ein Blitz zerschlug den Kranz.

Und Tag ist Traum, der zu dir wacht,
Und Nacht ist Traum und leitet
Hin, wo dein dunkles Auge lacht
Und wo dein Fuß hinschreitet,
Der in ätherischen Tänzen sacht –
Auf welchen Sternen gleitet?

O schwarzer Tag – o Wogenbrand,
Der dich von mir gerissen,
Von Liebe fort zu greisem Stand
Auf ein unheilig Kissen,
Von Weiden fort am Nebelstrand,
Die um dich weinen müssen!

Daß diese Zeilen in Englisch geschrieben waren – in einer Sprache, mit der ich den Verfasser nicht vertraut geglaubt hätte – setzte mich nicht wenig in Erstaunen. Ich wußte, daß er sehr umfangreiche Kenntnisse besaß und auch besondere Freude darin fand, sie anderen zu verbergen, so daß die Tatsache an sich mich nicht weiter überraschte. Das Datum aber, muß ich bekennen, verblüffte mich gar sehr. Das Ortsdatum lautete ursprünglich *London*, war aber später überkritzelt worden – jedoch nicht so, daß ein sorgfältig suchendes Auge nicht den ursprünglichen Ortsnamen hätte hindurchlesen können. Ich sage, das verblüffte mich gar sehr, denn ich entsann mich gut, daß ich in einer früheren Unterhaltung meinen Freund einmal gefragt hatte, ob er irgendwann einmal in London der Marchesa di Mentoni begegnet sei, die vor ihrer Verheiratung mehrere Jahre in jener Stadt lebte, und seine Antwort hatte, wenn ich mich nicht irre, mir zu verstehen gegeben, daß er die Hauptstadt Großbritanniens niemals besucht habe. Ich möchte hier aber auch erwähnen, daß ich mehr als einmal hörte (ohne natürlich solchen unwahrscheinlichen Gerüchten Glauben zu schenken), der Mann, von dem ich spreche, sei nicht nur der Geburt, sondern auch der Erziehung nach ein Engländer.

»Da ist ein Gemälde,« sagte er, ohne gewahr zu werden, daß ich in der Tragödie blätterte, »da ist noch ein Gemälde, das Sie noch nicht gesehen haben.« Und den Vorhang beiseite schleudernd, enthüllte er das lebensgroße Porträt der Marchesa Aphrodite.

Menschenkunst konnte nicht mehr in der Schilderung übermenschlicher Schönheit tun! Dieselbe himmlische Gestalt, die in der vergangenen Nacht auf den Stufen des Dogenpalastes vor mir gestanden, stand noch einmal vor mir. Doch im Ausdruck des Gesichtes, das über und über in Lächeln erstrahlte, lauerte schon (unbegreiflicher Widerspruch!) jener kleidsame Schatten der Melancholie, der von vollendeter Schönheit stets untrennbar ist. Ihr rechter Arm lag über der Brust, der linke hing herab auf eine eigentümlich geformte Urne. Der eine schmale Elfenfuß, der sichtbar war, berührte nackt den Boden; und kaum erkennbar in der leuchtenden Luft, die ihre Lieblichkeit umwob, breiteten sich ein paar hauchzarte Schwingen. Mein Blick schweifte von dem Gemälde hin zu meinem Freunde, und unwillkürlich kamen mir die monumentalen Worte aus Chapmans Bussy d'Ambois auf die Lippen:

»Da droben steht er wie ein römisch Standbild –
Und wird dort stehn, bis Tod ihn marmorn macht.«

»Kommen Sie,« sagte er endlich und trat an einen kostbaren emaillierten Tisch aus massivem Silber, auf dem ein paar Trinkbecher von seltsamer Farbe neben zwei hohen etruskischen Vasen standen, die dieselbe eigenartige Form hatten wie jene im Vordergrunde des Porträts – und, wie ich annahm, mit Johannisberger gefüllt waren. »Kommen Sie,« sagte er herb, »lassen Sie uns trinken! Es ist früh – doch lassen Sie uns trinken! – Es ist tatsächlich früh«, fuhr er versonnen fort, als ein Engel mit schwerem goldenen Hammer dröhnend die erste Stunde nach Sonnenaufgang kündete.

»Es ist tatsächlich früh – doch was tut's? Trinken wir! Bringen wir der großen feierlichen Sonne, die diese bunten Lampen und Räucherbecken so gerne überstrahlen möchte, ein Opfer dar!« Und als er mit mir angestoßen hatte, goß er rasch mehrere Becher Wein hinunter.

»Träumen,« fuhr er im leichtfertigen Ton oberflächlicher Unterhaltung fort, während er eine der herrlichen Vasen ins helle Licht der Flammenbecken hob, »Träumen war die Beschäftigung meines Lebens. So habe ich mir, wie Sie sehen, diesen Traumpalast errichtet. Hier im Herzen Venedigs! – Hätt ich es besser machen können? Es ist wahr, Sie sehen da um sich her ein großes Stildurcheinander. Die Keuschheit Ioniens wird durch vorsintflutliche Sinnbilder beleidigt, und Ägyptens Sphinxe dehnen sich auf goldenen Teppichen. Dennoch können nur Einfältige eine solche Zusammenstellung unangebracht finden. Einheitlichkeit in Ort und vor allem in Zeit, das sind die Popanze, die die Menschen von der Ansammlung des Schönen zurückschrecken. Einst war auch ich ein Freund der ›Symmetrie‹, des ›Dekorativen‹; aber jene verrückte Einseitigkeit erstickte meine Seele. All dieses hier eignet sich besser für meine Zwecke. Gleich den Arabesken an diesen Räucherbecken windet sich meine Seele in Feuer, und die Trunkenheit der ganzen Szenerie macht mich reif für die wilderen Visionen jenes Landes der wahren Träume, in das ich jetzt enteile.« Hier hielt er plötzlich inne, neigte das Haupt auf die Brust und schien auf einen Ton zu lauschen, den ich nicht hören konnte. Dann stand er auf, reckte seine Gestalt und rief mit Blicken, die in Fernen schauten, die Worte des Bischofs von Chichester:

»Erwarte mich, ich werde zu dir finden
Auch in des Schattentales finstern Gründen.«

Im nächsten Augenblick warf er sich, anscheinend vom Wein überwältigt, der Länge nach auf eine Ottomane.

Jetzt hörte man von der Treppe her hastige Schritte und gleich darauf ein lautes Klopfen an der Tür. Ich eilte hinzu, weil ich einen Störenfried befürchtete, als ein Page aus Mentonis Hause ins Zimmer stürzte und mit schluchzender Stimme in die Worte ausbrach: »Meine Herrin! – Meine Herrin! – Vergiftet! – Vergiftet! O schöne – o schöne Aphrodite!«

Bestürzt flog ich zur Ottomane und versuchte den Schläfer zum Verstehen dieser Schreckensnachricht zu bringen. Aber seine Glieder waren steif – seine Lippen totenbleich – seine soeben noch strahlenden Augen im Tode erstarrt. Ich schwankte zurück an den Tisch – meine Hand fiel auf einen zersprungenen und schwarz angelaufenen Becher – und die Erkenntnis der ganzen entsetzlichen Wahrheit flammte plötzlich durch meine Seele.

Schatten
Eine Parabel

> Wahrlich, ob ich auch wandele
> durch das Tal des Schattens –
> *Psalm Davids*

Du, der Lesende, weilst noch unter den Lebendigen; ich, der Schreibende aber, habe längst meinen Weg ins Reich der Schatten genommen. Denn das ist gewiß, seltsame Dinge werden geschehen und geheime Dinge aufgedeckt werden, und viele Jahrhunderte werden vergehen, ehe diese Aufzeichnungen den Menschen vor Augen kommen. Und unter denen, die sie sehen, werden manche Ungläubige sein und manche Zweifler und dennoch einige wenige, denen die Schriftzeichen, die ich hier mit stählernem Griffel grabe, viel zum Sinnen geben sollen.

Das Jahr war ein Jahr des Schreckens gewesen und der Empfindungen, die noch stärker sind als die Schrecken, für die es auf Erden keinen Namen gibt. Denn viele Zeichen und Wunder waren geschehen, und fern und nah, über Meer und Land, hatten sich die schwarzen Schwingen der Pest ausgespannt.

Für jene aber, die in den Sternen zu lesen wußten, war es ersichtlich, daß die Himmel einen bösen Anblick boten, und mir, dem Griechen Oinos, wurde es gleich andern klar, daß nun die Wende des siebenhundertvierundneunzigsten Jahres gekommen war, da beim Eintritt des Widders der Planet Jupiter vom roten Ring des schrecklichen Saturn umschnitten wird. Wenn ich nicht irre, so äußerte sich der seltsame Geist der Gestirne nicht nur im physischen Lauf der Erde, sondern in der Seele, der Vorstellungs- und Gedankenwelt der Menschen.

Wir saßen nachts, unser sieben, bei einigen Flaschen roten Weines in einer edlen Halle der düsteren Stadt Ptolemais.

Und der Raum besaß keinen andern Eingang als durch eine hohe, erzene Pforte; und der Künstler Corinnos hatte die Pforte gebaut, es war ein kunstvolles Stück, das von innen geschlossen wurde.

So hielten auch schwarze Vorhänge dem düsteren Gemach den Anblick des Mondes fern, der fahlen Sterne und menschenleeren Straßen – das Vorgefühl und das Gedenken des Unglücks aber ließen sich nicht so aussperren.

Es gab Dinge um uns her, von denen ich nicht deutlich Rechenschaft geben kann – materielle und geistige Dinge – eine Dichtigkeit der Luft – ein Gefühl des Erstickens – eine Beängstigung – und vor allem den schrecklichen Zustand, den nervöse Menschen durchmachen, wenn die Sinne scharf und wachsam sind, die Macht des Gedankens aber gebannt liegt.

Eine tote Last drückte auf uns. Sie lastete auf unsern Gliedern – auf den Gegenständen im Raum – auf den Bechern, aus denen wir tranken, und alle Dinge wurden schwer davon und bedrückt – alle Dinge, bis auf die Flammen der sieben Lampen aus Erz, die unser Fest beleuchteten. Sich aufrekkend zu hohen, schlanken Lichtstreifen, brannten sie bleich und regungslos, und in dem Spiegel, den ihr Glanz auf den runden Ebenholztisch warf, an dem wir saßen, gewahrte jeder von uns die Blässe seines eigenen Angesichts und das unruhige Flackern in den gesenkten Blicken seiner Gefährten.

Dennoch lachten wir und waren fröhlich auf unsre eigne Weise – die hysterisch war, und sangen die Lieder des Anakreon – was Wahnsinn war, und tranken tiefe Züge – obgleich der purpurne Wein uns an Blut gemahnte. Denn da war noch ein Gast in unserm Gemach in Gestalt des jungen Zoilus. Tot und in seiner ganzen Länge lag er da, eingesargt – der Geist und der Dämon der Szene.

Ach! Er nahm keinen Teil an unsrer Lust, nur daß sein Antlitz, von der Seuche verzerrt, und seine Augen, in denen der Tod die Glut der Pest nur halb gelöscht hatte, unsrer Fröhlichkeit ein gewisses Interesse zuzuwenden schienen, wie die Toten es für die Heiterkeit derer, die noch ans Sterben kommen, wohl haben mögen. Doch wenngleich ich, Oinos, fühlte, daß die Blicke des Abgeschiedenen auf mir ruhten, so zwang ich mich dennoch, die Bitterkeit ihres Ausdrucks nicht zu beachten, und standhaft in die Tiefen des ebenholzenen Spiegels spähend, sang ich mit lauter und klangvoller Stimme die Lieder des Sängers aus Teos.

Doch allmählich hörten meine Lieder auf, und ihr Echo, das sich weit hinten in den schwarzen Behängen des Raumes verlor, wurde matt und undeutlich und starb dahin. Und weh! aus den schwarzen Behängen, darin die Töne des Liedes erstarben, kam ein dunkler und unbestimmbarer Schatten hervor – ein Schatten, wie ihn der Mond, wenn er tief am Himmel steht, aus der Gestalt eines Menschen bilden mag; aber es war weder der Schatten eines Menschen noch der Schatten eines Gottes oder irgendeiner vertrauten Sache. Er durchzitterte eine Weile die Vorhänge im Raum und kam schließlich auf der Fläche der erzenen Pforte in voller Sicht zur Ruhe.

Doch der Schatten war flüchtig und formlos und unbestimmt und war keines Menschen und keines Gottes Schatten – nicht eines Gottes der Griechen noch eines Gottes der Chaldäer noch irgendeines ägyptischen Gottes. Und der Schatten ruhte auf der erzenen Pforte und unter dem Bogen des Türgebälks und rührte sich nicht, sprach kein Wort, sondern ließ sich dort nieder und verblieb da. Und das Tor, auf dem der Schatten ruhte, war, wenn ich mich recht erinnere, genau gegenüber den Füßen des eingesargten jungen Zoilus. Wir aber, die sieben dort Versammelten, die wir den Schatten gewahrt hatten, wie er aus den Vorhängen heraustrat, wagten nicht, ihn anzusehen, sondern senkten die Blicke und spähten beständig in die Tiefen des Ebenholzspiegels.

Und endlich wagte ich, Oinos, einige leise Worte und

fragte den Schatten nach seiner Herkunft und seinem Namen.

Und der Schatten entgegnete: »Ich bin *Schatten*, und ich hause bei den Katakomben von Ptolemais und dicht an den düstern Feldern von Helusion, die an die trüben Wasser des Charon grenzen.«

Und dann sprangen wir sieben erschrocken von unsern Sitzen und standen bebend und schaudernd vor Entsetzen: denn die Klänge in der Stimme des Schattens waren nicht die Klänge irgendeines Wesens, und von Silbe zu Silbe die Laute wechselnd, trafen sie dunkel an unser Ohr im unvergeßlichen, vertrauten Tonfall vieler Tausender dahingegangener Freunde.

Metzengerstein

Pestis eram vivus – moriens tua mors ero.
Martin Luther

Schrecken und Verhängnis stampfen dahin durch alle Jahrhunderte. Warum also die Zeit angeben, in der sich das ereignete, was ich euch jetzt berichten will? Mag die Angabe genügen, daß es damals war, als man im Innern Ungarns fest, wenn auch nur im geheimen, der Lehre von der Seelenwanderung anhing. Von der Lehre selbst, das heißt davon, ob sie möglich oder unmöglich sei, will ich nicht reden. Ich behaupte indes, daß unsere Ungläubigkeit zum großen Teile demselben Quell entspringt, von dem La Bruyère unser Unglück herleitet: IL VIENT DE NE POUVOIR ÊTRE SEULS.*

Doch im Aberglauben der Ungarn gab es Dinge, die nahe an Abgeschmacktheit grenzten. Sie, die Ungarn, wichen in ihren Anschauungen weit ab von denen ihrer östlichen Vorbilder. So sagten zum Beispiel jene: »die Seele« – ich zitiere hier die Worte eines gewissenhaften und gelehrten Parisers – »NE DEMEURE QU'UNE SEULE FOIS DANS UN CORPS SENSIBLE. AINSI – UN CHEVAL, UN CHIEN, UN HOMME MÊME, N'EST QUE LA RESSEMBLANCE ILLUSOIRE DE CES ÊTRES.«

Die Familien Berlifitzing und Metzengerstein lagen seit Jahrhunderten in Zwist. Nie noch sah man zwei so erlauchte Häuser in so erbitterter und tödlicher Feindschaft. Sie mochte in den Worten einer uralten Prophezeiung begründet sein, die also lautete: Ein stolzer Name soll in Schrek-

---

* Mercier tritt in »L'AN DEUX MILLE QUATRE CENT QUARANTE« ernstlich für die Lehre von der Seelenwanderung ein, und I. d'Israeli sagt: »Kein System ist so klar und widerstrebt so wenig dem Verstand.« Auch von Colonel Ethan Allen, dem »Sohn der Grünen Berge«, heißt es, daß er ein ernster Anhänger der Lehre von der Seelenwanderung gewesen sei.

ken untergehen, wenn, wie der Reiter über sein Roß, die Sterblichkeit von Metzengerstein triumphieren wird über die Unsterblichkeit von Berlifitzing.

Gewiß, die Worte an sich hatten wenig oder gar keinen Sinn. Doch unbedeutendere Ursachen haben – und dies vor nicht allzulanger Zeit – geradeso schwerwiegende Folgen gehabt. Übrigens hatten die beiden benachbarten Familien lange Zeit darin gewetteifert, ihren Einfluß auf die Regierungsgeschäfte geltend zu machen. Ferner sind Nachbarn selten Freunde, und die Bewohner des Schlosses Berlifitzing konnten von ihren hohen Säulengängen bis in die Fenster der Burg Metzengerstein sehen. Und überdies hatte sich die mehr als lehnsherrliche Pracht der Metzengerstein in einer Art und Weise geäußert, daß sie den leicht erregbaren Stolz der weniger ahnenreichen und weniger begüterten Berlifitzings verletzen mußte. Was Wunder also, daß jene Prophezeiung, so dumm sie auch klingen mochte, eine Feindschaft zwischen den zwei Familien zuwege brachte, die ohnedies durch erbliche Belastung zu Streit und Eifersucht veranlagt waren. Die Prophezeiung schien, wenn sie irgend etwas besagte, so jedenfalls einen endgültigen Triumph des bereits jetzt mächtigeren Hauses anzukünden und wurde darum mit um so bittererem Haß von der schwächeren und weniger einflußreichen Partei im Gedächtnis behalten.

Wilhelm Graf Berlifitzing war, obgleich von hoher Abkunft, zur Zeit dieser Erzählung ein kraftloser und kindischer Greis. Er hatte weiter nichts Bemerkenswertes an sich als eine übertriebene und hartnäckige Abneigung gegen die Familie seines Nebenbuhlers und eine so leidenschaftliche Liebe für Pferde und Jagd, daß weder seine körperliche Schwäche noch sein hohes Alter oder sein Schwachsinn ihn davon abhalten konnten, täglich an den Gefahren des Jagdvergnügens teilzunehmen.

Friedrich Baron Metzengerstein dagegen war noch nicht einmal mündig. Sein Vater, der Minister gewesen, starb in

jungen Jahren. Seine Mutter, Baronin Marie, war ihm bald
ins Grab gefolgt. Friedrich war damals achtzehn Jahre alt. In
einer Stadt sind achtzehn Jahre keine lange Zeitspanne; in
einer Wildnis aber, in der köstlichen Einsamkeit dieses alten
Stammsitzes, hat jeder Pendelschwung weit tiefere Bedeutung.

Zufolge besonderer Bestimmungen des Hausgesetzes trat
der Baron bei Ableben seines Vaters sogleich die Herrschaft
über die ausgedehnten Besitzungen an. Selten wohl hatte ein
ungarischer Edelmann solch herrliche Güter besessen. Zahllose Schlösser waren sein. Das bedeutendste an Pracht und
Ausdehnung war Schloß Metzengerstein. Die Grenzlinie
seines Gebietes war niemals sicher festgestellt, aber allein der
große Park hatte einen Umfang von fünfzig Meilen.

Als der so jugendliche Herr, dessen Charakter allgemein
bekannt war, in den unbeschränkten Besitz des riesigen Vermögens kam, war man sich über sein künftiges Auftreten so
ziemlich im klaren. Und wirklich, drei Tage lang stellten die
Taten des jungen Erben selbst die des Herodes in den Schatten und übertrafen sogar bei weitem die Erwartungen seiner
begeisterten Bewunderer. Schandbare Schwelgereien, gemei-
ne Treulosigkeit, unerhörte Scheußlichkeiten gaben seinen
zitternden Vasallen bald zu verstehen, daß weder kriechende
Unterwürfigkeit ihrerseits noch Gewissensbisse seinerseits
jemals irgendwelche Sicherheit gewähren würden vor den
erbarmungslosen Fängen dieses kleinen Caligula. In der
Nacht des vierten Tages gerieten die Stallungen des Schlosses
Berlifitzing in Brand, und die einmütige Ansicht der Nachbarschaft war, daß das Verbrechen der Brandstiftung auf die
grauenvolle Liste der Untaten und Greuel des Barons zu
setzen sei.

Während des Aufruhrs, den dies Ereignis mit sich brachte,
saß der junge Edelmann anscheinend in tiefen Gedanken in
einem großen, einsamen und hochgelegenen Gemach des
Stammschlosses Metzengerstein. Die kostbaren, obgleich

verblaßten Wandteppiche, die ringsum düster herabhingen, zeigten die schattenhaften und herrischen Gestalten von wohl tausend erlauchten Ahnen. Hier saßen hermelinge-schmückte Priester und geistliche Würdenträger vertraulich neben Autokraten und Fürsten und legten gegen die Ansprüche eines weltlichen Königs ihr Veto ein oder hielten mit dem Machtspruch päpstlicher Obergewalt das rebellische Zepter des Erzfeindes in Bann. Dort tummelten die dunklen, hohen Gestalten der Ritter von Metzengerstein ihre kraftvollen Kriegsrosse auf den Leichen der besiegten Feinde und machten mit ihren entschlossenen Mienen selbst stählerne Nerven erschauern. Und hier wieder fluteten die wollüstigen und schwanengleichen Gestalten der Damen aus längst vergangenen Zeiten in irren, unwirklichen Tänzen zu den Tönen einer unwirklichen Melodie.

Während der Baron auf den anwachsenden Tumult in den Ställen der Berlifitzing lauschte oder vielleicht über irgendeine neue, noch dreistere Tat nachsann, hafteten seine Blicke unwillkürlich auf der Gestalt eines riesenhaften Pferdes von ganz seltsamer Farbe, das auf der Wandverkleidung als das Roß eines sarazenischen Vorfahren der gegnerischen Familie dargestellt war. Das Pferd selbst stand regungslos im Vordergrund des Bildes, sein gefällter Reiter aber verendete im Hintergrunde unter dem Dolchstich eines Metzengerstein.

Ein teuflisches Lächeln umspielte Friedrichs Lippen, als er sich dessen bewußt wurde, welche Richtung sein Blick unbeabsichtigt genommen hatte. Er wandte die Augen nicht ab, trotzdem eine unerklärliche, erstickende Angst sich wie ein Leichentuch auf seine Sinne legte. Nur mit Mühe konnte er dies traumhafte und sonderbare Empfinden mit der Gewißheit, wach zu sein, vereinigen. Je länger er spähte, desto bannender wurde der Zauber – desto unmöglicher schien es ihm, jemals den Blick von jenem seltsamen Bilde wieder abwenden zu können. Als aber der Aufruhr draußen plötzlich noch wilder tobte, richtete er mit gewaltsamer Anstrengung seine Aufmerksamkeit auf den roten Lichtschein, der aus den flammenden Ställen auf die Fenster des Gemaches fiel.

Doch einen Augenblick nur tat er das – ganz unwillkürlich schweiften seine Augen wieder zur Wand. Mit Staunen und schauderndem Entsetzen nahm er wahr, daß der Kopf des riesigen Hengstes inzwischen seine Stellung geändert hatte. Vorher waren Hals und Kopf des Tieres wie mitfühlend zu dem am Boden liegenden Herrn herabgebeugt, jetzt hatten sie sich in voller Länge gegen den Baron ausgestreckt. Die Augen, die vorher unsichtbar blieben, hatten einen eindringlichen Menschenblick und glühten in merkwürdig rotem Feuer, und die aufgewölbten Lippen des offenbar wütenden Tieres legten ekelhafte Totenzähne bloß.

Betäubt vor Schrecken wankte der junge Edelmann zur Tür. Als er sie aufwarf, strömte eine Flut roten Lichtes weit ins Zimmer und zeichnete seinen klar umgrenzten Schatten gegen den schwankenden Wandteppich. Und er schauderte, als er, der zögernd auf der Schwelle stand, bemerkte, daß dieser Schatten genau die Gestalt des erbarmungslosen und triumphierenden Mörders des Sarazenen-Berlifitzing deckte.

Um seiner selbst wieder Herr zu werden, eilte der Baron ins Freie. Am Haupttor des Schlosses traf er auf drei Stallburschen. Mit großer Mühe und Lebensgefahr versuchten sie die wilden Sprünge eines riesigen, feuerfarbenen Rosses zu bändigen.

»Wessen Pferd? Wie kommt ihr zu ihm?« fragte der Jüngling in heiserer Angst, denn er hatte sofort bemerkt, daß der geheimnisvolle Hengst auf dem Wandteppich das vollkommene Seitenstück zu dem rasenden Tier hier war.

»Es ist Ihr eigen, Herr«, erwiderte einer der Burschen. »Wenigstens hat sich kein anderer als Eigentümer gemeldet. Wir fingen es ein, als es dampfend und schäumend vor Wut aus den brennenden Ställen des Schlosses Berlifitzing daherfloh. Wir nahmen an, daß es zu des alten Grafen Gestüt ausländischer Rosse gehörte, und führten es als einen

Durchgänger zurück. Aber die Stallknechte dort erheben keinen Anspruch auf das Pferd, und das ist doch seltsam, denn es zeigt sichtbare Spuren, daß es mit knapper Not den Flammen entronnen ist.«

»Auch trägt es deutlich die Buchstaben W. v. B. auf der Stirn eingebrannt«, ergänzte ein zweiter Bursche. »Ich dachte natürlich, es wären die Zeichen von Wilhelm von Berlifitzing – aber alle im Schlosse leugnen durchaus, das Pferd zu kennen.«

»Höchst seltsam!« sagte der junge Baron nachdenklich – und offenbar ohne selbst zu wissen, was er sagte. »Es ist, wie Ihr sagt, ein merkwürdiges, ein wundersames Tier! Allerdings auch, wie Ihr ebenfalls richtig bemerkt, von argwöhnischem und unfügsamem Wesen. – Gut also, sei es mein!« setzte er nach einer Pause hinzu. »Ein Reiter wie Friedrich von Metzengerstein kann vielleicht selbst noch den Teufel aus dem Stalle der Berlifitzing bändigen.«

»Sie sind in einem Irrtum, Herr; das Pferd stammt, wie wir wohl bereits sagten, *nicht* aus den Ställen des Grafen. Wäre das der Fall, so hätten wir unsere Pflicht besser gekannt, als es vor eine so hohe Persönlichkeit Ihrer Familie zu bringen.«

»Allerdings wahr«, bemerkte der Baron trocken. In diesem Augenblick kam eilig und mit roten Wangen ein junger Kammerdiener aus dem Schloß herbeigelaufen. Er berichtete dem Herrn im Flüsterton, daß in einem der oberen Zimmer – er bezeichnete es näher – ein kleines Stück Wandverkleidung plötzlich verschwand. Er erzählte allerlei Einzelheiten, aber so leise, daß die Neugier der Stallburschen nicht auf ihre Rechnung kam.

Der junge Friedrich schien während dieses Berichtes sehr erregt. Bald jedoch fand er seine Ruhe wieder, und mit einer Miene voll böser Entschlossenheit gab er den kurzen Befehl, daß das fragliche Zimmer sogleich zu verschließen und der Schlüssel ihm selbst zu übergeben sei.

»Haben Sie von dem unglückseligen Tod des alten Berlifitzing gehört?« fragte einer der Untergebenen den Baron, als der Diener sich wieder entfernt hatte und das riesige Roß, das der Edelmann soeben in Besitz genommen, mit verdoppelter Wut die lange Allee hinunterstürmte, die das Schloß mit den Stallungen der Metzengerstein verband.

»Nein!« wandte der Baron sich hastig an den Sprecher. »Tot, sagst du?«

»Wahrhaftig ja, Herr! Und einem Edlen Ihres Namens wird diese Nachricht, wie ich mir denke, nicht unwillkommen sein.«

Ein flüchtiges Lächeln flog über das Antlitz des andern. »Wie starb er?«

»Bei seinem eiligen Bemühen, seine Lieblingspferde zu retten, kam er selber elend in den Flammen um.«

»Wahr – haf – tig?« sagte der Baron langsam, als übermanne ihn allmählich die Überzeugung von der Wahrheit eines aufregenden Gedankens.

»Wahrhaftig!« beteuerte der Knecht.

»Entsetzlich!« sagte der Jüngling ruhig und kehrte ins Schloß zurück. –

Von dieser Stunde an war das Betragen des jungen Baron Friedrich von Metzengerstein ein gänzlich anderes. Wirklich, sein Benehmen täuschte alle Erwartungen und machte die Wünsche zunichte, die so manche berechnende Mutter im stillen gehegt hatte. Mehr noch als bisher wich er in Manieren und Gewohnheiten von den Sitten der benachbarten Aristokratie ab. Er wurde nie mehr außerhalb der Grenzen seiner eigenen Besitzungen gesehen und war auf der weiten geselligen Welt ohne jeden Gefährten – es sei denn, daß das unnatürliche, wilde feuerfarbene Pferd, das er jetzt täglich ritt, irgendein geheimnisvolles Recht auf diese Bezeichnung gehabt hätte.

Die Nachbarschaft aber schickte noch immer ihre Einladungen: »Will der Baron unser Fest mit seiner Gegenwart beehren?« »Will der Baron uns auf einer Eberjagd Gesellschaft leisten?« – »Metzengerstein jagt nicht«, »Metzengerstein kommt nicht«, waren seine lakonischen Antworten.

Solche wiederholten Beleidigungen mochte der hochmütige Adel sich nicht lange gefallen lassen. Die Einladungen wurden weniger herzlich, weniger häufig, und schließlich hörten sie ganz auf. Die Witwe des unglücklichen Grafen Berlifitzing sprach sogar die Hoffnung aus, es möge einmal dahin kommen, daß der Baron genötigt sei, zu Hause zu bleiben, wenn er nicht wünsche, zu Hause zu bleiben, da er die Gesellschaft von seinesgleichen verachte; und auszureiten, wenn er nicht wünsche, auszureiten, da er die Gesellschaft eines Pferdes vorziehe. Das war natürlich ein recht alberner Ausspruch und bewies nur, wie höchst unsinnig unsere Rede gerade dann wird, wenn wir ihr ganz besondere Bedeutung geben möchten.

Die Sanftmütigen jedoch suchten das veränderte Benehmen des jungen Edelmannes aus der so natürlichen Trauer des Sohnes um den frühen Verlust der Eltern abzuleiten; sie hatten anscheinend ganz sein ungezügeltes und ruchloses Betragen in den ersten Tagen nach jenem Verluste vergessen. Es gab noch andere, welche die Schuld dem hochmütigen Selbstbewußtsein des jungen Mannes zuschrieben. Und wieder andere, zu denen auch der Hausarzt gehörte, sprachen von krankhafter Schwermut und erblicher Belastung, während bei der Mehrzahl noch dunklere und zweideutigere Mutmaßungen in Umlauf waren.

Ja, des Barons verrückte Zuneigung zu seinem jüngst eingestellten Hengst – eine Zuneigung, die aus jedem neuen Beweis von des Tieres Wildheit und teuflischem Gebaren neue Kräfte zu schöpfen schien – wurde in den Augen aller vernünftig denkenden Leute zu einer Äußerung widerlicher Unnatur. Ob glühende Mittagszeit – ob tote Nachtstunde – ob krank oder gesund – ob Sturm oder Sonne – immer schien der junge Metzengerstein festgeschmiedet in den Sattel jenes ungeheuren Rosses, dessen unzähmbare Wildheit so gut zu seinem eigenen Wesen stimmte.

Überdies gab es Umstände, die in Verbindung mit jüngst vergangenen Ereignissen der Manie des Reiters und den Fähigkeiten des Rosses eine unheimliche und verhängnisvolle Bedeutung gaben. Man hatte die Weite eines einzigen Sprunges genau nachgemessen und gefunden, daß er die verwegensten Schätzungen gewaltig übertraf. Auch hatte der Baron keinen besonderen Namen für das Tier, während doch sonst jedes seiner Pferde seine eigene Benennung hatte. Ferner hatte man dem Hengst seinen Stall abseits von den anderen zugewiesen; und was die Pflege und Bedienung des Pferdes anlangte, so besorgte dies der Eigentümer selbst, denn kein anderer hätte es gewagt, auch nur den Stall zu betreten. Außerdem sagte man, daß keiner der drei Knechte, die das Roß nach seiner Flucht aus der Feuersbrunst von Berlifitzing mit Hilfe von Schlinge und Zaumzeug eingefangen hatten, mit Bestimmtheit versichern konnte, daß er während des gefährlichen Kampfes oder irgendwann nachher den Körper des Tieres tatsächlich unter der Hand gefühlt habe. Beweise von besonderer Klugheit bei einem edlen und rassigen Roß könnten wohl kaum eine übertriebene Aufregung hervorrufen, aber hier gab es Dinge, die sich mit Macht selbst den Ungläubigsten und Gleichgültigsten aufdrängten; und es kam vor, daß die atemlos staunende Volksmenge vor des Pferdes unheimlich bedeutungsvollem Stampfen entsetzt zurückwich, es geschah, daß der junge Metzengerstein sich erbleichend abwandte von dem scharfen, eindringlichen Blick seines verständigen, menschlichen Auges.

Unter dem Gefolge des Barons befand sich jedoch nicht einer, der daran gezweifelt hätte, daß die seltsame Zuneigung, die der junge Edelmann für sein feuriges Pferd an den Tag legte, aufrichtig und innig sei; nicht einer, außer einem mißgestalten, armseligen kleinen Pagen, dessen Krüppelhaftigkeit jedem im Wege und dessen Ansichten jedem gleichgültig waren. Er hatte die Unverfrorenheit, zu behaupten (es verlohnt sich kaum, seine Meinung wiederzugeben), daß sein Herr nie ohne einen unerklärlichen, allerdings kaum wahrnehmbaren Schauder in den Sattel steige und daß bei seiner Rückkehr von dem gewohnten langen Ritt jeder Zug seines Gesichtes in triumphierender Bosheit verzerrt sei.

In einer stürmischen Nacht erwachte Metzengerstein aus schwerem Schlaf, stürzte wie ein Wahnsinniger aus seinem Zimmer, bestieg in Hast sein Pferd und sprengte davon in den dunklen Forst. Man schenkte einem so gewohnten Vorkommnis weiter keine Aufmerksamkeit; bald aber wartete man voll tiefer Besorgnis auf die Rückkehr des Herrn – als nämlich nach einigen Stunden seiner Abwesenheit die mächtigen und prächtigen Mauern der Burg Metzengerstein unter der Gewalt eines wogenden, qualmenden Feuermeeres bis in ihre Grundfesten krachten und wankten.

Da die Flammen, als man sie gewahr wurde, bereits so schrecklich um sich gegriffen hatten, daß alle Versuche, einen Teil des Schlosses zu retten, fruchtlos geblieben wären, so stand die erstaunte Nachbarschaft stumm, um nicht zu sagen gefühllos dabei. Dann aber erregte etwas Neues und Schreckliches die Aufmerksamkeit der Gaffer und bewies, wie viel aufregender für eine Volksmenge der Anblick eines kämpfenden Menschen ist als die entfesselte Wut seelenloser Materie.

Die lange Allee uralter Eichen, die vom Forst zur Hauptpforte des Schlosses führte, sprengte ein Roß daher, dessen tosende Wildheit den Dämon des Unwetters noch überraste. Auf seinem Rücken trug es einen Reiter in zerfetzten Kleidern, der fraglos die Herrschaft über sein Tier verloren hatte. Die Todesangst auf seinem Antlitz und das krampfhafte Zucken des Körpers sprachen von stattgehabten unmenschlichen Kämpfen; aber kein Laut, außer einem einzigen Schrei, entfloh seinen blutigen Lippen, die in Entsetzen durch und durch gebissen waren. Ein Augenblick – und das

Klappern der Hufe erklang scharf und schrill durch das Brausen der Flammen und das Heulen des Windes; ein zweiter – und mit einem einzigen Satz über Tor und Graben hinweg galoppierte der Hengst die wankende Treppe des Schlosses hinauf und verschwand mit seinem Reiter inmitten des Wirbelsturms der sausenden Flammen.

Die Wut des Sturmes legte sich sofort, und eine tote Ruhe folgte. Eine stille weiße Flamme umhüllte den Bau wie ein Leichentuch, und weit hinauf in die ruhige Luft ergoß sich ein Glanz übernatürlichen Lichtes, während eine Wolke von Rauch sich über den Trümmern aufbaute in der klar erkennbaren Gestalt eines ungeheuren – Pferdes.

Ligeia

Und es liegt darin der Wille, der nicht stirbt. Wer kennt die Geheimnisse des Willens und seine Gewalt? Denn Gott ist nichts als ein großer Wille, der mit der ihm eignen Kraft alle Dinge durchdringt. Der Mensch überliefert sich den Engeln oder dem Nichts einzig durch die Schwäche seines schlaffen Willens.

Joseph Glanvill

Bei meiner Seele! ich kann mich nicht erinnern, wie, wann und wo ich die erste Bekanntschaft machte – der Lady Ligeia. Lange Jahre sind seitdem verflossen, und mein Gedächtnis ist schwach geworden durch vieles Leiden. Vielleicht auch kann ich mich dieser Einzelheiten nur darum nicht mehr erinnern, weil der Charakter meiner Geliebten, ihr umfassendes Wissen, ihre eigenartige und doch milde Schönheit und die überwältigende Beredsamkeit ihrer sanft tönenden Stimme – weil dies alles zusammen nur ganz allmählich und verstohlen den Weg in mein Herz nahm, zu allmählich, als daß ich daran gedacht hätte, mir jene äußeren Umstände einzuprägen.

Ich habe jedoch das Empfinden, als sei ich ihr zum ersten Mal und hierauf wiederholt in einer altertümlichen Stadt am Rhein begegnet. Und eins weiß ich bestimmt: sie erzählte mir von ihrer Familie, die sehr alten Ursprungs war. – Ligeia! Ligeia! – Trotzdem ich in Studien vergraben bin, deren Art mehr noch als alles andre dazu angetan ist, mich ganz von Welt und Menschen abzusondern, genügt dies eine süße Wort »Ligeia«, vor meinen Augen ihr Bild erstehen zu lassen – das Bild von ihr, die nicht mehr ist. Und jetzt, während ich schreibe, überfällt mich urplötzlich das Bewußtsein, daß ich von ihr, meiner Freundin und Verlobten, der Gefährtin meiner Studien und dem Weib meines Herzens, den Namen ihrer Familie nie erfahren habe. War es ein schalkhafter Streich, den Ligeia mir gespielt hatte? War es ein Beweis meiner bedingungslosen Hingabe, daß ich nie eine Frage danach tat? Oder war es meinerseits eine Laune, ein romantisches Opfer, das ich auf den Altar meiner leidenschaftlichen Ergebenheit niedergelegt hatte? Der bloßen Tatsache sogar kann ich mich nur unklar erinnern – was Wunder, daß ich die Gründe dafür vollständig vergessen habe! Und wirklich, wenn jemals der romantische Geist der bleichen und nebelbeschwingten Aschtophet des götzengläubigen Ägyptens, wie die Sage meldet, über unglückliche Ehen geherrscht hat, so ist es gewiß, daß er meine Ehe stiftete und beherrschte.

Immerhin hat mich wenigstens in einem Punkt meine Erinnerung nicht verlassen: die Persönlichkeit Ligeias steht mir heute noch klar vor Augen. Sie war von hoher, schlanker Gestalt, in ihren letzten Tagen sogar sehr hager. Vergebliches Bemühen wäre es, wenn ich eine Beschreibung der Erhabenheit, der würdevollen Gelassenheit ihres Wesens oder der unvergleichlichen Leichtigkeit und Elastizität ihres Schreitens versuchen wollte. Sie kam und ging wie ein Schatten. War sie in mein Arbeitszimmer gekommen, so bemerkte ich ihre Anwesenheit nicht eher, als bis ich den lieben Wohlklang ihrer sanften süßen Stimme vernahm oder ihre marmorweiße Hand auf meiner Schulter fühlte. Kein Weib auf Erden trug solche Schönheit im Antlitz wie sie! Strahlend schön war sie, wie die Erscheinung eines Opiumtraumes, wie eine göttliche, beseligende Vision – göttlicher noch als die Traumgebilde, die durch die schlafenden Seelen der Töchter von Delos wehen. Doch waren ihre Züge keineswegs von jener Regelmäßigkeit, wie die klassischen Bildwerke des Heidentums sie aufweisen und die man mit Unrecht so übertrieben bewundert. »Es gibt keine auserlesene Schönheit«, sagt Bacon Lord Verulam da, wo er von allen Formen und Arten der Schönheit spricht, »ohne eine gewisse Seltsamkeit in der Proportion.« Aber wenn ich auch sah, daß die Züge Ligeias nicht von klassischer Regelmäßigkeit waren, wenn ich auch feststellte, daß ihre Schönheit in der Tat »auserlesen« war, und fühlte, daß viel »Seltsamkeit« in ihren Zügen lag, so habe ich doch vergebens versucht, dieser Unregelmäßigkeit auf die Spur zu kommen und meine Feststellung des »Seltsamen« zu begründen. Ich prüfte die Kontur der hohen und bleichen Stirn – sie war fehlerlos. Wie kalt klingt doch dies Wort für eine so göttliche Majestät, für die wie reinstes Elfenbein schimmernde Haut, die gebieterische Breite und ruhevolle Harmonie dieser Stirn, die sanfte Erhöhung über den Schläfen, die eine üppige Fülle rabenschwarzer glänzender Locken umschmiegte – Locken, die das homerische Epitheton »HYAZINTHEN« so wunderbar erfüllten! – Ich prüfte die feinen Linien der Nase: nirgends anders als auf althebräischen Medaillons hatte ich ebenso vollkommen Schönes gesehen; nur dort hatte ich eine gleich wundervolle Zartheit und dieselbe kaum wahrnehmbare Neigung zu sanfter Krümmung, dieselben harmonisch geschweiften Nasenflügel, die einen freien Geist verrieten, gefunden. – Ich betrachtete den süßen Mund. Hier feierten alle Himmelswonnen ihr triumphierendes Fest: dieser entzückende Schwung der kurzen Oberlippe, diese weiche, wollüstige Ruhe der Unterlippe, diese tändelnden Grübchen, diese lockende Farbe, diese schimmernden Zähne, die jeden Strahl des heiligen Lichtes widerspiegelten, mit dem ihr heiteres und ruhevolles und gleichwohl frohlockendes Lächeln sie blendend schmückte. – Ich prüfte die Form des Kinns und fand auch hier in seiner sanften Breite Majestät, Fülle und griechischen Geist – fand die Kontur, die der Gott Apoll dem Kleomenes, dem Sohn des Atheners, im Traume nur enthüllte. – Und dann vertiefte ich mich in Ligeias große Augen.

Für Augen finden wir im fernen Altertum kein Vorbild. Es mochte sein, daß eben hier – in den Augen meiner Geliebten – das Geheimnis lag, von dem Lord Verulam spricht. Sie schienen mir weit größer als sonst die Augen unsrer Rasse. Sie waren üppiger als selbst die üppigsten Augen der Gazellen vom Stamme des Tales Nourjahad. Doch geschah es nur zuzeiten – in Augenblicken tiefster Erregung, daß diese »Seltsamkeit«, von der ich vorhin sprach, deutlich wahrnehmbar bei ihr wurde. Und in solchen Augenblicken war Ligeias Schönheit – vielleicht kam es auch nur meiner erglühten Phantasie so vor – die Schönheit von überirdischen oder unirdischen Wesen, die Schönheit der sagenhaften Huri der Türken. Von strahlendstem Schwarz waren ihre Pupillen und waren tief beschattet von sehr langen, jettschwarzen Wimpern. Die Brauen, deren Linien kaum merklich unregelmäßig waren, hatten die gleiche Farbe. Die Seltsamkeit aber, die ich in den Augen fand, lag nicht in Form, Farbe oder Glanz, sie muß in ihrem Ausdruck wohl gelegen haben. Ach, bedeutungsloses Wort! Leeres Wort, hinter dessen bloßem Klang wir uns mit unsrer Unkenntnis alles Geistigen verschanzen!

Der Ausdruck von Ligeias Augen! O, wie viele Stunden habe ich ihm nachgesonnen! Wie habe ich eine ganze Mittsommernacht lang gerungen, ihn zu ergründen! Was war es, dies Etwas, das tief innen in den Pupillen meiner Geliebten verborgen lag, das unergründlicher war als die Quelle des Demokritos? Was war es? Ich war wie besessen von dem Verlangen, es zu entdecken. Diese Augen! Diese großen, diese schimmernden, diese göttlichen Augen! Sie wurden für mich die Zwillingssterne der Leda, und ich war ihr andächtigster Astrologe.

Es gibt in der Psychologie viele unlösbare Rätsel, das unheimlichste aber und aufregendste von allen erschien mir stets die Tatsache – die übrigens von den Psychologen kaum je erwähnt worden ist –, daß wir oft, wenn wir etwas längst Vergessenes wieder in unser Gedächtnis zurückrufen wollen, bis an die Schwelle des Erinnerns gelangen, ohne doch das, was sozusagen schon vor uns steht, wirklich festhalten zu können. Und wie oft, wenn ich den Augen Ligeias nachsann, fühlte ich mich der vollen Aufklärung über die Bedeutung ihres Ausdrucks ganz nahe: ich fühlte, diese Aufklärung war da – gleich, gleich würde ich sie erfassen – und da entschwebte sie wieder, noch ehe ich sie hatte festhalten können. Und – sonderbares, o sonderbarstes Mysterium! – ich fand in den gewöhnlichsten Dingen von der Welt eine Reihe von Analogien zu diesem Ausdruck. Ich will damit sagen: nachdem Ligeias eigenartige Schönheit mir bewußt geworden war und nun im Altarschrein meines Herzens ruhte, lösten viele Erscheinungen der realen Welt dasselbe Empfinden in mir aus wie der Blick aus Ligeias großen, leuchtenden Augen. Trotzdem aber wollte es mir nicht gelingen, dies Empfinden zu ergründen oder zu zergliedern; auch überkam es mich nicht stets in der gleichen Stärke. Um mich näher zu erklären; jenes Gefühl erfüllte mich zum Beispiel beim Anblick einer schnell emporschießenden Weinrebe, bei der Betrachtung eines Nachtfalters, einer Schmetterlingspuppe, eines eilig strömenden Wasserlaufes. Ich habe es im Ozean gefunden und beim Fallen eines Meteors, sogar im Blick ungewöhnlich alter Leute. Und es gibt am Firmament ein paar Sterne, vor allem ein veränderliches Doppelgestirn sechster Größe nahe beim großen Stern der Leier, bei deren Betrachtung durch das Teleskop ich mich des nämlichen Gefühls nicht erwehren konnte. Gewisse Töne von Saiteninstrumenten und bestimmte Stellen in Büchern durchschauerten mich in ähnlicher Art. Unter zahllosen andern Beispielen erinnere ich mich besonders eines Ausspruchs, den ich bei Joseph Glanvill fand und der – vielleicht nur wegen seiner Wunderlichkeit – immer wieder diese Stimmung in mir erweckte: »Und es liegt darin der Wille, der nicht stirbt. Wer kennt die Geheimnisse des Willens und seine Gewalt? Denn Gott ist nichts als ein großer Wille, der mit der ihm eignen Kraft alle Dinge durchdringt. Der Mensch überliefert sich den Engeln oder dem Nichts einzig durch die Schwäche seines schlaffen Willens!«

Eifriges Nachdenken lange Jahre hindurch hat mir nun wirklich gewisse leise Beziehungen gezeigt zwischen diesem Ausspruch des englischen Philosophen und einem Teil von Ligeias Wesen. Es lebte in ihr ein unerhört starker Wille, der während unseres langen Zusammenlebens nie spontan zutage trat, sondern sich nur in einer unglaublichen Anspannung des Denkens, Tuns und Redens zu erkennen gab. Von allen Frauen, die ich je kannte, war sie, die äußerlich ruhevolle, die stets gelassen milde Ligeia, wie keine andere die Beute der tobenden Geier grausamster Leidenschaftlichkeit. Und diese Leidenschaftlichkeit enthüllte sich mir nur im wundervollen Strahlen ihrer Augen, die mich gleichzeitig entzückten und entsetzten, in der fast zauberhaften Melodie, Weichheit, Klarheit und Würde ihrer sonoren Stimme und in der flammenden Energie, die in ihren seltsam gewählten Worten lag und die im Kontrast mit der Ruhe, mit der sie gesprochen wurden, doppelt wirkungsvoll war.

Ich erwähnte schon das umfassende Wissen Ligeias: ihre Kenntnisse waren unermeßlich – für eine Frau ganz unerhört. In allen klassischen Sprachen war sie Meister, und auch in den modernen Sprachen des Kontinents habe ich ihr, soweit ich selbst mit diesen Sprachen vertraut war, nie einen Fehler nachweisen können. Und gab es denn überhaupt irgendein Thema aus den Gebieten der höchsten und schwierigsten Wissenschaften, bei dem ich Ligeia jemals auf Unkenntnis oder Irrtum ertappt hätte? Wie sonderbar, wie schauerlich! Diese eine Seite nur vom Wesen meiner Frau ist meinem Gedächtnis heute noch erinnerlich. Ich sagte, an Wissen überragte sie weit alle anderen Frauen – doch wo lebt der Mann, der die philosophische, physikalische und mathematische Wissenschaft in ihrer ganzen unermeßlichen Ausdehnung so verständnisvoll studiert hätte?! Damals sah ich noch nicht, was ich jetzt klar erkenne, daß dies Wissen

Ligeias unglaublich, daß es gigantisch war. Doch war ich mir ihrer unendlichen Überlegenheit genügend bewußt, um mich mit kindlichem Vertrauen ihrer Führung durch die chaotische Welt metaphysischer Probleme, mit denen ich mich während der ersten Jahre unserer Ehe eifrig beschäftigte, zu überlassen. Mit welch ungeheurem Triumph – mit welch lebhaftem Entzücken – mit welch himmlischer Hoffnung konnte ich, wenn sie in diesem so unbekannten, so wenig gepflegten Studium sich helfend zu mir neigte, fühlen, wie vor mir der herrlichste Ausblick sich öffnete und ein in diese glänzenden Höhen führender, langer, köstlicher und noch ganz unbetretener Pfad sichtbar wurde, auf dem ich wohl endlich empor ans Ziel einer Weisheit gelangen durfte, die zu göttlich erhaben ist, um nicht verboten zu sein!

Wie heftig muß da der Gram gewesen sein, mit dem ich einige Jahre später meine so festgegründeten Hoffnungen Flügel nehmen und sich davonschwingen sah! Ohne Ligeia war ich nichts als ein durch Dunkel tastendes Kind. Nur ihre Gegenwart, ihr Erklären brachte helles Licht in die vielen Mysterien des Transzendentalen, in die wir eingedrungen waren. Wenn den golden züngelnden Schriftzeichen der leuchtende Glanz ihrer Augen fehlte, wurden sie matter als stumpfes Blei. Und seltener und seltener fiel nun der Strahl dieser Augen auf die Blätter, über deren Inhalt ich brütete. Ligeia wurde krank. Die herrlichen Augen strahlten in übernatürlichen Flammen, die bleichen Hände wurden wachsfarben wie bei einem Toten, und die blauen Adern auf der hohen Stirn hoben sich und pochten ungestüm bei der geringsten Aufregung. Ich sah, daß sie sterben mußte – und mein Geist rang verzweifelt mit dem grimmen Azrael.

Noch angestrengter als ich – rang zu meinem Erstaunen das leidenschaftliche Weib. So manches in ihrer ernsten Natur hatte in mir den Glauben gezeigt, daß für sie der Tod keine Schrecken haben werde – doch dem war nicht so. Es gibt keine Worte, die auch nur annähernd die Wildheit ihres

Widerstandes beschreiben könnten, den sie dem Schatten Tod entgegensetzte. Ich stöhnte gequält bei diesem mitleiderregenden Anblick. Ich wollte besänftigen, aber gegenüber der unheimlichen Gewalt, mit der sie nur leben – nur leben – nichts als leben wollte, schienen Trost und Zuspruch unsäglich albern. Aber trotzdem sich ihr feuriger Geist so wild gebärdete, bewahrte sie die Hoheit ihres äußeren Wesens bis zum letzten Augenblick, dem Augenblick des Todeskampfes. Ihre Stimme wurde noch sanfter – wurde noch tiefer – dennoch möchte ich jetzt bei dem grausigen Sinn der Worte, die sie in aller Ruhe sprach, nicht nachdenkend verweilen. Mein Geist, der diesen überirdischen Tönen hingerissen lauschte – diesem Hoffen und Ringen, dieser gewaltigen Sehnsucht, wie nie zuvor ein Sterblicher sie fühlte – taumelte und verwirrte sich.

Daß sie mich liebte, daran hatte ich nie gezweifelt, auch konnte ich mir wohl sagen, daß die Liebe eines solchen Herzens nicht mit gewöhnlichem Maß zu messen sei. Aber erst in ihrem Sterben erhielt ich von der wahren Kraft ihrer Liebe den vollen Eindruck. Lange Stunden hielt sie meine Hand und schüttete vor mir das Überfluten eines Herzens aus, dessen mehr als leidenschaftliche Ergebenheit an Anbetung grenzte. Wie hatte ich es verdient, mit solchen Bekenntnissen gesegnet zu werden? Und wie hatte ich es verdient, durch den Verlust der Geliebten verdammt zu werden – in der nämlichen Stunde, da sie mir diese Bekenntnisse machte? Doch ich kann es nicht ertragen, von diesen Dingen zu sprechen. Nur eines laßt mich sagen: ich erkannte in Ligeias mehr als weiblicher Hingabe an eine Liebe, die ich, ach, gar so wenig verdiente, den wahren Grund für ihr so tiefes, so wildes Begehren nach dem Leben – dem Leben, das jetzt so eilend entfloh. Für dies wilde Sehnen, für diese Gier und Gewalt des Verlangens nach Leben – nur nach Leben – finde ich keine Ausdrucksmöglichkeit; keine Worte gibt es, die es sagen könnten.

In der Nacht ihres Scheidens ließ sie mich nicht von ihrer
Seite. In tiefster Mitternachtsstunde bat sie mich, ihr einige
Verse herzusagen, die sie selbst wenige Tage vorher verfaßt
hatte. Ich gehorchte. Hier sind sie:

O schaut, es ist festliche Nacht
Inmitten einsam letzter Tage!
Ein Engelchor, schluchzend, in Flügelpracht
Und Schleierflor, sieht zage
Im Schauspielhaus ein Schauspiel an
Von Hoffnung, Angst und Plage,
Derweil das Orchester dann und wann
Musik haucht: Sphärenklage.

Schauspieler, Gottes Ebenbilder,
Murmeln und brummeln dumpf
Und hasten planlos, immer wilder,
Sind Puppen nur und folgen stumpf
Gewaltigen düsteren Dingen,
Die umziehn ohne Form und Rumpf
Und dunkles Weh aus Kondorschwingen
Schlagen voll Triumph.

Dies närrische Drama! – O fürwahr,
Nie wird's vergessen werden,
Nie sein Phantom, verfolgt für immerdar
Von wilder Rotte rasenden Gebärden,
Verfolgt umsonst – zum alten Fleck
Kehrt stets der Kreislauf neu zurück –,
Und nie die Tollheit, die Sünde, der Schreck
Und das Grausen: die Seele vom Stück.

Doch sieh, in die mimende Runde
Drängt schleichend ein blutrot Ding
Hervor aus ödem Hintergrunde

Der Bühne – ein blutrot Ding.
Es windet sich! – windet sich in die Bahn
Der Mimen, die Angst schon tötet;
Die Engel schluchzen, da Wurmes Zahn
In Menschenblut sich rötet.

Aus – aus sind die Lichter – alle aus!
Vor jede zuckende Gestalt
Der Vorhang fällt mit Wetterbraus,
Ein Leichentuch finster und kalt.
Die Engel schlagen die Schleier zurück,
Sind erbleicht und entschweben in Sturm;
»Mensch« nennen sie das tragische Stück,
Seinen Helden »Eroberer Wurm«.

»O Gott!« schrie Ligeia, sprang vom Bett auf und reckte die Arme empor. »Gott! Gott! O göttlicher Vater! Muß das immer unabänderlich so sein? Soll dieser Sieger nie, niemals besiegt werden? Sind wir nicht Teil und Teile von dir? Wer – wer kennt die Geheimnisse des Willens und seine Gewalt? Der Mensch überliefert sich den Engeln oder dem Nichts einzig durch die Schwäche seines schlaffen Willens.«

Und nun, wie von innrer Bewegung überwältigt, ließ sie die weißen Arme sinken und kehrte feierlich auf ihr Sterbebett zurück. Und als sie die letzten Seufzer hauchte, kam gleichzeitig ein leises Murmeln von ihren Lippen. Ich legte das Ohr an ihren Mund und vernahm wieder die Schlußworte des Glanvillschen Ausspruchs: »Der Mensch überliefert sich den Engeln oder dem Nichts einzig durch die Schwäche seines schlaffen Willens.«

Sie starb. Und ich, den der Gram völlig zermalmt hatte, konnte nicht länger die einsame Verlassenheit meiner Behausung in der düsteren und verfallenen Stadt am Rhein ertragen. Ich hatte keinen Mangel an dem, was die Welt »Besitz« nennt; Ligeia hatte mir viel mehr, o sehr viel mehr gebracht, als für gewöhnlich einem Sterblichen zufällt. So kam es, daß ich nach einigen Monaten planlosen und ermüdenden Umherwanderns in einer der wildesten und abgelegensten Gegenden des schönen Englands eine alte Abtei, deren Namen ich nicht nennen möchte, käuflich erwarb und instand setzte. Die düstre und traurige Majestät des Gebäudes, die unglaubliche Verwilderung der Ländereien, die vielen melancholischen und altehrwürdigen Erinnerungen, die sich an beide knüpften, hatten viel gemein mit dem Gefühl äußerster Verlassenheit, das mich in jenen entlegenen und unwirtlichen Teil des Landes hingetrieben hatte. An dem Abteigebäude selbst mit seinem verwitterten, unter blühendem Grün verborgenen Mauerwerk nahm ich keine Veränderungen vor, dagegen widmete ich mich mit kindischem Eigensinn und vielleicht auch in der schwachen Hoffnung, meinen Kummer so zu zerstreuen, der Ausstattung der Innenräume und entfaltete hier eine ganz ungewöhnliche Pracht. Ich hatte schon als Kind Geschmack an solchen Torheiten gefunden, und jetzt, da mich mein Kummer wieder hilflos macht, stellte sich jener kindliche Trieb von neuem ein. Ich, ich fühle, wie viel Spuren von Geistesverwirrung sogar in den prunkhaften und phantastischen Draperien, in den feierlichen ägyptischen Schnitzereien, in den grotesken Möbeln, in den tollen Mustern der goldgewirkten Teppiche zu finden waren. Ich lag, ein gefesselter Sklave, in den Banden des Opiums, und meine Handlungen und Anordnungen hatten den Charakter meiner Träume angenommen. Doch ich will nicht bei der Beschreibung dieser Torheiten verweilen, laßt mich nur von jenem einen verfluchten Gemach sprechen, in das ich in einem Anfall von geistiger Umnachtung sie als mein angetrautes Weib führte – als die Nachfolgerin der unvergessenen Ligeia – sie, die blondhaarige und blauäugige Lady Rowena Trevanion of Tremaine.

Selbst die unbedeutendste Einzelheit in Architektur und Ausstattung dieses Brautgemachs steht mir noch jetzt deutlich vor Augen. Was dachten sich nur die goldgierigen, hochmütigen Angehörigen meiner Braut, als sie einem so geliebten Mädchen, einer so geliebten Tochter gestatteten, die Schwelle eines derart ausgeschmückten Brautgemachs zu überschreiten.

Trotzdem leider so manche tief bedeutsamen Dinge meinem Gedächtnis entschwanden, so sind mir doch, wie ich schon sagte, die geringsten Einzelheiten dieses Zimmers gegenwärtig; ich erinnere mich ihrer, obgleich in diesem phantastischen Prunk kein System, kein Halt war, an die mein Erinnern sich hätte klammern können. Das Zimmer lag in einem hohen Turm der burgartig gebauten Abtei; es war ein fünfeckiger Raum von beträchtlicher Größe. Die ganze Südseite des Fünfecks nahm das einzige Fenster ein, eine ungeteilte, riesige Scheibe venezianischen Glases von bleifarbener Tönung, so daß Sonnenlicht wie Mondglanz über die Gegenstände des Zimmers nur einen gespenstischen Schein gossen. Der obre Teil dieser ungeheuren Fensterscheibe wurde durch das Rankenwerk eines uralten Weinstocks, der an den massigen Mauern des Turmes emporkletterte, dunkel beschattet. Das düstere Eichenholz der außerordentlich hoch gewölbten Zimmerdecke war mit Schnitzereien in halb gotischem, halb druidenhaftem Stil überladen. Genau aus dem Mittelpunkt dieser melancholischen Wölbung hing an einer einzigen goldenen, langgegliederten Kette ein mächtiger, goldener Kronleuchter in Form eines Weihrauchbeckens, mit sarazenischem Bildwerk geschmückt. Dieser Kronleuchter hatte rundum viele Öffnungen, aus denen wie lebhafte Schlangen fortwährend die buntesten Flammen züngelten.

Ein paar Ottomanen und goldene orientalische Kandelaber waren im Raum verteilt. Und da stand auch das Lager, das Brautbett! Es war nach einem indischen Modell gearbeitet; es war niedrig und aus massivem Ebenholz geschnitzt und von einem Baldachin, der einem Bahrtuch glich, überdacht. In jeder Ecke des Zimmers stand aufrecht ein riesiger, schwarzgranitener Sarkophag, den unsterbliche Skulpturen schmückten. Diese Sarkophage stammten aus den Königsgräbern von Luxor. Aber noch mehr als in allem andern waltete meine unheimliche Phantasie in der Wandverkleidung des Gemachs. Die unverhältnismäßig hohen Wände waren von der Decke bis zum Fußboden mit faltenreichem schweren Goldstoff verhangen – demselben Stoff, der als Fuß- und Ottomanenteppich, als Bettdecke und Baldachin sowie als prunkhafter Überhang der einen Teil des Fensters überschattenden Vorhänge Verwendung gefunden hatte. Dieser Goldstoff trug in unregelmäßigen Zwischenräumen arabeskenartige Figuren von einem Fuß Durchmesser, die aus tiefschwarzem Stoff gearbeitet waren. Aber nur von einer einzigen Stelle aus betrachtet schienen diese Figuren nichts als Arabesken zu sein. Infolge eines heute allgemein bekannten Verfahrens, das man jedoch schon im frühen Altertum anwendete, boten sie dem Beschauer von jeder Seite ein andres Bild. Wenn man das Zimmer betrat, erschienen sie einfach nur wie Monstrositäten, je mehr man sich ihnen aber näherte, desto bestimmtere Gestalt nahmen sie an, und Schritt für Schritt, je nach dem vom Beschauer gewählten Standpunkt, sah man sich von einer wechselnden Prozession gespensterhafter Wesen umringt, wie etwa der Aberglaube der Normannen sie ersonnen hat oder ein Mönch in verbrecherischem Traum sie erschauen mag. Der gespenstische Eindruck wurde noch erhöht durch einen künstlich hinter die Draperien geführten ununterbrochenen Luftzug, der dem Ganzen eine rastlose und abscheuliche Lebendigkeit verlieh.

In solchem Raum also, in solchem Brautgemach verlebte ich mit Lady Rowena of Tremaine die gottlosen Stunden unsres Honigmondes – ohne viel Aufregung. Daß mein Weib vor meiner Übellaunigkeit Furcht hatte, daß sie mir aus dem Wege ging und mir nur wenig Liebe entgegenbrachte, konnte mir nicht entgehen, aber gerade dies freute mich mehr, als wenn es anders gewesen wäre. Ich verabscheute sie, ich haßte sie – mit einer Inbrunst, die geradezu teuflisch war. Mein Erinnern floh – o mit welch tiefem Leidgefühl – zu Ligeia zurück, der Geliebten, der Hehren, der Schönen, der Begrabenen! Ich schwelgte im Gedenken ihrer Reinheit und Weisheit, ihres erhabenen, ihres himmlischen Wesens, ihrer leidenschaftlichen, ihrer anbetenden Liebe. Jetzt lohte in meiner Seele noch wildere, noch heißere Flamme, als sie in ihr, in Ligeia, gebrannt hatte. In den Ekstasen meiner Opiumträume – ich lag fast immer im Bann dieses Giftes – rief ich wieder und wieder ihren Namen durch das Schweigen der Nacht oder bei Tag durch die schattigen Schluchten der Landschaft. Es war, als ob das wilde Verlangen, die tiefernste Leidenschaft, das verzehrende Feuer meiner Sehnsucht nach der Dahingegangenen sie auf den irdischen Pfad zurückführen müßten, den sie – ach konnte es denn für ewig sein? – verlassen hatte.

Gegen Beginn des zweiten Monats unsrer Ehe wurde Lady Rowena plötzlich von einer Krankheit befallen, von der sie nur langsam genas. Zehrendes Fieber machte ihre Nächte unruhig, und in ihrem aufgeregten Halbschlummer redete sie von gespenstischen Lauten und Schatten, die im Turmzimmer und in seiner nächsten Umgebung sich vernehmen, sich sehen ließen. Ich hielt diese Äußerungen natürlich für Einbildungen einer kranken Phantasie, die allerdings durch das unheimliche Zimmer geweckt sein konnte. Sie erholte sich schließlich wieder – und genas endlich völlig. Doch nur für kurze Zeit; denn bald warf ein zweiter, heftiger Anfall sie von neuem aufs Krankenlager. Und von diesem Rückfall erholte sie, die ohnedies von zarter Gesundheit war, sich nie mehr vollständig. Die Krankheitserscheinungen, die dem zweiten Anfall folgten, waren sehr beunruhigend und spotteten aller Wissenschaft und allen Bemühungen der Ärzte. Mit dem Anwachsen ihres chronischen Leidens, das ersichtlich schon tiefer wurzelte, als daß man ihm mit Medikamenten erfolgreich hätte beikommen können, bemerkte ich auch eine Steigerung ihrer nervösen Reizbarkeit und ihres schreckhaften Entsetzens bei ganz nichtigen Anlässen. Sie sprach wieder – und häufiger und hartnäckiger jetzt – von den Lauten, den ganz leisen Lauten, und von den seltsamen Schatten, die sich an den Wänden regten.

In einer Nacht, es war gegen Ende September, wies sie meine Aufmerksamkeit mit mehr als gewöhnlichem Nachdruck auf diese peinigenden Ängste hin. Sie war soeben aus unruhigem Schlummer erwacht, und ich hatte – halb in Besorgnis und halb in Entsetzen – das Arbeiten der Muskeln in ihrem abgemagerten Gesicht beobachtet. Ich saß seitwärts von ihrem Ebenholzbett auf einer der indischen Ottomanen. Sie richtete sich halb auf und sprach in eindringlichem leisen Flüstern von Lauten, die sie jetzt vernahm, die ich aber nicht hören konnte – von Bewegungen, die sie jetzt sah, die ich aber nicht wahrnehmen konnte. Der Wind wehte hinter der Wandverkleidung in hastigen Zügen, und ich hatte die Absicht, ihr zu zeigen (was ich allerdings, wie ich bekenne, selbst nicht ganz glauben konnte), daß dieses kaum vernehmbare Atmen, daß diese ganz geringen Verschiebungen der Gestalten an den Wänden nur die natürliche Folge des Luftzuges seien. Doch ein tödliches Erbleichen ihrer Wangen ließ mich einsehen, daß meine Bemühungen, sie zu beruhigen, fruchtlos sein würden. Sie schien ohnmächtig zu werden, und keiner der Dienstleute war in Rufnähe. Doch da erinnerte ich mich einer Flasche leichten Weines, den die Ärzte verordnet hatten, und eilte quer durchs Zimmer, um sie zu holen. Doch als ich unter den Flammen des Weihrauchbeckens angekommen war, erregten zwei sonderbare Umstände meine Aufmerksamkeit. Ich fühlte, daß ein unsichtbares, doch greifbares Etwas leicht an mir vorbeistreifte, und ich sah, daß auf dem goldenen Teppich, genau in der Mitte des reichen Glanzes, den die Ampel darauf niederwarf, ein Schatten – ein schwacher, undeutlicher, geisterhafter

Schatten lag; so zart war er, daß man ihn für den Schatten eines Schatten hätte halten können. Aber ich war infolge einer ungewöhnlich großen Dosis Opium sehr aufgeregt und achtete dieser Erscheinungen kaum, erwähnte sie auch Rowena gegenüber nicht.

Ich fand den Wein, schritt quer durchs Zimmer ans Bett zurück, füllte ein Kelchglas und brachte es an die Lippen der nahezu ohnmächtigen Kranken. Sie hatte sich ein wenig erholt und ergriff selbst das Glas; ich sank auf die nächste Ottomane und sah gespannt zu meinem Weib hinüber. Da geschah es, daß ich deutlich einen leisen Schritt über den Teppich zum Lager hinschreiten hörte; und eine Sekunde später, als Rowena den Wein an die Lippen führte, sah ich – oder träumte, daß ich es sah –, wie, aus einer unsichtbaren Quelle in der Atmosphäre des Zimmers kommend, drei oder vier große Tropfen einer strahlenden, rubinroten Flüssigkeit in den Kelch fielen. Ich sah dies – Rowena sah es nicht. Sie trank den Wein ohne Zögern, und ich unterließ es, ihr von der Erscheinung zu sprechen, die – wie ich mir nach reiflicher Überlegung sagte – vielleicht nur eine Vorspiegelung meiner lebhaften Einbildungskraft gewesen war, die durch die Äußerungen der Leidenden, durch das Opium und durch die späte Nachtstunde krankhaft erregt sein mußte.

Dennoch konnte ich mir nicht verhehlen, daß die Krankheit meiner Frau, nachdem sie den Becher geleert hatte, eine rapide Wendung zum Schlimmsten nahm. Und in der dritten Nacht darauf kleideten die Dienerinnen Lady Rowena in das Leichengewand – und in der vierten Nacht saß ich allein bei ihrem Leichnam in dem seltsamen Gemach, in das sie als meine Braut eingetreten war.

Wilde Visionen, eine Folge des Opiumgenusses, umschwebten mich wie Schatten. Meine Blicke musterten unruhig die in den Ecken des Zimmers aufgestellten Sarkophage, die veränderlichen Gestalten des Wandteppichs und die züngelnden, buntfarbigen Flammen des Weihrauchbeckens mir zu Häupten. Ich erinnerte mich der sonderbaren Erscheinungen jener Nacht, in der über das Leben Rowenas entschieden wurde und blickte unwillkürlich auf die vom Ampellicht bestrahlte Stelle des Teppichs, wo ich damals den schwachen Schein eines Schattens bemerkt hatte. Es ließ sich jedoch nichts mehr sehen, und ich wandte mich aufatmend ab und heftete meine Blicke auf das bleiche und starre Antlitz der Aufgebahrten. Da überfielen mich tausend liebe Erinnerungen an Ligeia, und über mein Herz stürzte mit der Wucht eines Gießbaches das ganze unsagbare Weh, mit dem ich sie im Leichentuch gesehen hatte. Die Stunden gingen, und immer noch saß ich und starrte Rowena an, das Herz geschwellt vom Gedenken an die eine Einzige, die himmlisch Geliebte.

Es mochte gegen Mitternacht sein – vielleicht etwas früher oder später, ich hatte der Zeit nicht geachtet –, als ein leiser, zarter, aber deutlich wahrnehmbarer Seufzer mich aus meinen Träumen aufschreckte. Ich fühlte, daß er vom Ebenholzbett her kam – vom Totenbett. Ich lauschte in angstvollem, abergläubischem Entsetzen – aber der Laut wiederholte sich nicht. Ich strengte meine Augen an, um irgendeine Bewegung des entseelten Körpers wahrzunehmen, nicht die mindeste Regung war zu entdecken. Dennoch konnte ich mich nicht getäuscht haben. Ich hatte das Geräusch, wie schwach es auch gewesen sein mochte, tatsächlich vernommen, und meine Seele war erwacht und lauschte. Ich heftete meine Augen durchdringend und mit aller Willenskonzentration auf den Totenleib. Viele Minuten vergingen, ehe sich auch nur das geringste ereignete, das Licht in dies Geheimnis bringen konnte. Endlich sah ich ganz deutlich, daß ein leiser, ein ganz schwacher und kaum wahrnehmbarer Hauch sowohl die Wangen wie auch die eingesunkenen feinen Adern der Augenlider gerötet hatte. Ein namenloses Grausen, eine wahnsinnige Furcht, für die es keine Worte gibt, ließ mich auf meinem Sitz zu Stein erstarren und lähmte das Pulsen meines Herzens. Und doch gab mir schließlich ein gewisses Pflichtgefühl meine Selbstbeherrschung zurück. Ich konnte nicht länger daran zweifeln, daß wir in unserm Vorgehen allzu voreilig gewesen waren, ich konnte nicht länger daran zweifeln – daß Rowena lebte. Man mußte sofort Wiederbelebungsversuche anstellen. Doch der Turm lag ganz abseits von den andern Gebäuden, in denen die Dienerschaft untergebracht war – keiner der Leute befand sich in Hörweite – wollte ich sie zu meiner Hilfe herbeiholen, so hätte ich das Zimmer auf viele Minuten verlassen müssen – das aber durfte ich nicht wagen. Ich bemühte mich daher allein, die Seele, die noch nicht ganz entflohen schien, wieder ins Leben zu rufen. Aber schon nach kurzer Zeit war ersichtlich ein Rückfall eingetreten; die Farbe verschwand von Wangen und Augenlidern, die nun bleicher noch als Marmor erschienen. Die Lippen schrumpften ein und kniffen sich zusammen und trugen den gräßlichen Ausdruck des Todes; eine widerliche, klebrige Kälte breitete sich schnell über den ganzen Leib, der überdies vollständig steif und starr wurde. Schauernd sank ich auf das Ruhebett zurück, von dem ich in so fassungslosem Schreck aufgescheucht worden war, und gab mich von neuem leidenschaftlichen, wachen Visionen hin, in denen ich Ligeia vor mir sah.

So war eine Stunde verstrichen, als ich – konnte es möglich sein? – ein zweites Mal von der Gegend des Bettes her einen schwachen Laut vernahm. Ich lauschte in höchstem Grauen. Der Ton wiederholte sich – es war ein Seufzer. Ich eilte zur Leiche hin und sah – sah deutlich –, daß die Lippen zitterten. Eine Minute später öffneten sie sich und legten eine Reihe perlenschöner Zähne bloß. Zu der tiefen Furcht, die mich bis jetzt gebannt hielt, gesellte sich nun auch Bestürzung. Ich fühlte, wie es dunkel vor meinen Augen wurde, wie meine Gedanken wanderten, und nur durch ganz gewaltige Anstrengung gelang es mir, mich für die Aufgabe, auf die mich die Pflicht nun wiederum hinwies, zu stählen.

Sowohl auf der Stirn wie auf Wangen und Hals war jetzt ein sanftes Glühen zu bemerken, eine fühlbare Wärme durchdrang den ganzen Körper, am Herzen ließ sich sogar ein leichter Pulsschlag spüren. Die Tote lebte, und mit doppeltem Eifer unterzog ich mich den Wiederbelebungsversuchen. Ich rieb und berührte die Schläfen und die Hände und wendete alles an, was Erfahrung und eine gute Belesenheit in medizinischen Dingen erdenken konnten. Doch vergeblich. Plötzlich verschwand die Farbe, der Pulsschlag hörte auf, die Lippen nahmen wieder den Ausdruck des Todes an, und einen Augenblick danach hatte der Körper die frostige Eiseskälte, den bleiernen Farbton, die vollkommene Starre, die eingesunkenen Formen und all die widerlichen Eigenschaften dessen, der schon seit vielen Tagen ein Bewohner des Grabes gewesen war.

Und wieder sank ich in Träume von Ligeia – und wieder – was Wunder, daß ich beim Schreiben jetzt noch schaudere – wieder drang vom Ebenholzbett her ein leiser Seufzer an mein Ohr. Aber warum soll ich die unaussprechlichen Schrecken jener Nacht in allen Einzelheiten schildern? Warum soll ich darüber nachsinnen, wie ich es ausmalen könnte, wie bis zur Morgendämmerung dies fürchterliche Drama des Wiederbelebens und des Wiederabsterbens sich fortsetzte, wie jeder schreckliche Rückfall einen tiefren, unlöslicheren Tod bedeutete, wie jede Agonie wie ein Ringen mit einem unsichtbaren Feind erschien und wie jeder Kampf ich weiß nicht was für eine gräßliche Veränderung in der Erscheinung des Körpers nach sich zog? Laßt mich zum Schluß eilen.

Der größte Teil der furchtbaren Nacht war dahingegangen, und sie, die totgewesen, rührte sich wieder. Und die Lebenszeichen waren jetzt kräftiger als bisher, obgleich sie vordem in eine Auflösung gesunken war, die gräßlicher schien als alle früheren. Ich hatte es schon längst aufgegeben, mich zu bemühen, mich überhaupt noch zu rühren. Ich saß erstarrt auf der Ottomane – eine hilflose Beute wilder Aufregungen, deren am wenigsten schreckliche, am wenigsten aufreibende wohl eine maßlose Angst war. Der Leichnam, ich wiederhole es, rührte sich, und zwar lebhafter als bisher. Die Farben des Lebens schossen mit unglaublicher Energie ins Antlitz, die Glieder wurden wieder beweglich; und wenn die Augenlider nicht noch immer fest geschlossen geblieben wären, wenn der Leib nicht noch immer still in seinen Grabtüchern und Bändern dagelegen hätte, so hätte ich glauben müssen, daß Rowena sich endgültig aus den Fesseln des Todes befreit habe. Doch wenn bis dahin dieser Gedanke noch entschieden zurückgewiesen werden mußte, so schwanden alle Zweifel, als nun das leichentuchumhüllte Wesen vom Bette aufstand und schwankend, unsicheren Schrittes, mit geschlossenen Augen und mit dem Gebaren eines Traumwesens, doch körperlich sichtbar und fühlbar, sich in die Mitte des Zimmers vorbewegte.

Ich zitterte nicht – ich rührte mich nicht – denn ein Schwarm seltsamer Empfindungen, die sich an das Aussehen, die Gestalt und ihre Bewegungen knüpften, hatte mein Hirn überfallen und mich ganz gelähmt. Ich rührte mich nicht – doch meine Blicke hingen an der Erscheinung. Meine Gedanken taumelten wie im Wahnsinn – tobten und ließen sich nicht halten und bändigen. Konnte das wirklich die lebende Rowena sein, die mir da gegenüberstand? Konnte es überhaupt Rowena sein – die blondhaarige, blauäugige Lady Rowena Trevanion of Tremaine? Warum, warum sollte ich es bezweifeln? Die Binde lag fest um den Mund – aber warum sollte es nicht der Mund, der atmende Mund der Lady of Tremaine sein? Und die Wangen – sie trugen Rosen wie im Mittag ihres Lebens – ja, das waren wohl sicher die schönen Wangen der lebenden Lady of Tremaine. Und das Kinn, das Kinn mit den Grübchen der Gesundheit, war es nicht das ihre? – Aber war sie denn in ihrer Krankheit gewachsen? Welch unaussprechlicher Wahnsinn faßte mich bei dem Gedanken? Ein Sprung, und ich lag zu ihren Füßen! Sie wich meiner Berührung aus, und die gräßlichen Leintücher, die den Kopf umschlossen hatten, lösten sich und fielen nieder – und in die wehende Atmosphäre des Gemachs strömten gewaltige Wogen aufgelösten Haares: es war schwärzer als die Rabenschwingen der Mittnacht! Und nun öffneten sich langsam die Augen der Gestalt, die dicht vor mir stand. »Hier, hier endlich«, schrie ich laut, »kann ich mich niemals – niemals irren: dies sind die großen und die schwarzen und die wilden Augen – meiner verlorenen Geliebten – die Augen der Lady – der Lady Ligeia!«

Schweigen
Eine Parabel

Höre mir zu,« sagte der Dämon und legte seine Hand auf mein Haupt, »die Gegend, von der ich spreche, ist eine traurige Gegend in Libyen an den Ufern des Flusses Zaire. Und es ist weder Ruhe dort noch Schweigen.

Die Wasser des Flusses haben eine safrangelbe und kranke Farbe, und sie strömen nicht vorwärts dem Meere zu, sondern pulsen immer und ewig an gleicher Stelle unter dem roten Auge der Sonne in krampfhaftem, gärendem Toben.

An beiden Ufern des schlammigen Flußbetts dehnt sich eine meilenweite, bleiche Wüste riesenhafter Wasserlilien. Sie seufzen einander zu durch die Einöde und strecken ihre langen und gespenstischen Hälse gen Himmel und wiegen ihre ewigen Kelche. Und aus ihrer unendlichen Schar erhebt sich ein Murmeln wie das Rauschen unterirdischer Wasser. Und sie seufzen einander zu.

Aber ihr Reich hat eine Grenze, und diese Grenze ist der dunkle, hohe, entsetzliche Wald. Hier ist das niedrige Unterholz in immerwährender Bewegung; doch durch den ganzen Himmelsraum rührt sich kein Wind. Und die hohen, uralten Bäume schwingen ewig hin und her mit krachendem, gewaltigem Ton. Und von ihren hohen Gipfeln fällt Tropfen um Tropfen ewiger Tau. Und an ihren Wurzeln winden sich in wirrem Schlafe seltsame giftige Blumen. Zu Häupten jagen die großen, grauen Wolken rauschend und lärmend ewig nach Westen, bis sie über die feurigen Mauern des Horizontes herabstürzen wie ein Wasserfall. Aber im ganzen Himmelsraum rührt sich kein Wind. Und an den Ufern des Flusses Zaire ist weder Ruhe noch Schweigen.

Es war Nacht, und der Regen fiel. Er fiel als Regen; doch drunten auf der Erde war es Blut. Und ich stand im Morast, inmitten der hohen Lilien, und der Regen fiel auf mein Haupt, und die Lilien seufzten durch die Einöde einander zu.

Und plötzlich erhob sich der Mond durch den dünnen, gespenstischen Nebel, und er war scharlachrot. Und meine Augen fielen auf einen hohen, grauen Felsen, der am Ufer des Flusses stand und vom Mond beleuchtet war. Und der Felsen war grau. Auf seiner glatten Vorderfläche waren Schriftzeichen in den Stein gehauen. Und ich schritt durch den Sumpf der Wasserlilien bis dicht an das Ufer, um die Schriftzeichen auf dem Stein zu lesen; aber ich konnte sie nicht entziffern. Und ich ging zurück in den Sumpf, da erstrahlte der Mond in vollerem Rot, und ich wandte mich und blickte wieder auf den Felsen und auf die Schrift; – und die Schrift war: *Einsamkeit*. Und ich blickte auf und sah einen Mann auf dem Gipfel des Felsens stehen; und ich verbarg mich inmitten der Wasserlilien, um das Tun des Mannes zu beobachten. Und der Mann war hoch und von stolzer Gestalt und von den Schultern bis zu den Füßen in eine römische Toga gehüllt. Und die Umrisse seiner Gestalt waren undeutlich – aber seine Gesichtszüge waren die Züge einer Gottheit; denn der Mantel von Nacht und Nebel und Mondlicht und Tau ließ die Züge seines Antlitzes unbedeckt; und seine Stimme war stolz in Gedanken, und sein Auge war mild in Kampf und Plage. Und in den wenigen Furchen auf seiner Wange las ich die Runen von Sorge und Müdigkeit und Ekel am Menschen und ein Sehnen nach Einsamkeit.

Und der Mann saß auf dem Felsen und lehnte das Haupt in die Hand und sah hinaus in die Einöde. Er sah hinab in das niedere, unruhige Buschwerk und hinauf in die hohen, uralten Bäume und höher hinauf in den rauschenden Himmel und in den scharlachroten Mond, und ich lag tief im Schutz der Lilien und beobachtete das Tun des Mannes. Und der Mann erbebte in der Einsamkeit. – Aber die Nacht schwand, und er saß auf dem Felsen.

Und der Mann wandte seine Aufmerksamkeit vom Himmel ab, und er blickte hinaus auf den trüben Fluß Zaire und auf die gelben, gespenstischen Wasser und auf die bleichen Legionen der Wasserlilien. Und der Mann lauschte den Seufzern der Wasserlilien und dem Murmeln, das aus ihrer Mitte heraufdrang. Und ich lag dicht in Deckung und beobachtete das Tun des Mannes. Und der Mann erbebte in der Einsamkeit. – Aber die Nacht schwand, und er saß auf dem Felsen.

Dann ging ich hinein in die Sumpfwildnis und watete weit durch das Dickicht der Lilien und rief nach den Flußpferden, die in den morastigen Gründen des Sumpfes wohnen. Und die Flußpferde hörten meinen Ruf und kamen an den Fuß des Felsens und brüllten laut und furchtbar unter dem Mond. Und ich lag dicht in Deckung und beobachtete das Tun des Mannes. Und der Mann erbebte in der Einsamkeit. – Aber die Nacht schwand, und er saß auf dem Felsen.

Dann verfluchte ich die Elemente mit dem Fluch des Tumults; und ein entsetzlicher Orkan sammelte sich in den Himmeln, die vorher still und ohne Wind gewesen waren, und die Himmel wurden bleifarben im heftigen Orkan – und der Regen peitschte herab auf das Haupt des Mannes – und die Fluten des Flusses rauschten herab – und der Fluß quälte sich durch Schaum und Gischt – und die Wasserlilien kreischten in ihren feuchten Betten – und der Wald krümmte sich im Wind. – Und der Donner rollte – und der Blitz fiel – und der Felsen erbebte in seinen Grundfesten – und ich lag dicht in Deckung und beobachtete das Tun des Mannes. Und der Mann erbebte in der Einsamkeit. – Aber die Nacht schwand, und er saß auf dem Felsen.

Dann wurde ich zornig und verfluchte mit dem Fluch des *Schweigens* den Fluß und die Lilien und den Wald und den Wind und den Himmel und den Donner und die Seufzer der Wasserlilien. Und der Fluch erfüllte sich, und es wurde *still*. Und der Mond hörte auf, seinen Pfad gen Himmel zu tasten – und der Donner starb hin – und der Blitz flammte nicht mehr – und die Wolken hingen regungslos – und die

Wasser sanken auf den Grund und ruhten. Und die Bäume hörten auf zu schwingen, und die Wasserlilien seufzten nicht mehr – und kein Murmeln stieg empor aus ihrer Schar, noch der Schatten eines Tons aus der weiten, unendlichen Wüste. Und ich blickte auf die Schrift auf dem Felsen – und sie war verändert; und die Schrift war: *Schweigen*.

Und meine Augen fielen auf das Antlitz des Mannes, und sein Antlitz war bleich in Entsetzen, und hastig erhob er den Kopf aus der Hand und stand auf dem Felsen und lauschte. Aber da war keine Stimme in der weiten, unendlichen Wüste, und die Schrift auf dem Felsen war: *Schweigen*. Und der Mann schauderte und wandte das Antlitz ab und entfloh ins Weite!«

Wohl stehen in den Büchern der Magier schöne Geschichten – in den eisengebundenen, schwermütigen Büchern der Magier. In diesen, sage ich, stehen strahlende Geschichten von Himmel und Erde und machtvollem Meer – und von den Geistern, die Meer und Erde und hohe Himmel regieren. Auch in dem, was die Sibyllen erzählten, war Weisheit, und heilige, heilige Dinge standen in den vergilbten Blättern, die rund um Dodona zitterten – doch, beim Leben Allahs, die Geschichte, die der Dämon erzählte, der da an meiner Seite im Schatten des Grabes saß, halte ich für die wundersamste von allen! Und als der Dämon die Erzählung endete, fiel er zurück in die Höhlung des Grabes und lachte. Und ich konnte nicht mit dem Dämon lachen, und er verfluchte mich, weil ich nicht lachen konnte. Und der Luchs, der für ewige Zeiten in dem Grabe haust, kam hervor und legte sich dem Dämon zu Füßen und blickte ihm geruhig ins Antlitz.

Der Untergang des Hauses Usher

Son cœur est un luth suspendu;
Sitôt qu'on le touche il résonne.

Beranger

Ich war den ganzen Tag lang geritten, einen grauen und
lautlosen, melancholischen Herbsttag lang – durch eine eigentümlich öde und traurige Gegend, auf die erdrückend
schwer die Wolken herabhingen. Da endlich, als die Schatten
des Abends herniedersanken, sah ich das Stammschloß der
Usher vor mir. Ich weiß nicht, wie es kam – aber ich wurde
gleich beim ersten Anblick dieser Mauern von einem unerträglich trüben Gefühl befallen. Ich sage unerträglich, denn
dies Gefühl wurde durch keine der poetischen und darum
erleichternden Empfindungen gelindert, mit denen die Seele
gewöhnlich selbst die finstersten Bilder des Trostlosen oder
Schaurigen aufnimmt. Ich betrachtete das Bild vor mir – das
einsame Gebäude in seiner einförmigen Umgebung, die kah-
len Mauern, die toten, wie leere Augenhöhlen starrenden
Fenster, die paar Büschel dürrer Binsen, die weißschim-
mernden Stümpfe abgestorbener Bäume – mit einer Nieder-
geschlagenheit, die ich mit keinem anderen Gefühl besser
vergleichen kann als mit dem trostlosen Erwachen eines
Opiumessers aus seinem Rausche, dem bitteren Zurück-
sinken in graue Alltagswirklichkeit, wenn der verklärende
Schleier unerbittlich zerreißt. Es war ein frostiges Erstarren,
ein Erliegen aller Lebenskraft – kurz, eine hilflose Traurigkeit der Gedanken, die kein noch so gewaltsames Anstacheln
der Einbildungskraft aufreizen konnte zu Erhabenheit, zu
Größe. Was mochte es sein – dachte ich, langsamer reitend –
ja, was mochte es sein, daß der Anblick des Hauses Usher
mich so erschreckend überwältigte? Es war mir ein Rätsel;
aber ich konnte mich der grauen Wahngespenster nicht erwehren; ich mußte mich mit der wenig befriedigenden Erklärung begnügen, daß es tatsächlich in der Natur ganz ein-

fache Dinge gibt, die durch die Umstände, in denen sie uns erscheinen, geradezu niederdrückend auf uns wirken können, daß es aber nicht in unsere Macht gegeben ist, eine Definition dieser Gewalt zu finden. Er wäre möglich, überlegte ich, daß eine etwas andere Anordnung der einzelnen Bestandteile dieses Landschaftsbildes genügen würde, die düstere Stimmung des Ganzen abzuschwächen, ja vielleicht sogar vollständig aufzuheben. Von diesem Gedanken getrieben, lenkte ich mein Pferd an den steilen Rand eines schwarzen, sumpfigen Teiches, der, von keinem Hauch bewegt, neben dem Schlosse lag, und spähte ins Wasser – doch ein Schauer, noch stärker als zuvor, schüttelte mich beim Anblick der auf den Kopf gestellten und verzerrten Bilder der grauen Binsen, der gespenstischen Baumstümpfe und der wie leere Augenhöhlen starrenden Fenster.

Nichtsdestoweniger beschloß ich, in diesem schwermutsvollen Hause einen Aufenthalt von mehreren Wochen zu nehmen. Sein Eigentümer, Roderich Usher, war einer meiner liebsten Jugendfreunde gewesen, doch seit unserer letzten Begegnung waren viele Jahre dahingegangen. Da hatte mich jüngst bei meinem Aufenthalt in einem entlegenen Teile des Landes ein Brief erreicht – ein Brief von ihm –, dessen seltsam ungestümer Charakter keine andere als eine persönliche und mündliche Beantwortung zuließ. Das Schreiben zeugte entschieden von nervöser Aufregung. Der Verfasser sprach von einer heftigen körperlichen Erkrankung – von niederdrückender geistiger Zerrüttung – und von dem innigen Wunsch, mich, der ich sein bester und tatsächlich sein einziger persönlicher Freund sei, wiederzusehen; er hoffe, meine erheiternde Gesellschaft werde seinem Zustande etwas Erleichterung bringen. Die Art und Weise, in der dies und vieles andere gesagt war – die Herzensbedrängnis, die aus seinem Verlangen sprach – das war es, was mir kein Zögern erlaubte, und ich gehorchte daher dieser höchst seltsamen Aufforderung unverzüglich.

Obgleich wir als Knaben geradezu vertraute Kameraden gewesen waren, so wußte ich dennoch recht wenig über meinen Freund. Seine Zurückhaltung war immer außerordentlich gewesen; sie war ihm ganz selbstverständlich erschienen. Immerhin war mir bekannt, daß seine sehr alte Familie seit unvordenklichen Zeiten wegen einer eigentümlichen Reizbarkeit des Temperaments bekannt gewesen war, einer Reizbarkeit, die lange Jahre hindurch in vielen erhaben eigenartigen Kunstwerken sich aussprach; später betätigte sich dies feinfühlige Empfinden in mancher Handlung großmütiger, doch unauffälliger Mildtätigkeit und in der leidenschaftlichen Hingabe an das Studium der Musik – weniger also an ihre altbekannten, leichtfaßlichen Schönheitsformen als an die tiefverborgenen Probleme dieser Kunst. Ich hatte auch die sehr bemerkenswerte Tatsache erfahren, daß der Stammbaum der Familie Usher, die jederzeit hochangesehen gewesen, zu keiner Zeit einen ausdauernden Nebenzweig hervorgebracht hatte, mit anderen Worten, daß die Abstammung der ganzen Familie in direkter Linie abzuleiten war. Und ich vergegenwärtigte mir, daß sich in dieser Familie neben dem ungeteilten Besitztum auch die besonderen Charaktereigentümlichkeiten ungeteilt von Glied zu Glied vererbten, und sann darüber nach, inwieweit im Laufe der Jahrhunderte die eine dieser Tatsachen die andere beeinflußt haben könne. Wahrscheinlich, so sagte ich mir, ist es eben dieser Mangel einer Seitenlinie, ist es dies von Vater zu Sohn immer sich gleichbleibende Erbe von Besitztum und Familienname, das schließlich beide so miteinander identifiziert hatte, daß der ursprüngliche Name des Besitztums in die wunderliche und doppeldeutige Bezeichnung ,,das Haus Usher" übergegangen war – eine Benennung, die bei den Bauern, die sie anwendeten, beides, sowohl die Familie wie das Familienhaus, zu bezeichnen schien.

Ich sagte vorhin, daß der einzige Erfolg meines etwas kindischen Beginnens – meines Hinabblickens in den dunklen

Teich – der gewesen war, den ersten sonderbaren Eindruck, den das Landschaftsbild auf mich gemacht hatte, noch zu vertiefen. Es ist zweifellos, das Bewußtsein, mit dem ich das Anwachsen meiner abergläubischen Furcht – denn dies ist der rechte Name für die Sache – verfolgte, diente nur dazu, diese Furcht selbst zu steigern. Denn ich kannte schon lange das paradoxe Gesetz aller Empfindungen, deren Ursprung das Entsetzen, das Grauen ist. Und einzig dies mag die Ursache gewesen sein einer seltsamen Vorstellung, die in meiner Seele erstand, als ich meine Augen von dem Spiegelbild im Pfuhl wieder hinaufrichtete auf das Wohnhaus selbst; es war eine Einbildung, so lächerlich in der Tat, daß ich sie nur erwähne, um zu zeigen, wie lebendig, wie stark die Eindrücke waren, die auf mir lasteten. Ich hatte so auf meine Einbildungskraft eingewirkt, daß ich tatsächlich glaubte, das Haus und seine ganze Umgebung seien von einer nur ihm eigentümlichen Atmosphäre umflutet – einer Atmosphäre, die zu der Himmelsluft keinerlei Zugehörigkeit hatte, sondern die emporgedunstet war aus den vermorschten Bäumen, den grauen Mauern und dem stummen Pfuhl – ein giftiger, geheimnisvoller, trüber, träger, kaum wahrnehmbarer bleifarbener Dunst.

Von meinem Geist abschüttelnd, was Traum gewesen sein mußte, prüfte ich eingehender das wirkliche Aussehen des Gebäudes. Das Auffallendste an ihm schien mir sein beträchtliches Alter zu sein. Die Zeitläufte hatten ihm seine ursprüngliche Farbe genommen. Ein winzig kleiner Pilz hatte alle Mauern wie mit einem Netzwerk überzogen, dessen feinmaschiges Geflecht von den Dachtraufen herabhing. Doch von irgendwelchem außergewöhnlichen Verfall war das Gebäude noch weit entfernt. Kein Teil des Mauerwerks war eingesunken, und die noch vollkommen erhaltene Gesamtheit stand in seltsamem Widerspruch zu der bröckelnden Schadhaftigkeit der einzelnen Steine. Dies Haus stand gleichsam da wie altes Holzgetäfel, das in irgendeinem unbetretenen Gewölbe viele Jahre lang vermoderte, ohne daß je ein Lufthauch von draußen es berührte, und das darum in all seinem inneren Verfall stattlich und lückenlos dasteht. Außer diesen Zeichen eines allgemeinen Verfalls bot das Haus jedoch nur wenige Merkmale von Baufälligkeit. Vielleicht hätte allerdings ein scharfprüfender Blick einen kaum wahrnehmbaren Riß entdecken können, der an der Frontseite des Hauses vom Dach im Zickzack die Mauer hinunterlief, bis er sich in den trüben Wassern des Teiches verlor.

Diese Dinge bemerkte ich, als ich über einen kurzen Dammweg zum Hause hinaufritt. Ein wartender Diener nahm mein Pferd, und ich trat unter den gotisch gewölbten Torbogen der Halle. Ein Kammerdiener mit leichtem, leisem Schritt führte mich schweigend durch dunkle und gewundene Gänge in das Arbeitszimmer seines Herrn. Vieles, was ich unterwegs erblickte, trug irgendwie dazu bei, das unbestimmte niederdrückende Gefühl, von dem ich schon gesprochen habe, zu verstärken. Diese Dinge um mich her – das Schnitzwerk der Deckentäfelung, der ebenholzglänzende Flur, die düsteren Wandteppiche mit ihrem phantastischen Waffenschmuck, der bei meinen Tritten rasselte – das alles waren Dinge, die schon meiner Kindheit vertraut gewesen waren, wie ich mir unumwunden eingestehen mußte – dennoch wunderte ich mich, was für unheimliche Vorstellungen so gewöhnliche Dinge erwecken konnten.

Auf einer der Treppen begegnete ich dem Hausarzt. Sein Gesichtsausdruck erschien mir gemein und durchtrieben, während mein Anblick ihn verblüffte. Er begrüßte mich verwirrt und ging weiter. Jetzt riß der Kammerdiener eine Tür auf und führte mich hinein zu seinem Herrn.

Das Zimmer, in dem ich mich nun befand, war sehr groß und hoch. Die Fenster waren lang und schmal und hatten gotische Spitzbogenformen; sie befanden sich so hoch über dem schwarzen eichenen Fußboden, daß man nicht an sie heranreichen konnte. Ein schwacher Schimmer rötlichen

Lichtes drang durch die vergitterten Scheiben herein und reichte gerade hin, die hauptsächlichen Gegenstände des Gemachs erkennbar zu machen; doch mühte sich das Auge vergebens, bis in die entfernten Winkel des Zimmers, in die Tiefen der schmuckreichen Deckenwölbung vorzudringen. Dunkle Teppiche hingen an den Wänden. Die Einrichtung selbst war im allgemeinen überladen prunkvoll, unbehaglich, altmodisch und schadhaft. Eine Menge Bücher und Musikinstrumente lagen umher, doch auch das vermochte nicht, die tote Starrheit des öden Raumes zu beleben. Ich fühlte, daß ich eine Luft einatmete, die schwer von Gram und Sorge war. Ernste, tiefe, unheilbare Schwermut lastete hier auf allem.

Bei meinem Eintritt erhob sich Usher von einem Sofa, auf dem er lang ausgestreckt gelegen hatte, und begrüßte mich mit warmer Lebhaftigkeit, die mir zuerst übertrieben schien – etwa wie gezwungene Liebenswürdigkeit des blasierten Weltmannes. Ein Blick jedoch auf sein Gesicht überzeugte mich von seiner völligen Aufrichtigkeit. Wir setzten uns, und da er nicht gleich sprach, betrachtete ich ihn minutenlang – und wurde von Mitleid und Grauen ergriffen. Sicherlich, kein Mensch hatte sich je in so kurzer Zeit so schrecklich verändert wie Roderich Usher! Nur mit Mühe gelang es mir, die Identität dieser gespenstischen Gestalt da vor mir mit dem Gefährten meiner Kindheit festzustellen. Doch seine Gesichtsbildung war immer merkwürdig und auffallend gewesen – eine leichenhafte Blässe, große, klare und unvergleichlich leuchtende Augen, Lippen, die etwas schmal und sehr bleich waren – aber von ungemein schönem Schwunge, eine Nase von edelzartem, jüdischem Schnitt, doch mit ungewöhnlich breiten Nüstern, ein schön gebildetes Kinn, dessen wenig kräftige Form einen Mangel an sittlicher Energie verriet, und Haare, die feiner und zarter waren als Spinnenfäden. Diese einzelnen Züge, verbunden mit einer massigen Kraft und Breite der Stirn über den Schläfen, bildeten ein

Antlitz, das man wohl nicht leicht vergessen konnte. Und nun hatte die übertriebene Entwicklung dieser charakteristischen Einzelheiten genügt, den Ausdruck seiner Züge so zu verändern, daß ich nicht einmal wußte, ob er es wirklich war. Vor allem war ich bestürzt, ja entsetzt von der jetzt gespenstischen Blässe der Haut und dem jetzt übernatürlichen Strahlen des Auges. Das seidige Haar hatte ein ungewöhnliches Wachstum entfaltet, und wie es da so seltsam wie hauchzarter Altweibersommer sein Gesicht umflutete, konnte ich beim besten Willen nicht dies arabeskenhaft verschlungene Gewebe mit dem einfachen Begriff Menschenhaar in Beziehung bringen.

Im Benehmen meines Freundes überraschte mich sofort eine gewisse Verwirrtheit – seiner Rede fehlte der Zusammenhang; und ich erkannte dies als eine Folge seiner wiederholten kraftlosen Versuche, ein ihm innewohnendes Angstgefühl, das ihn wie Zittern überkam, zu unterdrücken – einer heftigen, nervösen Aufregung Herr zu werden. Ich war allerdings auf etwas derartiges gefaßt gewesen, sowohl sein Brief als auch meine Erinnerung an bestimmte Wesenseigenheiten des Knaben hatten mich darauf vorbereitet, und auch sein Äußeres wie sein Temperament ließen dergleichen ahnen. Sein Wesen war abwechselnd lebhaft und mürrisch. Seine Stimme, die eben noch zitternd und unsicher war, wenn die Lebensgeister in tödlicher Erschlaffung ruhten, flammte plötzlich auf zu heftiger Entschiedenheit – wurde schroff und nachdrücklich – dann schwerfällig und dumpf, bleiern einfältig – wurde zu den sonderbar modulierten Kehllauten der ungeheuren Aufregung des sinnlos Betrunkenen oder des unheilbaren Opiumessers.

So sprach er also von dem Zweck meines Besuches, von seinem dringenden Verlangen, mich zu sehen, und von dem trostreichen Einfluß, den er von mir erhoffte. Nach einer Weile kam er auf die Natur seiner Krankheit zu sprechen. Es war, sagte er, ein ererbtes Familienübel, ein Übel, für das ein

Heilmittel zu finden er verzweifle – nichts weiter als nervöse Angegriffenheit, fügte er sofort hinzu, die zweifellos bald vorübergehen werde. Sie äußere sich in einer Menge unnatürlicher Erregungszustände. Einige derselben, die er mir nun beschrieb, verblüfften und erschreckten mich, doch mochte an dieser Wirkung seine Ausdrucksweise, die Form seines Berichtes schuld sein. Er litt viel unter einer krankhaften Verschärfung der Sinne; nur die geschmackloseste Nahrung war ihm erträglich, als Kleidung konnte er nur ganz bestimmte Stoffe tragen; jeglicher Blumenduft war ihm zuwider; selbst das schwächste Licht quälte seine Augen, und es gab nur einige besondere Tonklänge – und diese nur von Saiteninstrumenten –, die ihn nicht mit Entsetzen erfüllten.

Ich sah, daß er der Furcht, dem Schreck, dem Grauen sklavisch unterworfen war. »Ich werde zugrunde gehen,« sagte er, »ich muß zugrunde gehen an dieser beklagenswerten Narrheit. So, so und nicht anders wird mich der Untergang ereilen! Ich fürchte die Ereignisse der Zukunft – nicht sie selbst, aber ihre Wirkungen. Ich schaudere bei dem Gedanken, irgendein ganz geringfügiger Vorfall könne die unerträgliche Seelenerregung verschlimmern. Ich habe wirklich keinen Schauder vor der Gefahr, nur vor ihrer unvermeidlichen Wirkung – vor dem Schrecken. In diesem entnervten, in diesem bedauernswerten Zustand fühle ich, daß früher oder später die Zeit kommen wird, da ich beides, Vernunft und Leben, hingeben muß – verlieren im Kampf mit dem gräßlichen Phantom Furcht.«

Noch einen andern sonderbaren Zug seiner geistigen Verfassung erfuhr ich nach und nach aus abgerissenen, unbestimmten Andeutungen. Er war hinsichtlich des Hauses, das er bewohnte, in gewissen abergläubischen Vorstellungen befangen. Schon seit Jahren hatte er sich nicht mehr aus dem Hause herausgewagt – infolge eines Einflusses, dessen eingebildete Wirkung er mir in so unbestimmten, schattendunkeln Worten mitteilte, daß ich sie hier nicht wiedergeben kann. Wie er sagte, hatten einige Besonderheiten in der Bauart und dem Baumaterial seines Stammschlosses in dieser langen Leidenszeit auf seinen Geist Einfluß erlangt – einen Einfluß also, den das Physische der grauen Mauern und Türme und des trüben Pfuhls, in den sie alle hinabstarrten, auf seine Psyche ausübte.

Jedoch gab er zögernd zu, daß die seltsame Schwermut, unter der er leide, einer natürlichen, gewissermaßen handgreiflicheren Ursache zugeschrieben werden könne – nämlich der schweren und langwierigen Krankheit – ja der offenbar nahen Auflösung einer zärtlich geliebten Schwester – der einzigen Gefährtin langer Jahre – der letzten und einzigen Verwandten auf Erden. Ihr Hinscheiden, sagte er mit einer Bitterkeit, die ich nie vergessen kann, würde ihn (ihn, den Hoffnungslosen, Gebrechlichen) als den Letzten des alten Geschlechtes der Usher zurücklassen. Während er sprach, durchschritt Lady Magdalen – so hieß seine Schwester – langsam den entfernten Teil des Gemachs und verschwand, ohne meine Anwesenheit beachtet zu haben. Ich betrachtete sie mit maßlosem Erstaunen, das nicht frei war von Entsetzen – und dennoch konnte ich mir keine Rechenschaft geben über das, was ich fühlte. Wie Erstarrung kam es über mich, als meine Augen ihren entschwebenden Schritten folgten. Als sich die Tür hinter ihr geschlossen hatte, suchte mein Blick unwillkürlich und begierig das Antlitz des Bruders – aber er hatte das Gesicht in den Händen vergraben, und ich konnte nur bemerken, daß seine mageren Finger, zwischen denen viele leidenschaftliche Tränen hindurchsickerten, von noch gespenstischerer Blässe waren als gewöhnlich.

Schon lange hatte die Krankheit der Lady Magdalen der Geschicklichkeit der Ärzte gespottet. Eine beständige Apathie, ein langsames Hinwelken und häufige, wenn auch vorübergehende Anfälle vermutlich kataleptischer Natur, das war die ungewöhnliche Diagnose. Bislang hatte sie standhaft der Gewalt der Krankheit getrotzt und war noch nicht bettlägerig geworden. Am Tage meiner Ankunft aber unterlag sie gegen Abend der vernichtenden Macht des Zerstörers – so berichtete ihr Bruder mir des Nachts in unaussprechlicher Aufregung; und ich erfuhr, daß der flüchtige Anblick, den ich von ihr gehabt, wohl auch der letzte gewesen sein werde – daß Lady Magdalen wenigstens lebend nicht mehr von mir erblickt werden würde.

In den nächsten Tagen wurde ihr Name weder von Usher noch von mir erwähnt; und während dieser Zeit war ich ernstlich und angestrengt bemüht, meinen Freund seinem Trübsinn zu entreißen. Wir malten und lasen zusammen, oder ich lauschte wie im Traum seinen seltsamen Improvisationen auf der Gitarre. Und wie nun eine innige und immer innigere Vertrautheit mich immer rückhaltloser eindringen ließ in die Tiefen seiner Seele, kam ich mehr und mehr zur bitteren Erkenntnis, daß alle Versuche vergeblich sein mußten, ein Gemüt aufzuheitern, dessen Schwermut wie eine ewig unwandelbare positive Eigenschaft sich ergoß und alle Dinge der Welt stetig und ausnahmslos mit düsteren Strahlen beflutete.

Ich werde stets ein Andenken bewahren an die vielen feierlich ernsten Stunden, die ich so allein mit dem Haupt des Hauses Usher zubrachte; dennoch ist es mir nicht möglich, einen Begriff zu geben von dem Charakter der Studien oder Beschäftigungen, in die er mich einspann oder zu denen er mich hinwies. Sein übertriebener, ruheloser, geradezu krankhafter Idealismus warf auf all unser Tun einen schwefligfeurigen Glanz. Seine langen improvisierten Klagegesänge werden mir ewig in den Ohren klingen; unter anderem habe ich in schmerzlichster, quälendster Erinnerung eine seltsame Variation – eine Paraphrase zu »Carl Maria von Webers letzte Gedanken«. Die Bildwerke, die seine rastlose Phantasie erstehen ließ und die seine Hand in wunderbar verschwommenen Strichen wiedergab, weckten in mir ein tödliches Grauen, das um so grausiger war, als ich nicht enträtseln konnte, weshalb diese Bilder mich so schauerlich berührten; so lebhaft sie mir auch vor Augen stehen – ich würde mich vergeblich bemühen, mehr von ihnen wiederzugeben, als eben möglich ist, mit Worten flüchtig anzudeuten. Durch die übertriebene Einfachheit, ja Nacktheit seiner Bilder fesselte er – erzwang er die Aufmerksamkeit. Wenn je ein Sterblicher vermochte, eine Idee zu malen, so war es Roderich Usher. Mich wenigstens überwältigte – unter den damals obwaltenden Umständen – bei den reinen Abstraktionen, die der Hypochonder auf die Leinwand zu werfen wagte – mich überwältigte eine ganz unerhörte Ehrfurcht, von der ich nicht einen Schatten hatte empfinden können bei der Betrachtung der sicherlich glühenden, aber doch zu körperlichen Träume Fuselis.

Eines der phantastischen Gemälde meines Freundes, ein Bild, das nicht so streng abstrakt war, sei hier schattenhaft nachgezeichnet – so gut es Worte eben können. Es war ein kleines Bild und zeigte das Innere eines ungeheuer langen rechtwinkligen Gewölbes oder Tunnels mit niederen, glatten, weißen Mauern, die sich ohne jede Teilung schmucklos und endlos hinzogen. Durch gewisse feine Andeutungen in der Zeichnung des Ganzen wurde im Beschauer der Gedanke erweckt, daß dieser Schacht sehr, sehr tief unter der Erde lag. Nirgend fand sich in dieser Höhle eine Öffnung, und keine Fackel noch andere künstliche Lichtquelle war wahrnehmbar – dennoch quoll durch das Ganze eine Flut intensiver Strahlen und tauchte alles in eine gespenstische und ganz unvermutete Helligkeit.

Ich habe vorhin schon von der krankhaften Überreizung der Gehörsnerven gesprochen, die dem Leidenden alle Musik unerträglich machte, ausgenommen die Klangwirkung gewisser Saiteninstrumente. Vielleicht war es hauptsächlich diese Einschränkung, durch die er auf die Gitarre angewiesen blieb, die seinen Vorträgen solch phantastischen Charakter lieh. Aber das erklärte noch nicht die feurige Lebendig-

keit dieser Impromptus. Sicherlich waren sie, sowohl was
die Töne als was die Worte anbetraf (denn nicht selten begleitete er sein Spiel mit improvisierten Versgesängen), das
Resultat jener intensiven geistigen Anspannung und Kon-
zentration, von der ich schon früher erwähnte, daß sie nur in
besonderen Momenten höchster künstlerischer Erregtheit
bemerkbar war. Die Worte einer dieser Rhapsodien sind mir
noch gut in Erinnerung. Sie machten wohl einen um so ge-
waltigeren Eindruck auf mich, als ich in ihrem mystischen
Inhalt eine verborgene Andeutung zu entdecken glaubte,
daß Usher ein klares Bewußtsein davon habe, wie sehr seine
erhabene Vernunft ins Wanken geraten sei. Die Verse, die
betitelt waren »Das Geisterschloß«, lauteten ungefähr –
wenn nicht wörtlich – so:

In der Täler grünstem Tale
    Hat, von Engeln einst bewohnt,
Gleich des Himmels Kathedrale
    Golddurchstrahlt ein Schloß gethront.
Rings auf Erden diesem Schlosse
    Keines glich;
Herrschte dort mit reichem Trosse
    Der *Gedanke* – königlich.

Gelber Fahnen Faltenschlagen
    Floß wie Sonnengold im Wind –
Ach, es war in alten Tagen,
    Die nun längst vergangen sind! –
Damals kosten süße Lüfte
    Lind den Ort,
Zogen als beschwingte Düfte
    Von des Schlosses Wällen fort.

Wandrer in dem Tale schauten
    Durch der Fenster lichten Glanz

Genien, die zum Sang der Lauten
  Schritten in gemeßnem Tanz
Um den Thron, auf dem erhaben,
  Marmorschön,
Würdig solcher Weihegaben
  War des Reiches Herr zu sehn.

Perlen- und rubinenglutend
  War des stolzen Schlosses Tor,
Ihm entschwebten flutend, flutend
  Süße Echos, die im Chor,
Weithinklingend, froh besangen –
  Süße Pflicht! –
Ihres Königs hehres Prangen
  In der Weisheit Himmelslicht.

Doch Dämonen, schwarze Sorgen,
  Stürzten roh des Königs Thron. –
Trauert, Freunde, denn kein Morgen
  Wird ein Schloß wie dies umlohn!
Was da blühte, was da glühte –
  Herrlichkeit! –
Eine welke Märchenblüte
  Ist's aus längst begrabner Zeit.

Und durch glutenrote Fenster
  Werden heute Wandrer sehn
Ungeheure Wahngespenster
  Grauenhaft im Tanz sich drehn;
Aus dem Tor in wildem Wellen
  Wie ein Meer
Lachend ekle Geister quellen –
  Weh, es lächelt keiner mehr!

Ich entsinne mich gut, daß diese Ballade uns auf ein Gespräch führte, in dem Usher eine seltsame Anschauung kundgab. Ich erwähne diese Anschauung weniger darum, weil sie etwa besonders neu wäre (denn andere haben schon ähnliche Hypothesen aufgestellt), als wegen der Hartnäckigkeit, mit der Usher sie vertrat. Seine Anschauung bestand hauptsächlich darin, daß er den Pflanzen ein Empfindungsvermögen, eine Beseeltheit zuschrieb. Doch hatte in seinem verwirrten Geist diese Vorstellung einen kühneren Charakter angenommen und setzte sich in gewissen Grenzen auch ins Reich des Anorganischen fort. Es fehlen mir die Worte, um die ganze Ausdehnung dieser Idee, um die unbeirrte Hingabe meines Freundes an sie auszudrücken. Dieser sein Glaube knüpfte sich (wie ich schon früher andeutete) eng an die grauen Quadern des Heims seiner Väter. Die Vorbedingungen für solches Empfindungsvermögen waren hier, wie er sich einbildete, erfüllt in der Art der Anordnung der Steine, in dem sie zusammenhaltenden Bindemittel und ebenso auch in dem Pilzgeflecht, das sie überwucherte; ferner in den abgestorbenen Bäumen, die das Haus umgaben, und vor allem in dem nie gestörten, unveränderten Bestehen des Ganzen und in seiner Verdoppelung in den stillen Wassern des Teiches. Der Beweis – der Beweis dieser Beseeltheit sei, so sagte er, zu erblicken (und als er das aussprach, schrak ich zusammen) in der hier ganz allmählichen, jedoch unablässig fortschreitenden Verdichtung der Atmosphäre – in dem eigentümlichen Dunstkreis, der Wasser und Wälle umgab. Die Wirkung dieser Erscheinung, fügte er hinzu, sei der lautlos und gräßlich zunehmende vernichtende Einfluß, den sie seit Jahrhunderten auf das Geschick seiner Familie ausgeübt habe; sie habe ihn zu dem gemacht, als den ich ihn jetzt erblicke – zu dem, was er nun sei. – Solche Anschauungen bedürfen keines Kommentars, und ich füge ihnen daher nichts hinzu.

Unsere Bücher – die Bücher, die jahrelang die hauptsächliche Geistesnahrung des Kranken gebildet hatten – entsprachen, wie leicht zu vermuten ist, diesem phantastischen Charakter. Wir grübelten gemeinsam über solchen Werken wie »Vert-Vert et Chartreuse« von Gresset, »Belphegor« von Machiavelli, »Himmel und Hölle« von Swedenborg, »Die unterirdische Reise des Nicolaus Klimm« von Holberg, der Chiromantie von Robert Flud, von Jean D'Indaginé und von de la Chambre; brüteten über der »Reise ins Blaue« von Tieck und der »Stadt der Sonne« von Campanella. Ein Lieblingsbuch war eine kleine Oktavausgabe des »Direktorium Inquisitorium« des Dominikaners Emmerich von Gironne, und es gab Stellen in »Pomponius Mela« über die alten afrikanischen Satyrn und Ögipans, vor denen Usher stundenlang träumend sitzen konnte. Sein Hauptentzücken jedoch bildete das Studium eines sehr seltenen und seltsamen Buches in gotischem Quartformat – Handbuches einer vergessenen Kirche – der »VIGILIAE MORTUORUM SECUNDUM CHORUM ECCLESIAE MAGUNTINAE«.

Ich konnte nicht anders, als an das seltsame Ritual dieses Werkes und seinen wahrscheinlichen Einfluß auf den Schwermütigen denken, als er eines Abends, nachdem er mir kurz mitgeteilt hatte, daß Lady Magdalen nicht mehr sei, seine Absicht äußerte, den Leichnam vor seiner endgültigen Beerdigung in einer der zahlreichen Grüfte innerhalb der Grundmauern des Gebäudes aufzubewahren. Die rein äußere Ursache, die er für dieses Vorgehen angab, war solcher Art, daß ich mich nicht aufgelegt fühlte, darüber zu diskutieren. Er, der Bruder, war (wie er mir sagte) zu diesem Entschluß gekommen infolge des ungewöhnlichen Charakters der Krankheit der Dahingeschiedenen, infolge gewisser eifriger und eindringlicher Fragen ihres Arztes und infolge der abgelegenen und einsamen Lage des Begräbnisplatzes der Familie. Ich will nicht leugnen, daß, wenn ich mir das finstere Gesicht des Mannes ins Gedächtnis rief, dem ich am Tage meiner Ankunft auf der Treppe begegnete –, daß ich dann kein Verlangen hatte, einer Sache zu widersprechen, die ich nur als eine harmlose und keineswegs unnatürliche Vorsichtsmaßregel ansah.

Auf Bitten Ushers half ich ihm bei den Vorkehrungen für die vorläufige Bestattung. Nachdem der Körper eingesargt worden war, trugen wir ihn beide ganz allein zu seiner Ruhestätte. Die Gruft, in der wir ihn beisetzten, war so lange nicht geöffnet worden, daß unsere Fackeln in der drückenden Atmosphäre fast erstickten und uns kaum gestatteten, ein wenig Umschau zu halten. Sie war eng, dumpfig und ohne jegliche Öffnung, die Licht hätte einlassen können; sie lag in beträchtlicher Tiefe, genau unter dem Teil des Hauses, in dem sich mein eigenes Schlafgemach befand. Augenscheinlich hatte sie in früheren Zeiten der Feudalherrschaft als Burgverlies übelste Verwendung gefunden und später als Lagerraum für Pulver oder sonst einen leicht entzündlichen Stoff gedient, denn ein Teil ihres Fußbodens sowie das ganze Innere eines langen Bogenganges, durch den wir das Gewölbe erreichten, war sorgfältig mit Kupfer bekleidet. Die Tür aus massivem Eisen hatte ähnliche Schutzvorrichtungen. Ihr ungeheures Gewicht brachte einen ungewöhnlich scharfen, kreischenden Laut hervor, als sie sich schwerfällig in den Angeln drehte.

Nachdem wir unsere traurige Bürde an diesem Ort des Grauens auf ein vorbereitetes Gestell niedergesetzt hatten, schoben wir den noch lose aufliegenden Deckel des Sarges ein wenig zur Seite und blickten ins Antlitz der Ruhenden. Eine ganz verblüffende Ähnlichkeit zwischen Bruder und Schwester fesselte jetzt zum erstenmal meine Aufmerksamkeit, und Usher, der vielleicht meine Gedanken erriet, murmelte ein paar Worte, denen ich entnahm, daß die Verstorbene und er Zwillinge gewesen waren und daß Sympathien ganz ungewöhnlicher Natur stets zwischen ihnen bestanden hatten. Unsere Blicke ruhten jedoch nicht lange auf der Toten – denn wir konnten sie nicht ohne Ergriffenheit und

Grausen betrachten. Das Leiden, durch das die Lady so in der Blüte der Jugend ins Grab gebracht worden war, hatte – wie es bei Erkrankungen ausgesprochen kataleptischer Art gewöhnlich der Fall ist – auf Hals und Antlitz so etwas wie eine schwache Röte zurückgelassen und den Lippen ein argwöhnisch lauerndes Lächeln gegeben, das so schrecklich ist bei Toten. Wir setzten den Deckel wieder auf, schraubten ihn fest, und nachdem wir die Eisentür wieder verschlossen hatten, nahmen wir mit Mühe unsern Weg hinauf in die kaum weniger düsteren Räumlichkeiten des oberen Stockwerkes.

Und jetzt, nachdem einige Tage bittersten Kummers vergangen waren, trat in die Geistesverwirrung meines Freundes eine merkliche Änderung ein. Sein ganzes Wesen wurde ein anderes. Seine gewöhnlichen Beschäftigungen wurden vernachlässigt oder vergessen. Er schweifte von Zimmer zu Zimmer mit eiligem, unsicherem und ziellosem Schritt. Die Blässe seines Gesichts war womöglich noch gespenstischer geworden – aber der feurige Glanz seiner Augen war ganz erloschen. Die gelegentliche Heiserkeit seiner Stimme war nicht mehr zu hören, und ein Zittern und Schwanken, wie von namenlosem Entsetzen, durchbebte gewöhnlich seine Worte. Es gab in der Tat Zeiten, wo ich vermeinte, sein unablässig arbeitender Geist kämpfe mit irgendeinem drükkenden Geheimnis, zu dessen Bekenntnis er nicht den Mut finden könne. Zu andern Zeiten wieder war ich gezwungen, alles lediglich als Äußerungen seiner seltsamen Krankheit aufzufassen, denn ich sah, wie er stundenlang ins Leere starrte – und zwar mit dem Ausdruck tiefster Aufmerksamkeit, als lausche er irgendeinem eingebildeten Geräusch. Es war kein Wunder, daß sein Zustand mich erschreckte, mich ansteckte. Ich fühlte, wie sich ganz allmählich, doch unablässig seine seltsamen Wahnvorstellungen, die er mir niemals mitteilte, in mich hineinfraßen.

Besonders in der Nacht des siebenten oder achten Tages

nach der Bestattung der Lady Magdalen in der Gruft, als ich mich sehr spät zum Schlafen zurückgezogen hatte, geschah es, daß ich die volle Gewalt dieser Empfindungen erfuhr. Kein Schlaf nahte sich meinem Lager, während die Stunden träge dahinkrochen. Ich bemühte mich, der Nervosität, die mich ergriffen hatte, Herr zu werden. Ich suchte mich zu überzeugen, daß an vielem – wenn nicht an allem –, was ich fühlte, die unheimliche Einrichtung des Gemachs schuld sei; denn es war unheimlich, wie die dunklen und zerschlissenen Wandteppiche, vom Atem eines nahenden Sturmes bewegt, stoßweise auf- und niederschwankten und gegen die Verzierungen des Bettes raschelten. Aber meine Anstrengungen waren fruchtlos. Ein nicht abzuschüttelndes Grauen durchbebte meinen Körper, und schließlich hockte auf meinem Herzen ein Alp – ein furchtbarstes Entsetzen. Mit einem tiefen Atemzug rang ich mich frei aus diesem Bann und setzte mich im Bette auf, ich spähte angestrengt in das undurchdringliche Dunkel des Zimmers und lauschte – wie getrieben von seltsamen instinktiven Ahnungen – auf gewisse dumpfe, unbestimmbare Laute, die, wenn der Sturm schwieg, in langen Zwischenräumen von irgendwoher zu mir drangen. Überwältigt von unbeschreiblichem Entsetzen, das mir ebenso unerträglich wie unerklärlich schien, warf ich mich hastig in die Kleider (denn ich fühlte, daß ich in dieser Nacht doch keinen Schlaf mehr finden würde) und versuchte, mich aus meinem jammervollen Zustand aufzuraffen, indem ich eilig im Zimmer auf und ab wandelte.

Ich war erst ein paarmal so hin und her gegangen, als ein leichter Tritt auf der benachbarten Treppe meine Aufmerksamkeit erregte. Ich erkannte sogleich Ushers Schritt. Einen Augenblick später klopfte er leise an meine Tür und trat mit einer Lampe in der Hand ein. Sein Gesicht war wie immer leichenhaft blaß – aber schrecklicher war der Ausdruck seiner Augen; wie eine irrsinnige Heiterkeit flammte es aus ihnen – sein ganzes Gebaren zeigte eine mühsam gebändigte

hysterische Aufregung. Sein Ausdruck entsetzte mich –
doch alles schien erträglicher als diese fürchterliche Einsamkeit, und ich begrüßte sein Kommen wie eine Erlösung.

»Und du hast es nicht gesehen?« sagte er unvermittelt,
nachdem er einige Augenblicke schweigend um sich geblickt
hatte. »Du hast es also nicht gesehen? – Doch halt, du
sollst!« Mit diesen Worten beschattete er sorgsam seine
Lampe und lief dann an eins der Fenster, das er dem Sturm
weit öffnete.

Die ungeheure Wut des hereinstürmenden Orkans hob
uns fast vom Boden empor. Es war wirklich eine sturmra-
sende, aber doch sehr schöne Nacht, eine Nacht, die grausig
seltsam war in Schrecken und in Pracht. Ganz in unserer
Nachbarschaft mußte sich ein Wirbelwind erhoben haben,
denn die Windstöße änderten häufig ihre Richtung. Die ungewöhnliche Dichtigkeit der Wolken, die so tief hingen, als
lasteten sie auf den Türmen des Hauses, verhinderte nicht
die Wahrnehmung, daß sie wie mit bewußter Hast aus allen
Richtungen herbeijagten und ineinanderstürzten – ohne aber
weiterzuziehen.

Ich sage: selbst ihre ungewöhnliche Dichtigkeit verhinderte uns nicht, dies wahrzunehmen – dennoch erblickten wir
keinen Schimmer vom Mond oder von den Sternen – ebensowenig aber einen Blitzstrahl. Doch die unteren Flächen
der jagenden Wolkenmassen und alle uns umgebenden Dinge draußen im Freien glühten im unnatürlichen Licht eines
schwach leuchtenden und deutlich sichtbaren gasartigen
Dunstes, der das Haus umgab und einhüllte.

»Du darfst – du sollst das nicht sehen!« sagte ich schaudernd zu Usher, als ich ihn mit sanfter Gewalt vom Fenster
fort zu einem Sessel führte. »Diese Erscheinungen, die dich
erschrecken, sind nichts Ungewöhnliches; es sind elektrische
Ausstrahlungen – vielleicht auch verdanken sie ihr gespen-
stisches Dasein der schwülen Ausdünstung des Teiches. Wir
wollen das Fenster schließen; die Luft ist kühl und dir sehr

99

unzuträglich. – Hier ist eines deiner Lieblingsbücher. Ich will vorlesen, und du sollst zuhören; und so wollen wir diese fürchterliche Nacht zusammen verbringen.«

Der alte Band, den ich zur Hand genommen hatte, war der »Mad Trist« von Sir Launcelot Canning, aber ich hatte ihn mehr in traurigem Scherz als im Ernst Ushers Lieblingsbuch genannt; denn in Wahrheit ist in seiner ungefügen und phantasielosen Weitschweifigkeit wenig, was für den scharfsinnigen, idealen Geist meines Freundes von Interesse sein konnte. Es war jedoch das einzige Buch, das ich zur Hand hatte, und ich nährte eine schwache Hoffnung, der aufgeregte Zustand des Hypochonders möge Beruhigung finden (denn die Geschichte geistiger Zerrüttung weist solche Widersprüche auf) in den tollen Übertriebenheiten, die ich lesen wollte. Hätte ich wirklich aus der gespannten, ja leidenschaftlichen Aufmerksamkeit schließen dürfen, mit der er mir zuhörte – oder zuzuhören schien –, so hätte ich mir zu dem Erfolg meines Vorhabens Glück wünschen dürfen.

Ich war in der Erzählung bei der allbekannten Stelle angelangt, wo Ethelred, der Held des »Trist«, nachdem er vergeblich friedlichen Einlaß in die Hütte des Klausners zu bekommen versucht hatte, sich anschickt den Eintritt durch Gewalt zu erzwingen. Hier lautet der Text, wie man sich erinnern wird, so:

»Und Ethelred, der von Natur ein mannhaft Herz hatte und der nun, nachdem er den kräftigen Wein getrunken, sich unermeßlich stark fühlte, begnügte sich nicht länger, mit dem Klausner Zwiesprache zu halten, der wirklich voll Trotz und Bosheit war, sondern da er auf seinen Schultern schon den Regen fühlte und den herannahenden Sturm fürchtete, schwang er seinen Streitkolben hoch hinaus und schaffte in den Planken der Tür schnell Raum für seine behandschuhte Hand; und nun faßte er derb zu und zerkrachte und zerbrach – und riß alles zusammen, daß der

Lärm des dürren, dumpf krachenden Holzes durch den ganzen Wald schallte und widerhallte.«

Bei Beendigung dieses Satzes fuhr ich auf und hielt mit Lesen inne, denn es schien mir so (obwohl ich sofort überlegte, daß meine erhitzte Phantasie mich getäuscht haben müsse), als kämen aus einem ganz entlegenen Teile des Hauses Geräusche her, die ein vollkommenes, sehr fernes Echo hätten sein können von jenem Krachen und Bersten, das Sir Launcelot so charakteristisch beschrieben hatte. Zweifellos war es nur das Zusammentreffen irgendeines Geräusches mit meinen Worten, das meine Aufmerksamkeit gefesselt hatte. Denn inmitten des Rüttelns der Fensterläden und all der vielfältigen Lärmlaute des immer mehr anwachsenden Sturmes hatte der Laut an sich sicherlich nichts, was mich interessiert oder gestört haben könnte. Ich fuhr in der Erzählung fort:

»Aber als der werte Held Ethelred jetzt in die Tür trat, geriet er bald in Wut und Bestürzung, keine Spur des boshaften Klausners zu bemerken, sondern statt seiner einen ungeheuren schuppenrasselnden Drachen mit feuriger Zunge, der als Hüter vor einem goldenen Palast mit silbernem Fußboden ruhte. Und an der Mauer hing ein Schild aus schimmerndem Stahl, in den die Inschrift eingegraben war:

»Wer hier herein will dringen, den Drachen muß er
                                          bezwingen;
Ein Held wird er sein, den Schild sich erringen.«

Und Ethelred schwang seinen Streitkolben und schmetterte ihn auf den Schädel des Drachen, der zusammenbrach und seinen übeln Odem aufgab und dieses mit einem so gräßlichen und schrillen und durchdringenden Schrei, daß Ethelred sich gern die Ohren zugehalten hätte vor dem schrecklichen Laut, desgleichen hievor niemalen erhört gewesen war.«

Hier hielt ich wieder bestürzt inne – und diesmal mit schauderndem Entsetzen –, denn es konnte kein Zweifel bestehen, daß ich in diesem Augenblick (wennschon es mir unmöglich war, anzugeben, aus welcher Richtung) einen dumpfen und offenbar entfernten, aber schrillen, langgezogenen, kreischenden Laut vernommen hatte – das vollkommene Gegenstück zu dem unnatürlichen Aufschrei des Drachen, wie der Dichter ihn beschrieb.

Trotzdem ich durch dies zweite und höchst seltsame Zusammentreffen erschreckt war und tausend widerstreitende Empfindungen, in denen Erstaunen und äußerstes Entsetzen vorherrschten, mich bestürmten, so hatte ich dennoch Geistesgegenwart genug, nicht etwa durch eine diesbezügliche Bemerkung die Nervosität meines Gefährten noch zu steigern. Ich war keineswegs sicher, daß er die in Frage stehenden Laute vernommen hatte, obgleich allerdings während der letzten Minuten eine sonderbare Veränderung mit ihm vorgegangen war. Anfänglich hatte er mir gegenüber gesessen, so daß ich ihm voll ins Gesicht sehen konnte; nach und nach aber hatte er seinen Stuhl so herumgedreht, daß er nun mit dem Gesicht zur Tür schaute. Ich konnte daher seine Züge nur teilweise erblicken, doch sah ich, daß seine Lippen zitterten, als flüstere er leise vor sich hin. Der Kopf war ihm auf die Brust gesunken, aber ich wußte, daß er nicht schlief, denn sein Profil zeigte mir seine weit und starr geöffneten Augen, und sein Oberkörper bewegte sich unausgesetzt sanft und einförmig hin und her. Dies alles hatte ich mit raschem Blick erfaßt und nahm nun die Erzählung Sir Launcelots wieder auf:

»Und nun, da der Held der schrecklichen Wut des Drachen entronnen war und sich des stählernen Schildes erinnerte, dessen Zauber nun gebrochen, räumte er den Kadaver beiseite und schritt über das silberne Pflaster kühn hin zu dem Schild an der Wand. Der aber wartete nicht, bis er herangekommen war, sondern stürzte zu seinen Füßen auf den Silberboden nieder, mit gewaltig schmetterndem, furchtbar dröhnendem Getöse.«

Kaum hatten meine Lippen diese Worte gesprochen, da vernahm ich – als sei in der Tat ein eherner Schild schwer auf einen silbernen Boden gestürzt – deutlich, aber gedämpft einen metallisch dröhnenden Widerhall. Gänzlich entnervt sprang ich auf die Füße, aber die taktmäßige Schaukelbewegung Ushers dauerte fort. Ich stürzte zu dem Stuhl, in dem er saß. Sein Blick war stier geradeaus gerichtet, und sein Antlitz schien wie zu Stein erstarrt. Aber als ich die Hand auf seine Schulter legte, befiel ein heftiges Zittern seine ganze Gestalt; ein krankes Lächeln zuckte um seinen Mund, und ich sah, daß er leise, hastend und stotternd vor sich hin murmelte, als wisse er nichts von meiner Anwesenheit. Mich tief zu ihm hinabbeugend, trank ich schließlich den scheußlichen Sinn seiner Worte ein:

»Es nicht hören? – O, ich höre es wohl und habe es gehört. Lange – lange – lange – viele Minuten, viele Stunden, viele Tage habe ich es gehört – aber ich wagte nicht – o, bedaure mich – elender Schurke, der ich bin! – Ich wagte nicht, ich wagte nicht zu reden! Wir haben sie lebendig ins Grab gelegt! Sagte ich nicht, meine Sinne seien scharf? Ich sage dir jetzt, daß ich ihre ersten schwachen Bewegungen im dumpfen Sarge hörte. Ich hörte sie – vor vielen, vielen Tagen schon – dennoch wagte ich nicht – ich wagte nicht zu reden! Und jetzt – heute nacht – Ethelred – ha! ha! – Das Aufbrechen der Tür des Klausners und der Todesschrei des Drachen und das Dröhnen des Schildes! – Sage lieber: das Zerbersten ihres Sarges, das Kreischen der eisernen Angeln ihres Gefängnisses und ihr qualvolles Vorwärtskämpfen durch den kupfernen Bogengang des Gewölbes. Oh, wohin soll ich fliehen? Wird sie nicht gleich hier sein? Wird sie nicht eilen, um mir meine Eile vorzuwerfen? Hörte ich nicht schon ihren Tritt auf der Treppe? Kann ich nicht schon das schwere und schreckliche Schlagen ihres Herzens vernehmen?

Wahnsinniger!« – hier sprang er wie rasend auf und kreischte, als wolle er mit diesen Worten seine Seele hinausbrüllen – »Wahnsinniger! Ich sage dir, daß sie jetzt draußen vor der Tür steht!«

Als läge in der übermenschlichen Kraft dieses Ausrufes die Macht eines Zaubers – so rissen jetzt die riesigen alten Türflügel, auf die der Sprecher hinzeigte, ihre gewaltigen, ebenholzenen Kinnladen auf. Es war das Werk des rasenden Sturmes – aber siehe! draußen vor der Tür stand leibhaftig die hohe, ins Leinentuch gehüllte Gestalt der Lady Magdalen Usher. Es war Blut auf ihrer weißen Gewandung, und die Spuren eines erbitterten Kampfes waren überall an ihrem abgezehrten Körper zu erkennen. Einen Augenblick blieb sie zitternd und taumelnd auf der Schwelle stehen – dann fiel sie mit einem leisen schmerzlichen Aufschrei ins Zimmer auf den Körper ihres Bruders – und in ihrem heftigen und nun endgültigen Todeskampf riß sie ihn tot zu Boden – ein Opfer der Schrecken, die er vorausempfunden hatte.

Wie verfolgt entfloh ich aus diesem Gemach und diesem Hause. Draußen tobte das Unwetter in unverminderter Heftigkeit, als ich den alten Teichdamm kreuzte. Plötzlich schoß ein unheimliches Licht quer über den Pfad, und ich blickte zurück, um zu sehen, woher ein so ungewöhnlicher Glanz kommen könne, denn hinter mir lagen allein das weite Schloß und seine Schatten. Der Strahl war Mondglanz, und der volle, untergehende, blutrote Mond schien jetzt hell durch den einst kaum wahrnehmbaren Riß, von dem ich bereits früher sagte, daß er vom Dach des Hauses im Zickzack bis zum Erdboden lief. Während ich hinstarrte, erweiterte sich dieser Riß mit unheimlicher Schnelligkeit, ein wütender Stoß des Wirbelsturmes kam, das volle Rund des Satelliten wurde in dem breit aufgerissenen Spalt sichtbar; mein Geist wankte, als ich jetzt die gewaltigen Mauern auseinanderbersten sah; es folgte ein langes, tosendes Krachen wie das Getöse von tausend Wasserfällen, und der tiefe und schwarze Teich zu meinen Füßen schloß sich finster und schweigend über den Trümmern des Hauses Usher.

William Wilson

Erlaubt, daß ich mich William Wilson nenne. Das reine schöne Blatt hier vor mir soll nicht mit meinem wahren Namen befleckt werden, der meine Familie mit Abscheu und Entsetzen, ja mit Ekel erfüllt. Haben nicht die empörten Winde seine Schmach bis in die entlegensten Länder der Erde getragen? Verworfenster aller verlassenen Verworfenen, bist du für die Welt nicht auf immer tot? Tot für ihre Ehren, ihre Blumen, ihre goldenen Hoffnungen? Und hängt sie nicht ewig zwischen deinem Hoffen und dem Himmel – die dichte schwere grenzenlose graue Wolke?

Selbst wenn ich es könnte, würde ich es doch vermeiden, von dem unaussprechlichen Elend und der unverzeihlichen Verdorbenheit meiner letzten Jahre hier zu reden. Von dieser Zeit – von diesen letzten Jahren, die meine Seele so mit Schändlichkeit belastet, will ich nur insofern reden, als ich versuchen will, hier niederzulegen, was mich so in die Tiefen des Bösen hineingetrieben. Gewöhnlich sinkt der Mensch nur nach und nach. Von mir fiel alle Tugend in einem Augenblicke ab, gleich einem Mantel. Aus verhältnismäßig geringer Schlechtigkeit wuchs ich mit Riesenkraft zu den Ungeheuerlichkeiten eines Heliogabalus auf. Welcher Zufall – welches eine Ereignis dies veranlaßte, will ich euch jetzt berichten. Mir naht der Tod, und der Schatten, der ihm vorhergeht, hat meinen Geist sanftmütig gemacht. Da ich nun das düstere Tal durchschreiten muß, verlangt mich nach dem Mitgefühl, fast hätte ich gesagt nach dem Mitleid meiner Menschenbrüder. Ich möchte sie gerne davon überzeugen, daß ich in gewissem Grade der Sklave von Umständen gewesen bin, die außerhalb menschlicher Berechnung liegen.

Ich möchte, daß sie inmitten der Einzelheiten, die ich hier wiedergeben will, in all der Wüste von Fehl und Verirrung, hie und da wie eine Oase die unerbittliche *Schicksalsfügung* fänden. Ich möchte, daß sie eingeständen, daß – wie sehr auch wir Menschen von Anbeginn der Welt versucht worden – nicht einer so versucht wurde wie ich und gewißlich nicht einer so unterlag. Lebte ich nicht vielleicht in einem Traum und sterbe als ein Opfer geheimer und schrecklicher äußerer Kräfte, die in uns wirken?

Ich bin der Abkömmling eines Geschlechtes, das sich von jeher durch eine starke Einbildungskraft und ein leicht erregbares Temperament auszeichnete; und schon in frühester Kindheit bewies ich, daß ich ein echter Erbe dieser Familienveranlagung sei. Je mehr ich heranwuchs, desto mehr entwickelten sich jene Eigenschaften, die aus vielen Gründen meinen Freunden zu einer Quelle der Besorgnis und mir selbst zum Kummer wurden. Ich wurde eigensinnig, ein Sklave all meiner wunderlichen Leidenschaften. Meine willensschwachen Eltern, die im Grunde an denselben Fehlern litten wie ich, konnten wenig tun, meine bösen Neigungen zu unterdrücken. Einige schwache und unrichtig angefangene Versuche endeten für sie in völligem Mißlingen und infolgedessen für mich in hohem Triumph. Von nun ab war mein Wort Gesetz im Hause, und in einem Alter, in dem andere Kinder fast noch am Gängelbande hängen, war ich in Tun und Lassen mein eigner Herr.

Meine ersten Erinnerungen an einen regelrechten Unterricht sind mit einem großen weitläufigen Hause in einem düsteren Städtchen Englands verknüpft, wo es eine große Menge riesiger, knorriger Bäume gab und alle Häuser uralt waren. Ja wirklich, es war ein Städtchen wie in einem stillen Traum; alles dort wirkte ehrwürdig und beruhigend. Jetzt, da ich das schreibe, fühle ich wieder im Geiste die erfrischende Kühle seiner tiefschattigen Alleen, atme den Duft seiner tausend Büsche und Hecken und erschauere von neuem unter dem tiefdunklen Ton seiner Kirchenglocken, die Stunde für Stunde mit plötzlichem Dröhnen die Sonnennebel durchbrachen, in die der verwitterte Kirchturm schlummernd eingebettet lag.

Das Verweilen bei diesen Einzelheiten der Schule und ihrer Umgebung bereitet mir vielleicht die einzige Freude, deren ich jetzt noch fähig bin. Mir, der ich so tief im Elend stecke, der ich die Wirklichkeit so dunkel lastend empfinde, wird man verzeihen, daß ich geringe und zeitweilige Erholung suche im Verweilen bei solchen Einzelheiten, die überdies, so unbedeutend und vielleicht sogar lächerlich sie scheinen mögen, in meiner Erinnerung von großer Wichtigkeit sind, da sie zu einer Zeit und einem Orte in Beziehung stehen, in denen mir die erste unklare Kunde wurde von dem dunklen Geschick, das mich später so ganz umschattete. Erlaubt mir also diese Rückerinnerungen.

Das Haus, ich sagte es schon, war alt und von weitläufiger, unregelmäßiger Bauart. Das Grundstück war sehr umfangreich und von einer hohen festen Backsteinmauer umschlossen, die oben mit Mörtel bestrichen war, in dem Glassplitter steckten. Dieser Festungswall, diese Gefängnismauer bildete die Grenze unseres Reichs, das wir nur dreimal in der Woche verlassen durften: einmal Samstag nachmittag, wenn wir, von zwei Unterlehrern begleitet, gemeinsam einen kurzen Spaziergang in die angrenzenden Felder machen durften, und zweimal des Sonntags, wenn man uns in Reih und Glied zum Morgen- und Abendgottesdienst in die Stadtkirche führte. Der Pfarrer dieser Kirche war unser Schulvorsteher. Mit welch tiefer Verwunderung, ja Ratlosigkeit pflegte ich ihn von unserem entlegenen Platz auf dem Chor aus zu betrachten, wenn er mit feierlich abgemessenen Schritten zur Kanzel emporstieg! Dieser heilige Mann, mit der so gottergebenen Miene, im strahlenden Priestergewande, mit sorgsam gepuderter, steifer und umfangreicher Perücke – konnte das derselbe sein, der mit saurer Miene und tabakbeschmutzter Kleidung, den Stock in der Hand, drakonische Gesetze ausübte! O ungeheurer Widerspruch, o ewig unbegreifliches Rätsel!

In einem Winkel der gewaltigen Mauer drohte ein noch gewaltigeres Tor. Es war mit Eisenstangen verriegelt und von Eisenspießen überragt. Welch tiefe Furcht flößte es ein! Es öffnete sich nie, abgesehen für die drei regelmäßig wiederkehrenden wöchentlichen Ausgänge; dann aber fanden wir in jedem Kreischen seiner mächtigen Angeln eine Fülle des Geheimnisvollen, eine Welt von Stoff für ernstes Gespräch oder stumme Betrachtung.

Das weite Grundstück war von unregelmäßiger Form und hatte manche umfangreichen Plätze. Drei oder vier der größten bildeten den Spielhof. Er war eben und mit feinem harten Kies bedeckt; weder Bäume noch Bänke standen dort. Natürlich lag er in der Nähe des Hauses. Vor dem Hause lag ein schmaler Rasenplatz, mit Buchsbaum und anderem Strauchwerk eingefaßt; diesen geheiligten Teil überschritten wir jedoch nur selten, etwa bei Ankunft in der Schule oder bei der endgültigen Abreise oder, wenn ein Verwandter oder Freund uns eingeladen, die Weihnachts- oder Sommerferien bei ihm zu verleben.

Aber das Haus! – Was war es für ein komischer, alter Bau! Für mich ein wahres Zauberschloß! Seine Winkel und Gänge, seine unbegreiflichen Ein- und Anbauten, nahmen kein Ende. Es war jederzeit schwierig anzugeben, in welchem seiner beiden Stockwerke man sich gerade befand. Man konnte sicher sein, von einem Zimmer zum andern immer ein paar Stufen hinauf oder hinunter zu müssen. Dann gab es zahllose Seitengänge, die sich trennten und wieder vereinigten oder sich wie ein Ring in sich selbst schlossen, so daß der klarste Begriff, den wir vom ganzen Hause hatten, beinahe der Vorstellung gleichkam, die wir uns von der Unendlichkeit machten. Während der fünf Jahre, die ich hier verlebte, konnte ich nie mit Sicherheit feststellen, in welchem entlegenen Teile der kleine Schlafsaal lag, der mir und etlichen, achtzehn oder zwanzig andern Schülern zugewiesen war.

Das Schulzimmer schien mir der größte Raum im Hause – ja, in der ganzen Welt! Es war sehr lang, schmal und auffallend niedrig, mit spitzen, gotischen Fenstern und einer Decke aus Eichenholz. In einem entlegenen, Schrecken einflößenden Winkel befand sich ein viereckiger Verschlag von acht oder zehn Fuß Durchmesser, der stets während der Unterrichtsstunden das ›sanctum‹ unseres Schulvorstehers, des Reverend Dr. Bransby bildete. Der Verschlag war durch eine mächtige Türe wohlverwahrt, und wir wären lieber unter Martern gestorben, als daß wir gewagt hätten, in Abwesenheit des Dominus die Türe zu öffnen. In anderen Winkeln standen zwei ähnliche Kästen, vor denen wir zwar weniger Ehrfurcht, aber immerhin Furcht hatten. Einer derselben war das Katheder des Lehrers für klassische Sprachen, der andere das für den Lehrer des Englischen, der gleichzeitig Mathematiklehrer war. Verstreut im Saal, kreuz und quer in wüster Unregelmäßigkeit, standen zahllose Bänke und Pulte, schwarz, alt und abgenutzt, mit Stapeln abgegriffener Bücher bedeckt und so mit Initialen, ganzen Namen, komischen Figuren und anderen künstlerischen Schnitzversuchen bedeckt, daß sie ganz ihre ursprüngliche Form, die sie in längst vergangenen Tagen besessen haben mußten, eingebüßt hatten. Am einen Ende des Saales stand ein riesiger Eimer mit Wasser, am anderen eine Uhr von verblüffenden Dimensionen.

Eingeschlossen von den gewaltigen Mauern dieser ehrwürdigen Anstalt, verbrachte ich das dritte Lustrum meines Lebens – doch weder in Langeweile noch Unbehagen. Die überschäumende Gestaltungskraft des kindlichen Geistes verlangt keine Welt der Ereignisse, um Beschäftigung oder Unterhaltung zu finden, und die anscheinend düstere Einförmigkeit der Schule brachte mir stärkere Erregungen, als meine reifere Jugend aus dem Wohlleben oder meine volle

Manneskraft aus dem Verbrechen schöpften. Ich muß allerdings annehmen, daß meine geistige Entwicklung eine ungewöhnliche, ja fast krankhafte gewesen ist. Die meisten Menschen haben in reifen Jahren selten noch eine frische Erinnerung an die großen Ereignisse aus ihrer frühen Kindheit. Alles ist schattenhaft grau – wird schwach und unklar empfunden – ein unbestimmtes Zusammensuchen matter Freuden und eingebildeter Leiden. Mit mir war es anders. Ich muß schon als Kind mit der Empfindungskraft eines Erwachsenen alles das erlebt haben, was noch jetzt mit klaren, tiefen und und unverwischbaren Schriftzügen, wie die Inschriften auf den karthagischen Münzen, in meinem Gedächtnis eingegraben steht.

Und doch, wie wenig – wenig vom Standpunkt der Menge aus – gab es, was der Erinnerung wert gewesen wäre! Das morgendliche Erwachen, der abendliche Befehl zum Schlafengehen, der Unterricht; die jeweiligen schulfreien Nachmittage mit ihren Streifzügen; der Spielplatz mit seiner Kurzweil, seinem Streit, seinen kleinen Intrigen; – all dieses, was meinem Geist wie durch einen Zauber lange Zeit ganz entrückt gewesen, war dazu angetan, eine Fülle von Empfindung, eine Welt reichen Geschehens, eine Unendlichkeit vielfältiger Eindrücke und Leidenschaften zu erwecken. ›O LE BON TEMPS, QUE CE SIÈCLE DE FER!‹

Es ist Tatsache: mein feuriges, begeistertes, überlegenes Wesen zeichnete mich vor meinen Schulkameraden aus und hob mich nach und nach über alle empor, die nicht etwa bedeutend älter waren als ich selbst – über alle, mit einer Ausnahme! Diese Ausnahme war ein Schüler, der, obwohl er kein Verwandter von mir war, doch den gleichen Vor- und Zunamen trug wie ich – ein an sich unbedeutender Umstand. Denn ungeachtet meiner edlen Abkunft trug ich einen Namen, der in unvordenklichen Zeiten durch das Recht der Verjährung jedermann freigegeben worden sein mochte. Ich habe mich also hier in meiner Erzählung William Wilson genannt – ein Name, der von dem wirklichen Namen nicht allzusehr abweicht. Von allen Kameraden nun, die bei unsern Spielen meine ›Bande‹ bildeten, wagte es mein Namensvetter allein, sowohl im Unterricht als auch in Sport und Spiel mit mir zu wetteifern, meinen Behauptungen keinen Glauben zu schenken, sich meinem Willen nicht unterzuordnen – kurz, sich in allem gegen meine ehrgeizige Oberherrschaft aufzulehnen. Wenn es aber auf Erden einen überlegenen und unbeschränkten Despotismus gibt, so ist es der, den der Herrschergeist eines Knaben auf seine weniger willensstarken Gefährten ausübt.

Wilsons Widersetzlichkeit war für mich eine Quelle der Verwirrung, um so mehr, als ich, trotz der prahlerischen Großtuerei, mit der ich ihn und seine Anmaßungen vor den andern behandelte, ihn im geheimen fürchtete und annehmen mußte, daß nur wahre Überlegenheit ihn befähige, sich mit mir zu messen; mich aber kostete es beständige Anstrengung, nicht von ihm überflügelt zu werden. Doch wurde seine Ebenbürtigkeit in Wahrheit nur von mir selbst bemerkt; unsere Kameraden schienen in unerklärlicher Blindheit diese Möglichkeit nicht einmal zu ahnen. Auch äußerten sich seine Nebenbuhlerschaft und sein hartnäckiger Widerspruch weniger laut und aufdringlich als insgeheim. Es hatte den Anschein, als mangele ihm sowohl der Ehrgeiz zu herrschen, als auch die leidenschaftliche Willenskraft, sich durchzusetzen. Man konnte glauben, daß nur das launische Vergnügen, mein Erstaunen zu erwecken oder mich zu ärgern, seine Nebenbuhlerschaft veranlasse; trotzdem gab es Zeiten, wo ich voll Verwunderung, Beschämung und Trotz wahrnehmen mußte, daß er neben seinen Angriffen, Beleidigungen und Widerreden eine gewisse unangebrachte und mir durchaus unerwünschte Liebenswürdigkeit, ja Zuneigung verriet. Ich konnte mir sein Betragen nur als die Folge ungeheuren Dünkels erklären, der es ja immer liebt, sich in überlegenes Wohlwollen zu kleiden.

Vielleicht war es dieser letztere Zug in Wilsons Benehmen, verbunden mit der Übereinstimmung unserer Namen und dem bloßen Zufall, daß wir beide am nämlichen Tage in die Schule eingetreten waren, was bei den oberen Klassen die Meinung verbreitet hatte, wir seien Brüder; doch pflegten sich die älteren Schüler mit den Angelegenheiten der jüngeren wenig zu befassen. Ich habe schon vorher gesagt, daß Wilson nicht im entferntesten mit meiner Familie verwandt war. Doch *wären* wir Brüder gewesen, so hätten wir Zwillinge sein müssen; denn nachdem ich die Anstalt Dr. Bransbys verlassen, erfuhr ich durch Zufall, daß mein Namensvetter am neunzehnten Januar 1813 geboren war – und dieser Umstand ist einigermaßen bemerkenswert, denn es ist genau das Datum meiner eigenen Geburt.

Es mag seltsam erscheinen, daß ich, trotz der fortgesetzten Angst, in die mich die Rivalität Wilsons versetzte, und trotz seines unerträglichen Widerspruchsgeistes, mich nicht dahin bringen konnte, ihn wirklich zu hassen. Gewiß, wir hatten fast täglich Streit miteinander, und wenn er mir dann auch öffentlich die Siegespalme überließ, so gelang es ihm doch, mich irgendwie fühlen zu lassen, daß eigentlich er es war, der sie verdiente; aber ein gewisser Stolz meinerseits und eine echte Würde seinerseits hielten uns davon ab, ernstlich miteinander zu zanken. In unseren Charakteren jedoch gab es viel Verwandtes, und nur unser seltsamer Wetteifer war schuld daran, daß meine Gefühle für ihn nicht zu wahrer Freundschaft reiften. Es ist tatsächlich schwer, das Empfinden, das ich für ihn hatte, zu bestimmen oder zu erklären. Es war ein buntes und widersprechendes Gemisch: etwas eigensinnige Feindseligkeit, die dennoch nicht Haß war, etwas Achtung, mehr Bewunderung, viel Furcht und eine Welt rastloser Neugier. Für Seelenkenner wird es unnötig scheinen, hinzuzufügen, daß Wilson und ich die unzertrennlichsten Gefährten waren.

Sicherlich lag es an diesen ganz außergewöhnlichen Beziehungen, daß ich meine Angriffe auf ihn – und es gab deren genug, sowohl offene als versteckte – in Form einer bösen Neckerei oder eines Schabernacks ausführte, als scheinbaren Spaß, der dennoch Schmerz bereitete; eine derartige Handlungsweise lag meiner Stimmung für ihn näher als etwa ausgesprochene Feindseligkeit. Doch meine Unternehmungen gegen ihn waren keineswegs immer erfolgreich, mochte ich meine Pläne auch noch so pfiffig ausgeheckt haben; denn mein Namensvetter hatte in seinem Wesen so viel vornehme Zurückhaltung, daß er keine Achillesferse bot; wohl spottete er gerne selbst, *ihn* aber lächerlich zu machen, war beinahe unmöglich. Ich konnte tatsächlich nur *einen* wunden Punkt an ihm entdecken; es war eine persönliche Eigenheit, die vielleicht einem körperlichen Übel entsprang und wohl von jedem andern Gegner, der nicht wie ich am Ende seiner Weisheit angelangt gewesen, geschont worden wäre. Mein Rivale hatte eine Schwäche der Sprechorgane, die ihn hinderte, seine Stimme *über ein sehr leises Flüstern* zu erheben. Ich verfehlte nicht, aus diesem Übel meinen armseligen Vorteil zu ziehen.

Wilson dankte mir das auf mannigfache Weise, und besonders *eine* Form der Rache hatte er, die mich unbeschreiblich ärgerte. Woher er die Schlauheit genommen, herauszufinden, daß solche scheinbare Kleinigkeit mich kränken könne, ist eine Frage, die ich nie zu lösen vermochte; als er die Sache aber einmal entdeckt hatte, nutzte er sie weidlich aus. Ich hatte stets einen Widerwillen vor meinem unfeinen Familiennamen und meinem so gewöhnlichen, ja geradezu plebejischen Vornamen empfunden. Sein Klang war meinen Ohren abstoßend, und als ich am Tage meines Schulantritts erfuhr, daß gleichzeitig ein zweiter William Wilson eintrete, war ich auf diesen zornig, weil er den verhaßten Namen trug, und dem Namen doppelt feind, weil auch noch ein Fremder ihn führte, der nun schuld war, daß ich ihn doppelt sooft hören mußte – ein Fremder, den ich beständig um mich haben sollte und dessen Angelegenheiten, so wie der Lauf der Dinge in der Schule nun einmal war, infolge der verwünschten Namensgleichheit unvermeidlicherweise mit den meinigen verknüpft und verwechselt werden mußten.

Mein durch diese Umstände hervorgerufener Verdruß nahm bei jeder Gelegenheit zu, bei der eine geistige oder leibliche Ähnlichkeit zwischen meinem Nebenbuhler und mir zutage trat. Ich hatte damals die bemerkenswerte Tatsache, daß wir ganz gleichaltrig waren, noch nicht entdeckt; aber ich sah, daß wir von gleicher Größe waren und sogar im allgemeinen Körperumriß und in den Gesichtszügen einander glichen. Auch ärgerte mich das in den oberen Klassen umlaufende Gerücht, daß wir miteinander verwandt seien. Mit einem Wort, nichts konnte mich so ernstlich verletzen, ja geradezu beunruhigen (obgleich ich diese Unruhe sorgfältig zu verbergen wußte), wie irgendein Wort darüber, daß wir einander an Geist oder Körper oder Betragen ähnlich seien. Doch hatte ich eigentlich, mit Ausnahme des Gerüchtes von unserer Verwandtschaft, keinen Grund zu der Annahme, daß unsere Ähnlichkeiten jemals zur Sprache gebracht oder überhaupt von unsern Mitschülern wahrgenommen würden. Nur Wilson selbst bemerkte sie offenbar ebenso klar wie ich; daß er darin aber ein so fruchtbares Feld für seine Quälereien fand, kann, wie ich schon einmal sagte, nur seinem ungewöhnlichen Scharfsinn zugeschrieben werden.

Die Rolle, die er spielte, bestand in einer bis ins kleinste vollendeten Nachahmung meines Ichs in Wort und Tun, und er spielte sie zum Bewundern gut. Meine Kleidung nachzuahmen, war ein leichtes; meinen Gang und meine Haltung eignete er sich ohne Schwierigkeit an; abgesehen von dem Hemmnis, das ihm sein Sprachfehler in den Weg legte, entging nicht einmal meine Stimme seiner Nachahmungskunst. Wirklich laute Töne konnte er selbstredend nicht wiederholen, aber sein Tonfall war ganz der meine, und *sein eigenartiges Flüstern wurde zum vollkommenen Echo meiner eigenen Stimme.*

Wie sehr dies vortreffliche Porträt mich quälte – denn eine Karikatur kann man es nicht einmal nennen –, will ich nicht zu beschreiben versuchen. Ich hatte nur einen Trost: die Tatsache, daß diese Imitation offenbar nur von mir selbst wahrgenommen wurde und daß ich als einzigen Mitwisser nur meinen spöttisch lächelnden Namensvetter hatte. Befriedigt in seinem Herzen, den gewünschten Erfolg erzielt zu haben, schien er innerlich über den mir glücklich beigebrachten Stich zu kichern und war bezeichnenderweise gleichgültig gegen den allgemeinen Beifall, den der Erfolg seiner schlauen Bemühungen leicht hätte einheimsen können. Daß die Schüler tatsächlich seine Absicht nicht fühlten, seine Meitsterschaft nicht wahrnahmen und sich an meiner Verspottung nicht beteiligten, war mir monatelang ein unlösbares Rätsel. Vielleicht war es das *allmähliche* Heranreifen seiner Kopierkunst, was diese so unauffällig machte, oder noch wahrscheinlicher verdankte ich meine Sicherheit vor den anderen dem weisen Maßhalten des Kopisten, der die groben Äußerlichkeiten verachtete (also alles das, was bei einem Bilde oberflächlichen Beschauern auffallen könnte) und vor allem den ganzen *Geist* seines Originals wiederzugeben suchte – für *meine* Augen und zu meinem Kummer.

Ich habe bereits mehr als einmal davon gesprochen, welch abscheuliche Beschützermiène er mir gegenüber aufsetzte und wie vorwitzig er gegen meine Anordnungen Einspruch erhob. Seine Einmischungen geschahen oft in Gestalt von Ratschlägen – nicht offen gebotenen, aber heimlich angedeuteten. Ich nahm sie mit einem Widerwillen entgegen, der mit den Jahren immer heftiger wurde. Doch heute, nach so langer Zeit, muß ich ihm jedenfalls die Gerechtigkeit widerfahren lassen, daß ich mich keiner Gelegenheit erinnere, wo die Einflüsterungen, ja man kann sagen die beabsichtigten Suggestionen meines Rivalen eine üble oder leichtfertige Rich-

tung genommen hätten, wie sie von seinem unreifen Alter,
seiner scheinbaren Unerfahrenheit wohl zu erwarten gewesen wäre. Ich muß ferner gestehen, daß zumindest sein sittli-
ches Fühlen, wenn auch nicht seine allgemeine Begabung,
weit stärker war als das meine und daß ich heute wohl ein
besserer und darum glücklicherer Mensch sein könnte, hätte
ich die Ratschläge, die sein bedeutsames Flüstern andeutete,
weniger oft zurückgewiesen; aber ich haßte und verachtete
jedes Wort, das aus seinem Munde kam.

Mehr und mehr sträubte ich mich gegen seine widerwärti-
ge Bevormundung und wehrte mich von Tag zu Tag offener
gegen das, was ich für unerträgliche Anmaßung hielt. Ich
sagte schon, daß in den ersten Jahren unserer Schulkamerad-
schaft meine Gefühle für ihn leicht hätten in Freundschaft
ausreifen können; in den letzten Monaten meines Aufenthaltes in der Schule aber, in denen übrigens seine Zudringlich-
keit mehr und mehr nachgelassen hatte, verwandelte sich
mein Empfinden in fast demselben Verhältnis in wirklichen
Haß. Ich glaube, er bemerkte das bei irgendeiner Gelegenheit und mied mich von da an – oder tat doch so.

Es war etwa um diese Zeit, wenn ich mich recht erinnere,
daß er in einem heftigen Wortwechsel, den wir miteinander
hatten, seine Zurückhaltung mehr als gewöhnlich aufgab
und mit einer seiner Natur eigentlich fremden Offenheit auf-
trat. Und bei dieser Gelegenheit entdeckte ich in seinem
Tonfall, seiner Miene und seiner ganzen Erscheinung ein
Etwas, das mich zuerst verblüffte und dann tief fesselte.
Erinnerungen, Vorstellungen aus meiner frühesten Kindheit
– seltsame, verwirrte und einander überstürzende Vorstellungen aus einer Zeit, in der mein Gedächtnis noch nicht
geboren war, überfielen meinen Geist. Ich kann das sonderbare Gefühl, das mich erfaßte, wohl am besten wiedergeben,
wenn ich sage, daß es mir schwer wurde, den Glauben
abzuschütteln, diesem Wesen, das da vor mir stand, vor langer Zeit einmal, ja vielleicht in unendlich ferner Vergangen-

heit, verwandt gewesen zu sein. Die Täuschung verschwand jedoch so schnell wie sie gekommen, und ich erwähne sie nur, weil sie mir am Tage der letzten Unterredung mit meinem eigentümlichen Namensvetter kam.

Das riesige alte Haus mit seinen zahllosen Räumen hatte mehrere große Zimmer, die miteinander in Verbindung standen und in denen die Mehrzahl der Schüler ihr Nachtlager hatte. Doch gab es auch, wie das bei einem so ungünstig gebauten Hause selbstverständlich war, viele kleine Kammern und Schlupfwinkel; und diese hatte der haushälterische Geist Dr. Bransbys ebenfalls zu Schlafräumen hergerichtet, wenn auch ein jeder so eng war, daß er nur einen einzigen Menschen beherbergen konnte. In einer dieser kleinen Kammern schlief Wilson.

Eines Nachts, gegen Ende meines fünften Schuljahres und kurz nach dem vorhin erwähnten Wortwechsel, erhob ich mich, als alles schlief, und schlich, mit einer kleinen Lampe in der Hand, durch ein Labyrinth von Gängen nach der Schlafkammer meines Rivalen. Da mir meine Rachepläne so oft mißlungen waren, hatte ich mir nun einen neuen Schabernack ausgedacht, der ihn die ganze Bosheit fühlen lassen sollte, deren ich fähig war. Als ich sein Kämmerchen erreicht hatte, trat ich geräuschlos ein, nachdem ich die abgeblendete Lampe draußen zurückgelassen. Ich trat einen Schritt vor und hörte ihn ruhig atmen. Als ich mich davon überzeugt hatte, daß er schlief, ging ich zurück, holte die Lampe und trat ans Bett. Es war von Vorhängen umschlossen, die ich langsam und leise beiseite schob, da sie mich an der Ausführung meines Vorhabens hinderten. Das helle Licht der Lampe traf den Schläfer, als meine Blicke auf sein Antlitz fielen. Ich blickte – und Betäubung, eisige Erstarrung befiel mich. Meine Knie wankten, ich rang nach Atem, meine Seele erfüllte ein unerklärliches, unerträgliches Entsetzen. Und atemlos brachte ich die Lampe seinem Gesicht noch näher. – *Dieses* waren die Züge William Wilsons? Ich sah es, daß es die seinen waren, aber ich schauerte wie in einem Fieberanfall bei der Vorstellung, sie wären es nicht. Was war an ihnen, das mich so verwirrte? Ich spähte, während tausend unzusammenhängende Gedanken mein Hirn durchkreuzten. Nicht so erschien er – sicherlich nicht *so* in seinen lebhaft wachen Stunden. Derselbe Name, dieselbe Gestalt, derselbe Antrittstag in der Schule! Und dann sein beharrliches und sinnloses Nachahmen meines Ganges, meiner Stimme, meiner Kleidung und meines Gebarens! Lag es denn wirklich im Bereich des Möglichen – konnte das, *was ich jetzt sah*, lediglich das Resultat seiner spöttischen Gewohnheit, mich nachzuahmen, sein? Angsterfüllt und mit wachsendem Schauder löschte ich das Licht, ging leise aus dem Zimmer und verließ sogleich die Hallen jenes alten Schulhauses, um sie nie wieder zu betreten.

Nach Verlauf einiger Monate, die ich daheim in Nichtstun verbrachte, kam ich als Student nach Eton. Die kurze Zeit hatte genügt, um die Erinnerung an die Ereignisse im Hause Dr. Bransbys abzuschwächen oder doch um einen großen Wechsel in der Natur meiner Gefühle herbeizuführen. Das Drama hatte seine Tragik verloren. Ich fand jetzt Zeit, den Wahrnehmungen meiner Sinne zu mißtrauen, und dachte selten daran zurück ohne eine gewisse Verwunderung über die autosuggestive Kraft im Menschen und ein Lächeln über die starke Einbildungskraft, mit der ich erblich belastet war. Dieser Skeptizismus konnte auch durch das Leben, das ich in Eton führte, nicht vermindert werden. Der Strudel gedankenloser Tollheit, in den ich dort sogleich und gründlich hinabtauchte, wusch von meinem vergangenen Leben alles bis auf den Schaum ab, verschluckte sofort jeden großen ernsten Eindruck und ließ in meinem Gedächtnis nur ganz belanglose Äußerlichkeiten haften.

Ich beabsichtige aber nicht, hier näher auf meine Verworfenheit einzugehen – die ruchlosen Ausschweifungen zu schildern, mit denen ich die Gesetze verachtete und der

Wachsamkeit meiner Lehrmeister spottete. Drei tolle Jahre waren ohne geistigen Gewinn verpraßt und hatten mir nichts gebracht als lasterhafte Gewohnheiten, die meiner körperlichen Entwicklung allerdings sonderbarerweise vorteilhaft gewesen waren. Nach solch einer Woche gehaltloser Zerstreuungen lud ich einmal eine Anzahl der lockersten Vögel, Mitstudenten, zu einem geheimen Zechgelage auf mein Zimmer. Wir versammelten uns zu später Nachtstunde, denn die Böllerei sollte bis zum Morgen ausgedehnt werden. Der Wein floß in Strömen, und es fehlte nicht an anderen und vielleicht gefährlicheren Verführungen; es dämmerte schon schwach im Osten, als unsere tolle Ausgelassenheit ihren Höhepunkt erreicht hatte. Aufgeregt vom Wein und Kartenspiel bestand ich darauf, einen ungewöhnlich ruchlosen Trinkspruch auszubringen, als meine Aufmerksamkeit plötzlich auf das heftige Öffnen einer Tür und die dringliche Stimme eines Dieners hingelenkt wurde. Der Mann sagte, es wolle mich jemand, der es anscheinend sehr eilig habe, draußen im Vorzimmer sprechen.

In meiner fröhlichen Weinstimmung fühlte ich mich von der unerwarteten Störung weniger überrascht als entzückt. Ich schwankte sofort hinaus und stand nach wenigen Schritten draußen in der Vorhalle. In dem niedrigen und schmalen Raum hing keine Laterne, und er war gegenwärtig überhaupt nicht erleuchtet – abgesehen von dem sehr schwachen Morgengrauen, das durch das halbrunde Fenster drang. Als ich den Fuß über die Schwelle setzte, gewahrte ich die Gestalt eines jungen Mannes von etwa meiner Größe, der, ganz meiner momentanen Kleidung entsprechend, einen nach neuestem Schnitt gearbeiteten Hausrock aus weißem Kaschmir trug. So viel enthüllte mir das matte Tageslicht, seine Gesichtszüge konnte ich nicht erkennen. Bei meinem Eintritt kam er eilig auf mich zu, ergriff mich mit heftiger Ungeduld am Arm und flüsterte mir die Worte ›William Wilson‹ ins Ohr.

Ich wurde sofort vollkommen nüchtern.

Da war etwas im Wesen dieses Fremden, im Zittern seines warnend erhobenen Fingers, der im Zwielicht vor meinen Augen schwankte –, da war etwas, was mich mit unbegrenztem Staunen erfüllte. Aber nicht das war es, was mich so heftig erregen konnte; es war der inhaltsschwere feierliche Verweis, der in der eigenartigen leise gezischten Äußerung lag, und vor allem der besondere *Tonfall*, in dem diese zwei wohlbekannten Worte *geflüstert* wurden und der mit tausend Erinnerungen vergangener Tage auf mich einstürmte und meine Seele traf wie mit einem elektrischen Schlag. Bevor ich wieder Herr meiner Sinne wurde, war die Gestalt verschwunden.

Obgleich der Eindruck, den dies Erlebnis auf meine zügellose Phantasie machte, ein sehr tiefer war, blieb er doch nicht von langer Dauer. Einige Wochen allerdings plagte ich mich mit ernsten Fragen und war von krankhaften Vorstellungen umdüstert. Ich versuchte, nicht an der Identität dieses seltsamen Wesens mit jenem, das sich früher schon so hartnäckig in meine Angelegenheiten mischte und mich mit seinem aufdringlichen Rat quälte, zu zweifeln. Doch wer und was war dieser Wilson? Und woher kam er? Und was waren seine Absichten? Auf keine dieser Fragen fand ich eine befriedigende Antwort – nur das eine stellte ich fest, daß ein plötzlich eingetretenes Familienereignis sein Ausscheiden aus Dr. Bransbys Lehranstalt am Nachmittag desselben Tages zur Folge gehabt hatte, an dem ich von dort entflohen war. Nach kurzer Zeit aber ließen meine Gedanken von dieser Sache ab, da meine beabsichtigte Übersiedlung nach Oxford mich vollauf in Anspruch nahm. Bald darauf führte ich diese aus, und die Freigebigkeit meiner Eltern verschaffte mir eine Ausstattung und einen jährlichen Wechsel, der es mir ermöglichte, in all dem mir schon so unentbehrlich gewordenen Luxus zu schwelgen und in der Verschwendungssucht mit den hochfahrenden Erben der reichsten Grafschaften Großbritanniens zu wetteifern.

Durch meine reichen Mittel zum Laster angespornt, brach mein ursprüngliches Temperament mit verdoppeltem Feuer hervor und widersetzte sich sogar der so selbstverständlichen Zügelung, die Sitte und Anstand jedem gebildeten Menschen auferlegen. Doch es wäre unsinnig, wenn ich mich bei den Einzelheiten meines lasterhaften Lebens aufhalten wollte. Mag das Bekenntnis genügen, daß ich als Verschwender selbst den Herodes in den Schatten stellte und daß ich der langen Liste der Laster, die damals an der ausschweifendsten Universität Europas üblich waren, durch Erfindung einer Fülle von neuen Schandtaten einen umfangreichen Anhang hinzufügte.

Und doch ist es wohl schwer zu glauben, daß ich sogar so weit gekommen war, mir die gemeinsten Schliche der Gewohnheitsspieler anzueignen und meine Erfahrung in ihrer verächtlichen Wissenschaft dazu zu benutzen, auf Kosten meiner harmlosen Mitstudenten meine ohnedies ungeheuren Einnahmen zu vergrößern. Aber es war so; und dieses unerhörte Hohnsprechen auf alle Ehre und Manneswürde war zweifellos der Hauptgrund, ja, wohl der einzige Grund, daß ich straflos ausging. Wer unter meinen verwegensten Kameraden würde nicht eher die Klarheit seiner Sinne angezweifelt, als den heiteren, freimütigen, verschwenderischen William Wilson – den vornehmsten und gebildetsten Studenten von Oxford – solcher Gemeinheiten für fähig gehalten haben – ihn, dessen Tollheiten (so sagten die Parasiten) nur Tollheiten seiner überschäumenden Jugend und ungezügelten Phantasie, dessen Fehler nur seltsame Launen, dessen dunkelste Laster nur sorglose, sprudelnde Torheiten waren?

Schon zwei Jahre lang war ich in dieser Weise erfolgreich tätig gewesen, als ein junger, erst jüngst geadelter Emporkömmling namens Glendinning die Universität bezog. Man sagte, er sei reich wie Herodes Atticus und sei auch so leicht wie dieser zu seinen Reichtümern gelangt. Ich entdeckte bald, daß er kein großer Schlaukopf war, und hielt ihn für ein passendes Objekt für die Anwendung meiner einträglichen Kunst. Ich forderte ihn des öfteren zum Spiel auf, und mit der üblichen List des Falschspielers ließ ich ihn zunächst beträchtliche Summen gewinnen, um ihn später desto sicherer einzufangen. Als mein Plan ausgereift war, traf ich ihn in der Wohnung eines Herrn Preston, eines Mitstudenten, in der bestimmten Absicht, daß diese Begegnung die letzte und entscheidende sein sollte. Preston war mit jedem von uns befreundet, hatte aber natürlich nicht die leiseste Ahnung von meinem Vorhaben. Um der Sache einen harmlosen Anstrich zu geben, hatte ich mich bemüht, eine Gesellschaft von acht oder zehn jungen Leuten dort zu haben, und war peinlich darum besorgt, daß man nur wie zufällig nach den Karten griff und daß mein Opfer selbst danach verlangen sollte. Um kurz zu sein: ich hatte keinen der niedrigen Kunstgriffe verschmäht, die bei solchen Gelegenheiten so regelmäßig angewendet werden, daß es geradezu ein Wunder ist, wenn es noch immer Dumme gibt, die diese Ränke nicht durchschauen, sondern ihnen zum Opfer fallen.

Unser Beisammensein hatte sich schon bis tief in die Nacht ausgedehnt, als es mir endlich gelang, Glendinning als einzigen Partner zu bekommen. Wir waren bei meinem Lieblingsspiel, dem Ecarté. Die anderen nahmen so lebhaften Anteil an unserem Spiel, daß sie selbst die Karten beiseite gelegt hatten und uns als Zuschauer umringten. Der Emporkömmling, den ich anfänglich zu reichlichem Trinken veranlaßt hatte, mischte, gab und spielte mit einer Nervosität, für die seine Trunkenheit nur zum Teil die Ursache sein konnte. In sehr kurzer Zeit schuldete er mir bereits beträchtliche Summen. Nun aber tat er einen tiefen Zug aus seinem Portweinglas und schlug mir vor – was meine kühle Berechnung nicht anders erwartet hatte –, unsern bereits übertrieben hohen Einsatz zu verdoppeln. Mit gut gespieltem Widerstreben und nicht, ehe meine wiederholte Weigerung ihn zu ein paar ärgerlichen Worten veranlaßt hatte, die mein Nachgeben gewissermaßen herausforderten, willigte ich schließlich ein. Der Erfolg bewies selbstverständlich nur, wie rettungslos der Partner mir ins Garn gegangen: in kaum einer Stunde hatte er seine Schuld vervierfacht. Seit einer Weile schon hatte sein Gesicht den rosigen Anhauch verloren, den ihm der Wein verlieh, jetzt aber sah ich zu meinem Erstaunen, daß es grauenhaft bleich geworden war. Ich sage, zu meinem Erstaunen, denn man hatte mir Glendinning bei meinen eifrigen Nachforschungen als unermeßlich reich hingestellt, und wenn seine Verluste auch sehr hoch waren, so konnten sie ihn doch, wie ich annahm, nicht ernstlich schädigen, wieviel weniger so tief erschüttern. Der nächstliegende Gedanke war natürlich, seinen Zustand als eine Folge des übertriebenen Weingenusses anzusehen; aber als ich, mehr zu dem Zweck, mich vor den Kameraden in ein gutes Licht zu setzen als aus irgendeinem anderen Grunde, gerade die feste Absicht kundtun wollte, das Spiel abzubrechen, machten mir ein paar Äußerungen der hinter mir Stehenden und ein Ruf der Verzweiflung seitens Glendinnings klar, daß ich seinen vollständigen Ruin herbeigeführt hatte, und unter Umständen, die ihn zum Gegenstand des allgemeinen Mitleids machten und ihn wohl selbst vor den Bosheiten eines Teufels hätten bewahren müssen.

Wie ich mich nun weiter verhalten haben würde, ist schwer zu sagen. Der bedauernswerte Zustand meines Gimpels hatte uns alle in eine gewisse Verlegenheit versetzt; es herrschte minutenlanges Schweigen, und ich fühlte, wie meine Wangen unter den vielen zornigen und vorwurfsvollen Blicken brannten. Ich muß sogar zugeben, daß mir durch die nun plötzlich eintretende unerwartete Unterbrechung für einen kurzen Augenblick eine schwere Last, ein unerträgliches Gefühl der Beklemmung vom Herzen genommen wurde. Die großen schweren Flügeltüren wurden auf einmal mit heftigem Ungestüm aufgeworfen, so daß wie mit einem Zauberschlag alle Lichter im Raum erloschen. In ihrem Hinflakkern sahen wir noch, daß ein Fremder eingetreten war; er hatte ungefähr meine Größe und war eng in einen Mantel gehüllt. Schnell aber war es vollständig dunkel geworden, und wir konnten nur *fühlen,* daß er in unserer Mitte stand. Ehe einer von uns sich von dem Staunen erholt hatte, in das dies ungehörige Gebaren uns alle versetzte, vernahmen wir die Stimme des Eindringlings.

»Meine Herren«, sagte er in einem leisen deutlichen und wohlbekannten Flüsterton, der mir bis ins Mark drang, »meine Herren, ich versuche nicht, mein Auftreten zu entschuldigen, denn ich komme, um meine Pflicht zu erfüllen. Sie sind zweifellos über den wahren Charakter des Herrn, der heute nacht beim Ecarté dem Lord Glendinning eine große Summe abgewann, nicht unterrichtet. Ich will Ihnen daher mitteilen, wie Sie sich rasch und sicher die nötigen Aufklärungen verschaffen können. Bitte, untersuchen Sie nur gründlich das Futter seines linken Ärmelaufschlags und die verschiedenen kleinen Päckchen, die sich in den reichlich großen Taschen seines bestickten Hausrocks finden werden.«

Während er sprach, herrschte eine so tiefe Stille, daß man das Niederfallen einer Stecknadel hätte hören können. Als er geendet, verließ er das Zimmer ebenso plötzlich, wie er es betreten. Kann ich – soll ich meine Gefühle schildern? Muß ich sagen, daß ich alle Schrecken der Verdammten durchlebte? Ich hatte wenig Zeit zum Nachdenken. Viele Hände packten mich rauh, und es wurde sofort wieder Licht gemacht. Die Suche begann. Im Futter meines Ärmels fand man alle zum Ecarté gehörigen hohen Karten und in den Taschen meines Hausrocks eine Anzahl Kartenspiele, die den bei unseren Sitzungen gebräuchlichen vollkommen glichen, nur gehörten meine zu denen, die man mit einen Fachausdruck als die »abgerundeten« bezeichnet: die hohen Karten waren oben und unten, die niederen an den Seiten leicht konvex. Wenn nun der Gimpel beim Abnehmen die

Karten, wie üblich ist, seitwärts abhebt, so wird er jedesmal seinem Partner eine hohe Karte zuteilen; während der Falschspieler an der Schmalseite abhebt und folglich seinem Opfer keine Karte gibt, die im Spiel von irgendwelchem Wert ist.

Wäre man nach dieser Entdeckung in Entrüstung ausgebrochen – hätte ich es leichter ertragen können als die schweigende Verachtung und hohnvolle Gelassenheit, mit der man die Sache aufnahm. »Herr Wilson,« sagte unser Gastgeber, während er sich bückte und einen kostbaren Pelzmantel aufhob, »Herr Wilson, der Mantel gehört wohl Ihnen.« (Es war kaltes Wetter, und als ich meine Wohnung verließ, hatte ich daher, da ich nur im Hausrock war, einen Mantel übergeworfen, den ich dann hier im Hause abgelegt).) »Ich denke, es ist überflüssig, auch hier noch nach weiteren Beweisen Ihrer Hinterlist zu suchen.« (Er betrachtete den Mantel mit bitterem Lächeln.) »Wir haben schon genug davon. Sie sehen wohl selbst die Notwendigkeit ein, Oxford zu verlassen – jedenfalls aber sofort meine Wohnung zu verlassen.«

Verhöhnt und gedemütigt, wie ich durch diese Rede war, hätte ich mich wahrscheinlich sofort durch eine tätliche Beleidigung gerächt, wäre nicht im selben Augenblick meine ganze Aufmerksamkeit durch eine höchst sonderbare Tatsache gefesselt worden. Der Mantel, den ich bei meinem Herkommen getragen, war aus sehr seltenem Pelzwerk; wie selten, wie außerordentlich kostbar es war, wage ich gar nicht zu sagen. Auch entstammte seine Machart meinem eigenen Erfindergeist, denn ich war, was meine Kleidung anlangte, geradezu geckenhaft eitel. Als mir daher Herr Preston jenen Mantel reichte, den er in der Flügeltür vom Boden aufgehoben, gewahrte ich mit Staunen und Entsetzen, daß ich den meinigen bereits auf dem Arm trug (ich hatte ihn anscheinend ganz unwillkürlich schon ergriffen) und daß der mir dargebotene in jedem, selbst dem kleinsten Teilchen, sein vollkommenes Gegenstück war. Das merkwürdige Wesen, das mich so schrecklich bloßgestellt, war, wie ich mich erinnerte, in einem Mantel gehüllt gewesen, und keiner aus unserer Gesellschaft außer mir hatte einen solchen umgehabt. Mit einiger Geistesgegenwart nahm ich den Mantel, den Preston mir reichte, legte ihn unbemerkt über den andern auf meinen Arm und verließ mit finsteren trotzigen Blicken das Zimmer. Am andern Morgen trat ich vor Tagesanbruch eine Reise nach dem Kontinent an, gehetzt von Scham und Entsetzen.

Ich floh vergebens! Mein böses Geschick verfolgte mich frohlockend und zeigte, daß seine geheimnisvolle Macht eigentlich jetzt erst beginne. Kaum hatte ich meine Schritte nach Paris gelenkt, als ich neue Beweise von der Anteilnahme erhielt, die dieser fürchterliche Wilson für meine Angelegenheiten zeigte. Jahre vergingen – ich fand keine Erlösung. Der Schurke! – mit welch ungelegener, welch gespenstischer Geschäftigkeit trat er in Rom zwischen mich und meine ehrgeizigen Pläne! Und in Wien ebenso – in Berlin – in Moskau! Wo, ja wo ward mir nicht bittere Ursache, ihn aus tiefstem Herzen zu verwünschen? Schließlich floh ich vor seiner rätselhaften Tyrannei wie ein halb Wahnsinniger – und bis an das Ende der Welt floh ich vergebens.

Und wieder und wieder fragte meine Seele sich in geheimer Zwiesprach mit sich selbst: ›Wer ist er? – Woher kam er? Und was sind seine Absichten?‹ Doch war keine Antwort zu finden. Und nun forschte ich mit peinlicher Genauigkeit der Art, dem Vorgehen, den herrschenden Zügen seiner unverschämten Überwachung nach. Aber selbst hier gab es nur wenig, worauf sich eine Vermutung gründen ließ. Es war allerdings auffallend, daß es ihm bei jedem der zahlreichen Fälle, in denen er seit kurzem meinen Weg kreuzte, lediglich darauf ankam, solche Pläne zu vereiteln oder solche Handlungen zunichte zu machen, die, wenn sie zur vollen Ausführung gelangt wären, schlimmes Elend gezeitigt hätten. Welch eine armselige Rechtfertigung für eine so gewalttätige Bevormundung – für ein so hartnäckiges, so freches Eingreifen in meine natürlichen Rechte der Selbstbestimmung!

Ich hatte ferner festgestellt, daß mein Peiniger, der mit wundersamer Geschicklichkeit meine Erscheinung bis ins kleinste nachahmte, es bei seinen jedesmaligen Einmischungen so einzurichten gewußt hatte, daß ich seine Gesichtszüge nicht zu sehen bekam. Mochte Wilson sein, wer er wollte, *das* jedenfalls war die abgeschmackteste Ziererei und Albernheit. Konnte er nur einen Augenblick annehmen, daß ich in dem Warner aus Eton – in dem Zerstörer meiner Ehre zu Oxford – in ihm, der in Rom meine hochfliegenden Pläne, in Paris meine Rachegelüste, in Neapel meine leidenschaftliche Liebe vereitelte und in Ägypten ein Vorhaben störte, daß er fälschlicherweise meiner Habgier zuschrieb –, daß ich in diesem meinem Erbfeind und bösen Geist den William Wilson meiner Schuljahre nicht wiedererkennen würde – den Namensvetter, den Kameraden, den Rivalen – den verhaßten und gefürchteten Rivalen im Hause Dr. Bransbys? Unmöglich! – Doch laßt mich zu der letzten ereignisreichen Szene des Dramas kommen.

Bis jetzt hatte ich mich seiner Herrschaft blindlings unterworfen. Die tiefe Ehrfurcht, mit der ich gewohnt war, den überlegenen Charakter, die göttliche Weisheit, die scheinbare Allgegenwart und Allmacht Wilsons anzusehen, hatte, gemischt mit dem Entsetzen, mit dem gewisse andere Züge seines Wesens mich erfüllten, mich von meiner eignen Schwäche und Hilflosigkeit überzeugt und eine vollständige, wenn auch widerstrebende Unterwerfung unter seinen despotischen Willen herbeigeführt. In letzter Zeit aber hatte ich mich ganz dem Wein ergeben, und sein aufreizender Einfluß auf mein ererbtes Temperament machte mir dies Überwachtsein immer unerträglicher. Ich begann zu murren – zu überlegen – zu widerstreben. Und war es nur Einbildung, was mich glauben ließ, daß mit meiner zunehmenden Festigkeit diejenige meines Peinigers im entsprechenden Verhältnis abnahm? Sei dem, wie ihm wolle, ich begann jetzt zu fühlen, daß brennende Hoffnung in mir erwachte, und nährte schließlich in meinen geheimsten Gedanken den festen und verzweifelten Entschluß, meine sklavische Unterwerfung abzuschütteln.

Es war in Rom, als ich im Karneval des Jahres 18.. einem Maskenfest im Palazzo des napolitanischen Herzogs di Broglio beiwohnte. Ich hatte noch reichlicher als sonst dem Weine zugesprochen, und jetzt quälte mich die erstickende Luft der überfüllten Räume unerträglich. Auch die Schwierigkeit, mit der ich mir durch das Gewühl der Gäste meinen Weg bahnen mußte, trug nicht wenig dazu bei, meine Stimmung reizbar zu machen; denn ich suchte (laßt mich verschweigen, aus welch unwürdigem Grunde), suchte eifrig die junge und fröhliche und wunderschöne Frau des alten kindischen Narren di Broglio. In ihrem sorglosen Vertrauen hatte sie mir verraten, welches Maskengewand sie tragen werde, und nun hatte ich sie erspäht und eilte, in ihre Nähe zu gelangen. In diesem Augenblick fühlte ich eine leichte Hand auf meiner Schulter und in meinem Ohr das unvergeßliche, verwünschte Flüstern.

In einem wahren Wutanfall wandte ich mich dem Störer zu und ergriff ihn heftig beim Kragen. Er war, wie ich es erwartet, in genau das gleiche Gewand gekleidet wie ich selbst; so trug also auch er einen spanischen Mantel aus blauem Samt und einen karminroten Gürtel, in dem ein Papier steckte. Eine schwarze Seidenmaske bedeckte sein Gesicht.

»Schurke!« sagte ich mit vor Wut heiserer Stimme, während jede Silbe, die ich sprach, meinen Zorn mit neuen Gluten schürte; »Schurke! Betrüger! Verfluchter Schuft! Du sollst mich nicht – *Du wirst mich nicht* zu Tode hetzen! Folge mir, oder ich steche dich hier auf der Stelle nieder!« –

Und ich bahnte mir aus dem Ballsaal einen Weg in das angrenzende kleine Vorzimmer und zog ihn mit Gewalt mit mir.

Als ich dort eintrat, schleuderte ich ihn wütend von mir fort. Er schwankte gegen die Wand, ich schloß fluchend die Tür und gebot ihm, den Degen zu ziehen. Er zögerte nur einen Augenblick; dann seufzte er leise, zog den Degen und stellte sich in Bereitschaft.

Der Zweikampf war kurz genug. Ich war in rasender Aufregung und blinder Wut und fühlte in meinem Arm die Kraft von Hunderten. In wenigen Sekunden drängte ich ihn gegen die Wand zurück, und da ich ihn nun ganz in meiner Gewalt hatte, stach ich ihm die Waffe in viehischer Gier wieder und wieder durchs Herz.

Da versuchte jemand, die Tür zu öffnen. Ich eilte hin, um eine Störung fernzuhalten, kehrte aber sofort zu meinem sterbenden Gegner zurück. Doch welche menschliche Sprache kann das Erstaunen – das Entsetzen wiedergeben, das mich bei dem Schauspiel erfaßte, das sich nun meinen Blicken bot. Der kurze Augenblick, für den ich die Augen abgewendet, hatte genügt, um drüben am andern Ende des Zimmers eine Veränderung zu schaffen. Ein großer Spiegel – so schien es mir zuerst in meiner Verwirrung – stand jetzt da, wo vorher keiner gewesen war; und als ich im höchsten Entsetzen zu ihm hinschritt, näherten sich mir aus seiner Fläche meine eigenen Züge – bleich und blutbesudelt – meine eigene Gestalt, ermatteten Schrittes.

So schien es, sage ich, doch war es nicht so. Es war mein Gegner – es war Wilson, der da im Todeskampfe vor mir stand. Seine Maske und sein Mantel lagen auf dem Boden, da, wo er sie hingeworfen. Kein Faden an seinem Anzug – keine Linie in den ausgeprägten und eigenartigen Zügen seines Antlitzes, die nicht bis zur vollkommenen Identität *mein eigen* gewesen wären!

Es war Wilson; aber seine Sprache war kein Flüstern

mehr, und ich hätte mir einbilden können, ich selber sei es, der da sagte: »Du hast gesiegt, und ich unterliege. Dennoch, von nun an bist auch du tot – tot für die Welt, den Himmel und die Hoffnung! In mir lebtest du – und nun ich sterbe, sieh hier im Bilde, das dein eignes ist, wie du dich selbst ermordet hast.«

Das Gespräch zwischen
Eiros und Charmion

Πυρ σοι προσοισω –
Feuer will ich dir bringen.
Euripides, Andromache

EIROS: Warum nennst du mich Eiros?

CHARMION: So wird man dich hinfort immer nennen. Du mußt auch *meinen* irdischen Namen vergessen und mich immer mit Charmion anreden.

EIROS: Und dies alles ist kein Traum –?

CHARMION: Wir haben keine Träume mehr. Doch von diesen Geheimnissen wollen wir zu einer späteren Stunde sprechen. Voll Freude sehe ich dich so lebensvoll, deinen Verstand so rege. Schon ist der Schleier des Schattenreichs von deinen Augen genommen. Sei beherzt und fürchte nichts. Die Tage der Erstarrung, die dir zugemessen waren, sind vorüber, und morgen will ich selbst dich in die Fülle der Freuden und Wunder deines neuen Daseins führen.

EIROS: Es ist wahr: Ich fühle keine Erstarrung mehr; keine mehr. Die seltsame Beklommenheit ist gewichen, die schreckliche Finsternis ist von mir abgefallen. Ich vernehme nicht mehr das rasende, rauschende, furchtbare Getön, das der »Stimme von vielen Wassern« glich. Aber meine Sinne sind noch verwirrt, Charmion, so sehr stürmt all das Neue auf sie ein.

CHARMION: In wenigen Tagen wird auch das vorüber sein; – aber ich verstehe dich sehr wohl und fühle mit dir. Es sind nun nach irdischem Maßstab zehn Jahre vergangen, seit mir widerfuhr, was dir jetzt widerfährt, doch ist die Erinnerung noch in mir lebendig. Du hast jetzt allen Schmerz durchlitten, der dir im Eden beschieden ist.

EIROS: Im Eden?

CHARMION: Ja, im Eden.

EIROS: Mein Gott – habe Mitleid mit mir, Charmion! Mich überwältigt die Erhabenheit all dieser Erlebnisse – da das Unbekannte nun enthüllt –, die einst nur mit Ahnung umgriffene Zukunft Eins geworden ist mit der herrlichen und gewissen Gegenwart.

CHARMION: Quäle dich jetzt nicht mit solchen Gedanken. Morgen wollen wir davon reden. Dein Geist strauchelt noch auf diesen Pfaden, und seine Erregung wird sich am besten lindern, wenn du dich einfacher Erinnerungen hingibst. Richte deinen Blick nicht in die Runde und nicht vorwärts – richte ihn rückwärts. Ich brenne vor Verlangen, Einzelheiten über das staunenswerte Geschehnis zu vernehmen, das dich zu einem der Unsern machte. Erzähle mir davon. Laß uns von vertrauten Dingen reden, in den altvertrauten Lauten der irdischen Welt, die so schrecklich zugrunde ging.

EIROS: Schrecklich, o ja, schrecklich – Und dies ist wirklich kein Traum –?

CHARMION: Wir haben keine Träume mehr. Hat man sehr um mich geweint, mein Eiros?

EIROS: Geweint, Charmion? – ja, schmerzlich geweint. Bis zu jener letzten Stunde aller Dinge lagerte eine Wolke tiefster Trübsal und andächtiger Trauer über dem Hause der Deinigen.

CHARMION: Und diese letzte Stunde – sprich mir von ihr. Bedenke, daß ich nur um die nackte Tatsache des Unglücks weiß, nichts weiter. Als ich die Gemeinschaft der Menschen verließ und durch das Grab in die Nacht einging – da ahnte man, wenn mich die Erinnerung nicht trügt, noch gar nichts von der Heimsuchung, die euch plötzlich überwältigte. Freilich, das muß ich zugeben – ich weiß nur wenig vom Stande der spekulativen philosophischen Wissenschaft zu jener Zeit.

EIROS: Von dem Unglück selbst ahnte man, wie du ganz richtig sagst, nicht das mindeste. Aber wesensgleiche Erscheinungen waren für die Astronomen seit langem schon ein Gegenstand der wissenschaftlichen Erörterung. Man stimmte, als du von uns gingst, auf Erden in der Anschauung überein, die Stellen aus der Heiligen Schrift, die von der endlichen Zerstörung aller Dinge durch das Feuer reden, bezögen sich allein auf unsern Erdball; ich brauche dir das wohl kaum zu sagen, mein Freund. Über den unmittelbaren Anlaß zum Untergange befand sich indessen die Forschung im Irrtum, seitdem die Wissenschaft der Astronomen die Kometen ihrer Schrecken entkleidet und ihnen den Ruf feuriger Unglücksbringer genommen hatte. Die Lehre von der sehr geringen Dichte dieser Weltkörper hatte sich als unzweifelhaft richtig erwiesen. Man hatte beobachtet, daß sie bei ihrem Durchgange durch die Satelliten des Jupiter nicht die geringste merkliche Veränderung an der Masse und der Bahn dieser Trabanten bewirkt hatten. So hatten wir uns daran gewöhnt, diese Wandersterne als nebelförmige Gebilde von ungreifbarer Dünnheit anzusehen, und hielten sie für gänzlich außerstande, unsrem festen Erdball selbst im Falle einer unmittelbaren Berührung Schaden zuzufügen. Also erregte der Gedanke an eine solche Berührung auch nicht die mindeste Furcht; denn die Elemente aller Kometen waren uns genau bekannt. Daß wir gerade unter *ihnen* den Urheber des drohenden feurigen Unterganges zu suchen hätten –, das wurde manches Jahr hindurch als ein unzulässiger Gedanke angesehen. Aber Wunderglaube und wunderliche Phantasterei waren in den letzten Erdentagen in den Hirnen der Menschen seltsam aufgeblüht. Und wenn sich auch wirkliche Furcht nur bei einigen wenigen Unwissenden geltend machte, als die Astronomen von der Entdeckung eines *neuen* Kometen Kunde gaben, so wurde doch diese Ankündigung allgemein mit einer gewissen – ich muß schon sagen: Erregung und mißtrauischer Unruhe aufgenommen.

Die Elemente des fremden Weltkörpers wurden alsbald errechnet; und aus den übereinstimmenden Mitteilungen seiner Beobachter ging sogleich hervor, daß seine Bahn ihn zur Zeit seiner Sonnennähe unmittelbar in die Nähe der Erde führen würde. Zwei oder drei Astronomen von untergeordneter Bedeutung stellten sogar nachdrücklich die Behauptung auf, daß ein Zusammenstoß unvermeidlich sei. Es ist schwer für mich, die Wirkung dieser Kunde auf das Volk zu schildern. Einige wenige Tage lang wollte es an eine solche Versicherung nicht glauben, da sein Verstand, der so lange nur weltlichen Dingen zugewandt war, sie einfach nicht fassen konnte. Aber eine Wahrheit, die über Sein oder Nichtsein entscheidet, findet bald ihren Weg auch in das unzulänglichste Begriffsvermögen. Schließlich wußte die ganz Menschheit, daß die astronomische Wissenschaft nicht trog; und sie erwartete den Kometen. Seine Annäherung vollzog sich zuerst anscheinend nicht sehr schnell, auch bot sein Anblick nichts allzu Ungewöhnliches. Er hatte eine mattrote Farbe und einen kaum wahrnehmbaren Schweif. Sieben oder acht Tage lang nahmen wir kein Anwachsen seines scheinbaren Durchmessers wahr, nur eine geringe Veränderung seiner Farbe. Mittlerweile wurden die alltäglichen Beschäftigungen der Menschen vernachlässigt, denn aller Anteilnahme war völlig durch den zunehmenden Meinungsstreit der Gelehrten über die Art des Kometen in Anspruch genommen. Selbst die Unwissendsten mühten sich, ihren trägen Geist zum Verständnis solcher Erörterungen zu erwecken. Und nun geschah es, daß die Gelehrten ihre ganze Verstandes- und Seelenkraft einsetzten – nicht um die Furcht zu zerstreuen oder eine Lieblingstheorie zu verfechten, nein, sie suchten und strebten nach rechter Erkenntnis. Sie lechzten nach vollkommenem Wissen. Die *Wahrheit* erhob ihr Haupt in lauterer Kraft und machtvoller Erhabenheit; und die Weisen beugten sich anbetend vor ihr.

Die Ansicht, daß unserer Erde oder ihren Bewohnern ein äußerer Schaden geschehen würde, verlor bei den Gelehrten immer mehr an Boden; und die Weisen konnten ja nun den Verstand und die Phantasie der Massen völlig lenken. Man wies nach, daß der Kern des Kometen eine geringere Dichte habe als unser dünnstes Gas; und die Tatsache, daß der Durchgang eines ähnlichen Irrsterns durch die Satelliten des Jupiter schadlos verlaufen war, wurde immer wieder betont und trug viel dazu bei, die Angst zu zerstreuen. Die Theologen vertieften sich mit einem Eifer, der an der Flamme ihrer Furcht entbrannt war, in die Prophezeiungen der Bibel und legten sie dem Volke mit einer Unmittelbarkeit und einleuchtenden Klarheit aus wie nie zuvor. Mit einem leidenschaftlichen Nachdruck, der sich überall Glauben erzwang, wurde behauptet, daß der endliche Untergang der Erde durch Feuersgewalt herbeigeführt werden müsse. Und die Wahrheit, die nun allen geläufig war, daß nämlich die Kometen nicht aus feurigen Bestandteilen zusammengesetzt waren, beseitigte in hohem Maße die Furcht vor dem geweissagten Unglück. Es ist bemerkenswert, daß die sonst im Volke hergebrachten abergläubischen Vorstellungen, die bei jedem Erscheinen eines Kometen in allen Köpfen Angst vor Krieg und Pestilenz erzeugten, diesmal ganz unbekannt blieben – nicht anders, als hätte mit plötzlich sich aufbäumendem Anprall die Vernunft den Aberglauben von seinem Thron gestoßen. Auch der schwächste Verstand hatte aus der aufs äußerste angespannten Anteilnahme Kraft gewonnen.

Die Frage, welche geringfügigeren Nachteile aus dem Zusammentreffen etwa entstehen könnten, gab Anlaß zu eingehenden Untersuchungen. Die Gelehrten sprachen von unwesentlichen geologischen Störungen, von wahrscheinlichen Veränderungen des Klimas und als Folge davon des Pflanzenwuchses, von möglichen magnetischen und elektrischen Einflüssen. Manche hielten dafür, daß überhaupt keine sicht- oder wahrnehmbaren Wirkungen zu erwarten seien. Indessen solche Meinungsstreitigkeiten ausgefochten wurden, kam ihr Gegenstand allmählich näher, wuchs an scheinbarem Durchmesser und gewann einen leuchtenderen

Glanz. Aus den Gesichtern der Menschen wich das Blut. Alle Arbeit ruhte.

Das Menschheitsempfinden trat in einen neuen Entwicklungsabschnitt ein. Der Komet war nun zu einer Größe angewachsen, wie man sie nie zuvor bei einem solchen Schweifstern beobachtet hatte. Das Volk ließ die letzte zögernde Hoffnung fahren, daß die Astronomen sich täuschen möchten, und durchlitt alle Nöte des Wartens auf unabwendbares Unheil. Aus den Schrecken der Einbildungskraft war Wirklichkeit geworden. Auch dem Tapfersten unter uns Irdischen schlug das Herz heftig in der Brust. Aber schon nach ganz wenigen Tagen machten diese Empfindungen noch unerträglicheren Gefühlen Platz. Es war nicht länger möglich, den fremden Weltkörper mit *herkömmlichen* Gedanken zu begreifen. Alle seine *geschichtlich* faßbaren Merkmale waren verschwunden. Der Schauder, den er uns einjagte, war von einer unerhört grauenvollen *Neuartigkeit*. Er war uns nicht mehr ein astronomisches Phänomen im Weltenraum, er war ein Nachtmahr auf unserer Brust und ein Schatten auf unsrem Hirn. Mit unbegreiflicher Schnelligkeit hatte er das Aussehen eines riesenhaften, dünnen Flammenmantels angenommen, der sich von Horizont zu Horizont spannte.

Aber als wieder ein Tag vergangen war, atmeten die Menschen freier. Es war klar, daß wir uns nun schon mitten in der Einflußsphäre des Kometen befanden; und doch – wir lebten. Ja, wir empfanden sogar eine ungewöhnliche Geschmeidigkeit des Körpers und Lebhaftigkeit des Geistes. Es war nun offenbar, daß der Furchtbringer außerordentlich dünn war, denn alle Sternbilder des Himmels blieben durch ihn hindurch vollkommen sichtbar. Mittlerweise war mit unsrem Pflanzenwuchs eine merkliche Veränderung vor sich gegangen, und aus diesem vorhergesagten Umstand gewannen wir neues Vertrauen in die Voraussicht unsrer Gelehrten. Eine wilde Üppigkeit des Blätterwuchses, wie man sie nie vorher gesehen hatte, brach aus jeder Pflanze hervor.

Wieder verging ein Tag, und noch hatte uns das Unheil nicht völlig erreicht. Es war klar, daß wir erst noch durch den Kern des Kometen hindurchgehen mußten. An allen Menschen hatte sich eine seltsame Veränderung vollzogen; und der Augenblick, da wir uns zuerst bewußt wurden, daß wir *litten,* gab das Zeichen für das Losbrechen eines besinnungslosen Schreckens und Wehklagens. Dieses erste Merkmal des Leidens war eine furchtbare Beengung der Luftröhre und der Lungen und eine unerträgliche Trockenheit der Haut. Wir konnten uns nicht länger verhehlen, daß unsre Atmosphäre von einer völligen Wandlung betroffen war; die Zusammensetzung dieser Atmosphäre und die möglichen Veränderungen, denen sie unterworfen sein mochte, das wurden nun die Brennpunkte des Meinungsstreites. Das Ergebnis der Forschungen fuhr wie ein elektrischer Schlag durch alle Menschenherzen und erzeugte namenlosen Schrecken.

Wir wußten längst, daß die Luft, die uns umgab, aus Sauerstoff und Stickstoff bestand, und zwar aus einundzwanzig vom Hundert Sauerstoff und aus neunundsiebzig vom Hundert Stickstoff. Der Sauerstoff, die Grundursache jeder Verbrennung und der Erzeuger jeder Wärme, war unbedingt nötig zur Erhaltung des tierischen Lebens und bildete das mächtigste und stärkste Agens in der Natur. Im Gegensatz dazu konnte im Stickstoff kein Leben gedeihen und keine Verbrennung vor sich gehen. Ein unnatürliches Überwiegen des Sauerstoffs in der Atmosphäre mußte, das stand fest, eine Verstärkung aller Lebensäußerungen zur Folge haben – eben eine Verstärkung, wie wir sie in der letzten Zeit an uns erfahren hatten. Die Ausbreitung dieser Vorstellung und die Folgerungen daraus waren es, die das Entsetzen erzeugten. Was würde die Folge sein, *wenn der Stickstoff gänzlich der Atmosphäre entzogen würde?* Unmittelbare, unaufhaltsame, alles erfassende und alles verschlingende Verbrennung – die vollkommene Erfüllung der Feuer androhenden, Grauen erregenden Prophezeiungen der Heiligen Schrift, der Vorhersage getreu bis in die letzten schaurigen Einzelheiten.

Warum soll ich dir, mein Charmion, die nun entfesselte Raserei der Menschenkinder schildern? Gerade die Dünnheit des Kometen, einst die Quelle unsrer Hoffnung, wurde nun die Quelle unsrer bittersten Verzweiflung. Es wurde uns unabweislich klar, daß seine ungreifbar gasförmige Substanz die Besiegelung unsres Schicksals bedeutete. Abermals ging ein Tag dahin – und mit ihm entschwand der letzte Schatten einer Hoffnung. Rasch vollzog sich die Zersetzung der Luft, und keuchend rangen wir nach Atem. Das rote Blut tobte wild durch seine engen Gefäße. Ein wilder Wahnsinn ergriff alle Menschen, sie streckten die Arme steif zum drohenden Himmelsgewölbe empor, sie zitterten und schrien laut. Und dann kam der Kern des Vernichters über uns – selbst hier in Eden schüttelt mich noch der Schauder, da ich es ausspreche. Ich will's, vergönne mir das, kurz machen – kurz wie das Verderben, dem wir erlagen. Einen Augenblick war nichts als ein furchtbarer, düsterer Glanz, der alle Dinge erfaßte und durchdrang. Dann – wir wollen uns beugen, mein Charmion, vor der unendlichen Erhabenheit des großen Gottes! – dann erscholl ein dröhnender, alles übertönender Laut, als käme er aus SEINEM Munde. Und die ganze Äthermasse, in der wir lebten, brach mit einem Male in eine ungeheure Flammenerscheinung aus, für deren alles überstrahlende Helle und alles verzehrende Glut selbst die Engel im Himmel ihrer reinen Erkenntnis keinen Namen wissen. In ihr endete alles.

Die Insel der Fee

Nullus enim locus sine genio est.

Servius

»La musique«, sagt Marmontel in seinen »contes mo-
reaux«, die wir in allen unsern Übersetzungen beharrlich
als »Moralische Geschichten« bezeichnet finden, als ob man
ihren Sinn verhöhnen wollte – »la musique est le seul des
talents qui jouisse de lui-même, tous les autres veu-
lent des témoins«. Er verwechselt hier die Freude an schönen Klängen mit der Fähigkeit, sie hervorzurufen. Die musikalische Begabung ist ebensowenig wie jedes andere Talent
da, wo kein zweiter ihre Äußerungen würdigt, zur Gewäh-
rung eines vollkommenen Genusses befähigt, und nur in
Verbindung mit andern Begabungen bringt sie die Wirkungen hervor, die erst in der Einsamkeit ganz genossen werden
mögen. Der Gedanke, den der »raconteur« entweder nicht
klar genug dargestellt oder dessen Darstellung er einer natio-
nalen Vorliebe für Pointierung geopfert hat, ist zweifellos
der sehr begründete, daß wir gute Musik am tiefsten zu
würdigen verstehen, wenn wir einsam sind. Der Gedanke in
dieser Form wird ohne weiteres jedem richtig erscheinen,
der die Musik um ihrer selbst und ihrer seelischen Wirkung
willen liebt. Doch noch eine Freude ist den verstoßenen
Sterblichen vergönnt, eine, die vielleicht mehr noch als die
Musik der gesteigerten Einsamkeit bedarf. Ich meine den
Genuß, den die Naturbetrachtung bietet. Wahrlich, wer
Gottes Herrlichkeit auf Erden recht gewahren will, der muß
diese Herrlichkeit in Einsamkeit betrachten. Mir wenigstens
erscheint die Anwesenheit nicht nur menschlicher, sondern
überhaupt lebendiger Wesen jeder Art, außer den grünen
Dingen, die aus dem Boden wachsen und keine Stimme haben, als Befleckung der Landschaft, als etwas, was der seelischen Harmonie des Bildes zuwiderläuft.

In Wahrheit! ich liebe die Vorstellung, daß die dunklen Täler und grauen Felsen und die schweigsam lächelnden Wasser und die Wälder, die in unruhigem Schlummer seufzen – und die stolzen wachsamen Berge, die auf alles herunterblicken –, daß alles dies nur ungeheure Gliedmaßen eines gewaltigen lebendigen und empfindenden Ganzen sind – eines Ganzen, dessen Gestalt (die Kugel) die vollkommenste und umfassendste ist, die es gibt, dessen Weg den andern Planeten zugesellt ist, dessen zarte Magd der Mond[*], dessen mittelbarer Herr die Sonne ist, dessen Lebensdauer Ewigkeit, dessen Sinn der Wille Gottes ist; dessen Freude Wissen ist; dessen Geschicke sich in Unendlichkeit verlieren; dessen Kenntnis seiner selbst etwa unsrer Kenntnis der mikroskopischen Kleinwelt gleichkommt – eines Daseins, das wir als völlig unbelebt und rein stofflich ansehen, ähnlich wie diese winzigen Wesen uns betrachten mögen.

Unsre Teleskope und unsre mathematischen Entdeckungen geben uns trotz des scheinheiligen Geredes der Geistlichkeit überall die Gewißheit, daß Raum und also Masse in den Augen des Allmächtigen eine große Bedeutung hat. Die Kreise, darin die Sterne sich bewegen, sind als die besten empfunden worden für eine ungehinderte Bewegung der größtmöglichen Anzahl Körper. Die Form dieser Körper ist gerade so, daß sie bei einer gegebenen Oberflächengröße die größtmögliche Anhäufung von Materie gestattet, während die Oberfläche selbst so beschaffen ist, daß sie eine größere Zahl von Bewohnern aufnehmen kann, als wenn sie irgendeine andre Gestalt hätte. Auch ist die Tatsache, daß der Raum selbst unendlich ist, kein Argument dagegen, daß die Masse ein Zweck Gottes ist; denn eine unendliche Materie mag vorhanden sein, um ihn zu füllen, und da wir deutlich sehen, daß die Materie grundsätzlich von Leben erfüllt ist – in der Tat, soweit unser Urteil reicht, ein leitender Grund-

[*] Mond im Englischen weiblich, Sonne männlich. A. d. Ü.

satz in den Maßnahmen der Gottheit –, so ist es kaum logisch, dieses Leben auf die Regionen des Kleinen, wo wir es täglich nachweisen können, zu beschränken und nicht auf die des Erhabenen auszudehnen. Da wir ohne Ende Kreis in Kreise laufen sehen, alle aber sich um eine ferne Mitte drehen, um die Gottheit, sollten wir da nicht gleicherweise Leben in Leben vermuten, das kleinere im größeren und alle im göttlichen Geiste? Kurz, wir sind infolge unsrer Selbstüberhebung in einem gewaltigen Irrtum, wenn wir annehmen, der Mensch sei in seiner zeitlichen oder zukünftigen Bestimmung von größerer Wichtigkeit für das Universum als der gewaltige Talkörper, den er beackert und verachtet und dem er eine Seele abspricht, aus keinem tieferen Grunde, als weil er sie nicht in Tätigkeit sieht*.

Solche und ähnliche Vorstellungen haben meinen Betrachtungen in den Bergen und Wäldern, an den Flüssen und am Meere eine Beimischung gegeben, die von der Alltagswelt zweifellos als »phantastisch« bezeichnet werden würde. Meine zahllosen, meist einsamen Wanderungen in solchen Gegenden pflegten meinen Geist ungewöhnlich lebhaft zu beschäftigen, und die Hingabe mit der ich manchen düstern Talgrund durchstreifte oder in die Himmelsspiegelung manches strahlenden Sees blickte, wurde sehr vertieft durch das Bewußtsein, daß ich *allein* wanderte und Umschau hielt. Welcher geschwätzige Franzose** war es doch, der mit Beziehung auf das Werk von Zimmermann sagte: »LA SOLITUDE EST UNE BELLE CHOSE; MAIS IL FAUT QUELQU'UN POUR VOUS DIRE QUE LA SOLITUDE EST UNE BELLE CHOSE«? Dem Epigramm ist nicht zu widersprechen; aber dies »IL FAUT« – diese Notwendigkeit ist doch ein Unding.

Es war auf einer meiner einsamen Wanderungen in weit entfernten Gegenden, wo Berg an Berg geschlossen war und

---

* Wo Pomponius Mela in seiner Abhandlung »DE SITU ORBIS« von Flut und Ebbe spricht, sagt er: »Entweder ist die Welt ein großes Tier, oder . . .« usw.
** Balzac, dem Sinne nach; ich weiß nicht mehr die Worte.

trauervolle Flüsse und schwermütige Sümpfe sich einher-
wanden oder schlummernd lagen, als ich an einen kleinen
Fluß mit einer Insel kam. Es war im laubreichen Juni. Ich
warf mich auf den Rasen unter die Zweige eines unbekannten duftenden Gesträuches, um in Betrachtung des Bildes
versunken zu ruhen. Ich fühlte, nur so sollte ich es ansehen,
dies entsprach seinem Charakter.

Auf allen Seiten – außer gen Westen, wo die Sonne im
Untergehen war – erhoben sich grüne Waldesmauern. Der
Fluß, der in seinem Lauf eine scharfe Wendung machte und
sich so plötzlich den Blicken entzog, schien aus seinem Gefängnis keinen Ausweg zu haben, sondern vom grünen Laub
der Bäume im Osten aufgesogen zu werden, während auf
der andern Seite (so erschien es mir, als ich da lag und nach
oben sah) geräuschlos und unaufhaltsam ein gold- und pur-
purroter Wasserfall aus den Abendrotquellen des Himmels
ins Tal herniedersprühte.

Etwa in der Mitte des beschränkten Ausschnitts, den mein
träumerisches Auge faßte, ruhte eine kleine, runde, üppig
begrünte Insel auf der Brust des Wassers,

> Und Licht und Schatten woben Duft,
> Als hänge sie schwebend in der Luft.

So spiegelglatt war das glasige Wasser, daß sich kaum erkennen ließ, an welcher Stelle des grünen Rasenhanges sein
Reich begann.

Meine Lage gestattete mir, mit einem einzigen Blick sowohl das östliche wie das westliche Ende der Insel zu umfas-
sen, und ich bemerkte eine eigentümliche Verschiedenheit an
ihnen. Das Westende war wie ein strahlender Harem von
Gartenschönheiten. Es glühte und errötete unter den schrä-
gen Blicken der Sonne und lachte mit heiteren Blumen. Das
Gras war kurz, feucht, süß duftend und von Goldwurz
durchblüht. Die Bäume waren geschmeidig, heiter, aufrecht,

hell, schlank und anmutig, von morgenländischem Bau und Laub, mit sanfter, glänzender und buntfarbiger Rinde. Alles schien gesättigt von einem tiefen Bewußtsein von Leben und Lust, und obgleich vom Himmel keine Winde bliesen, so war doch alles bewegt durch das leichtbeschwingte Gaukelspiel unzähliger Schmetterlinge, die man für beflügelte Tulpen hätte halten können*.

Das andre oder östliche Ende der Insel war in schwärzeste Schatten gehüllt. Eine traurige, doch schöne und friedvolle Dunkelheit durchdrang hier alle Dinge. Die Bäume waren von düsterer Farbe und trauernd in Gestalt und Haltung – wie sie sich da in trübe, feierliche und gespenstische Formen hüllten, erweckten sie eine Vorstellung von tödlichem Leid und frühzeitigem Tod. Das Gras hatte den dunklen Farbenton der Zypresse, und seine Halme ließen die Köpfe hängen, und hier und dort sah man im Grase viele kleine häßliche Hügel, schmal und niedrig und nicht sehr lang, die wie Gräber aussahen und doch keine waren, obgleich Raute und wilde Rosen sie ganz und gar überwucherten. Der Schatten der Bäume sank schwer aufs Wasser nieder, als wolle er sich darin begraben, die Tiefen des Elementes mit Dunkelheit sättigend. Ich bildete mir ein, wie die Sonne tiefer und tiefer sank, löse sich Schatten um Schatten trübe vom Stamme, der ihm Leben gegeben hatte, und werde vom Strome aufgetrunken, während jeden Augenblick neue Schatten aus den Bäumen hervortraten, um die Stelle ihrer eingesargten Vorgänger einzunehmen.

Als dieser Gedanke meine Phantasie erfaßt hatte, regte er sie weiter und weiter an, und ich versank in Träumerei. »Wenn je eine Insel verzaubert war«, sprach ich bei mir selbst, »so ist es diese. Hier ist der Zufluchtsort der wenigen gütigen Feen, die noch vom Untergang verschont geblieben sind. Sind jene Hügel ihre grünen Gräber? – Oder geben sie

* FLOREM PUTARES NARE PER LIQUIDUM AETHERA! – *P. Commire*

ihr Leben auf, wie Menschen ihr Leben dahingeben? Ist ihr Sterben nicht vielmehr ein trauervolles Hinschwinden, so daß sie nach und nach ihr Dasein an Gott zurückgeben, wie diese Bäume Schatten um Schatten hingeben, ihr Wesen verhauchen und auflösen? Was der vergehende Baum dem Wasser ist, das seinen Schatten einsaugt und schwärzer wird von jeder solchen Beute, mag nicht das Leben der Fee für den Tod, der es verschlingt, das gleiche sein?«

Als ich so mit halbgeschlossenen Augen sann, indes die Sonne eilig zur Rüste ging und wirbelnde Strömungen rund und rund um die Insel jagten, mit tanzenden weißen Streifen der Rinde des Feigenbaumes auf den Wellen, Streifen, die in ihrer wechselvollen Lage auf dem Wasser von einer lebendigen Phantasie mit allem Erdenklichen zu vergleichen gewesen wären – während ich so sann, war mir, als nehme die Gestalt einer solchen Fee, über die ich nachgesonnen hatte, langsam aus dem Glanze der Westseite der Insel ihren Weg ins Dunkel. Sie stand aufrecht in einem seltsam gebrechlichen Kahn, den sie mit dem Schatten eines Ruders lenkte. Solange sie unter dem Einfluß der zögernden Sonnenstrahlen blieb, schien ihre Haltung Freude auszudrücken, aber Trauer wandelte sie an, als sie der Schatten berührte. Langsam glitt sie dahin und hatte schließlich die Runde um die Insel gemacht und erschien wieder auf der Lichtseite. »Der Zirkel, den die Fee soeben vollendet hat,« sinnierte ich weiter, »ist der Kreislauf ihres kurzen Lebensjahres. Sie ist durch ihren Winter und ihren Sommer geflutet. Sie ist dem Tode um ein Jahr näher: denn es ist meinen Blicken nicht entgangen, daß, als sie in die Dämmerung kam, ihr Schatten von ihr abfiel und vom dunklen Wasser verschlungen ward, dessen Schwärze noch schwärzer davon wurde.«

Und wieder erschien das Boot mit der Fee, doch in ihrer Haltung war mehr Sorge und Unsicherheit und weniger biegsame Lust. Sie flutete wiederum aus dem Licht und ins Dunkel (das sogleich tiefer wurde), und wiederum fiel ihr

Schatten von ihr ab ins ebenholzschwarze Wasser und wurde von seiner Schwärze verschlungen. Und wieder und wieder machte sie die Runde um die Insel (indessen die Sonne zu ihrer Schlummerstätte eilte), und bei jedem Heraustreten ins Licht lag mehr Trauer auf ihrer Gestalt, die schwächer und feiner und unbestimmter wurde, und bei jedem Übergang ins Dunkel sank ein tieferer Schatten von ihr ab, der von immer düstererem Schwarz verschlungen wurde. Endlich aber, als die Sonne gänzlich verschwunden war, glitt die Fee, jetzt nur noch wie das Gespenst ihres früheren Seins, mit ihrem Boot trostlos in den Bereich der ebenholzschwarzen Flut, und ob sie daraus wieder zum Vorschein kam, kann ich nicht sagen, denn Finsternis deckte alle Dinge, und ich gewahrte ihre zauberhafte Gestalt nicht mehr.

Das Zwiegespräch zwischen
Monos und Una
Die Vorgänge spielen in einer zukünftigen Zeit

Μελλοντα ταυτα –
Sophokles, Antigone

Uɴᴀ: Ist das nun – die Wiedergeburt?

ᴍᴏɴᴏs: Ja, schönste, geliebteste Una, das ist die Wiedergeburt. Wie lange habe ich einst über den verhüllten Sinn dieses Wortes gegrübelt, da ich die Auslegungen der Priesterschaft nicht anerkennen wollte – bis mir der Tod selbst das Rätsel löste.

ᴜɴᴀ: Der Tod –

ᴍᴏɴᴏs: Wie seltsam, süße Una, klingt mir dieses Wort aus deinem Munde wider! Auch zaudert, ich sehe es wohl, dein Fuß im Weiterschreiten, und deine Augen künden eine freudige Erregung. Es bedrückt und verwirrt dich, da sie dir noch neu ist, die Erhabenheit des ewigen Lebens. Ja, so sagte ich: der Tod. Und welch eigenartigen Klang hat hier dieses Wort, das einst von altersher alle Herzen mit Schrecken erfüllte und sich wie ein Meltau auf alle Freuden legte!

ᴜɴᴀ: Ja, der Tod, der als gespenstischer Gast an jeder festlichen Tafel saß. Wie oft, Monos, verloren wir uns in grüblerische Betrachtungen über sein Wesen! Wie stellte er sich mit seiner geheimnisvollen Macht allem menschlichen Glücke in den Weg und gebot sein »Bis hierher und nicht weiter«! Als einst, mein einziger Monos, die tiefste wechselseitige Liebe in unsrer Brust entbrannte und als uns ihr erstes Aufquellen mit Glück erfüllte – wie wähnten wir da, daß mit ihrem Erstarken auch dieses Glücksgefühl erstarken würde. Und wie trog uns dieser Wahn! Ach, wie sie wuchs, so wuchs auch in unsren Herzen die Angst vor jener furchtbaren Stunde, die unaufhaltsam nahte, um uns für immer voneinander zu scheiden. So wurde Liebe zur Qual. Wie eine Gnade hätten wir es damals hingenommen, wenn wir hätten hassen können, anstatt zu lieben.

MONOS: Sprich nicht hier von jenen Qualen, süße Una, da du nun mein bist – mein für immer!

UNA: Und doch – schenkt uns nicht die Erinnerung an überwundenes Leid gegenwärtiges Glück? Es drängt mich, noch viel von den Dingen der Vergangenheit zu reden. Vor allem brenne ich darauf, zu vernehmen, wie es dir erging, als du durch das dunkle Tal der Schatten wandertest.

MONOS: Und wann hätte die herrliche Una je ihren Monos um etwas vergeblich gebeten? Ich will dir alles gewissenhaft erzählen. Aber wo soll ich mit dem seltsamen Bericht beginnen?

UNA: Wo –?

MONOS: So fragte ich.

UNA: Monos, ich verstehe dich. Im Tode haben wir beide erfahren, wie töricht das Bemühen der Menschen war, die Grenzen des Unbegrenzbaren bestimmen zu wollen. Also sage ich nicht: Beginne mit dem Augenblick, da das Leben deines Leibes erlosch – wohl aber: Beginne mit dem entsetzlichen Augenblick, da das Fieber von dir wich, da du in eine Starre ohne Atem und Bewegung versankst und ich deine bleichen Lider schloß, indessen meine Finger von meiner leidenschaftlichen Liebe bebten.

MONOS: Erst vergönne mir, meine Una, ein Wort über die allgemeine Lage, in der sich damals die Menschheit befand. Du entsinnst dich wohl, daß ein oder zwei weise Männer zur Zeit unsrer Vorväter (sie waren wahrhaft weise, obzwar sie in den Augen der Welt nicht dafür galten) zu der Erkenntnis gelangt waren, daß an der Richtigkeit des Wortes »Fortschritt« zu zweifeln sei, wenn man es auf die Vervollkommnung unsrer sogenannten Zivilisation bezog. In jedem der fünf oder sechs Jahrhunderte vor unsrem Tode gab es Zeiten, da ein machtvoller Menschengeist erstand und kühn nach jenen Grunderkenntnissen strebte, deren Wahrheit jetzt unsrem von Fesseln befreiten Geiste so völlig klar erscheint, – Erkenntnissen, aus denen das Menschengeschlecht hätte lernen sollen, daß es besser täte, sich der Herrschaft der Naturgesetze zu unterwerfen, als sich deren Beherrschung anzumaßen. In langen Zwischenräumen gab es Meister des Erkennens, die in jedem Fortschritt des praktischen Wissens einen Rückschritt auf dem Wege zur wahren Zweckmäßigkeit erblickten. Zuweilen war es die Erkenntniskraft der Dichter – wir empfinden jetzt, daß sie die lauterste von allen war, da jene Wahrheiten, die für uns allezeit die wichtigsten waren, nur mit Hilfe jener gleichsetzenden Versinnbildlichung ermessen werden können, die allein für das Einbildungsvermögen Beweiskraft hat, während der bare Verstand ihr kein Gewicht beimißt – zuweilen war es, sage ich, die Erkenntniskraft der Dichter, der auf dem Entwicklungswege der ahnenden philosophischen Idee ein Schritt vorwärts gelang. Sie fand in der geheimnisvollen Parabel vom Baume der Erkenntnis und seiner verbotenen, todbringenden Frucht einen deutlichen Hinweis, daß für den Menschen bei dem unmündigen Zustande seiner Seele das Wissen ein unbrauchbares Ding ist. Die Dichter wurden im Leben wie im Tode von den »Utilitaristen« mit Geringschätzung bedacht, rohen Kleinigkeitskrämern, die sich einen Titel anmaßten, der viel eher den von ihnen Verachteten gebührt hätte. Und die Dichter dachten mit sehnsüchtigem Schmerz, in dem doch Weisheit war, an jene vergangenen Tage zurück, da unsere Bedürfnisse ebenso einfach wie unsere Freuden echt und maßvoll waren; Tage, da man das Wort »Lust« nicht kannte, so feierlich tiefgetönt war das Glück; geheiligte, erhabene und selige Tage, da blaue Flüsse in ungedämmtem Lauf zwischen Hügeln, deren Pflanzenwuchs noch unberührt wucherte, dahinflogen in weite, uralte, duftende und unerforschte Waldeinsamkeiten. Aber diese edlen Ausnahmen vermochten nichts, als den Widerstand zu vermehren, mit dem die allgemeine Torheit ihnen begegnete. Ach, wir hatten damals die schlimmsten aller unserer schlimmen Erdentage begonnen. Der große »Fortschritt« (so lautete ja wohl das üble Schlagwort) setzte sich unaufhaltsam fort: Eine krankhafte sittliche und leibliche Aufruhrerscheinung ... Die Kunst – oder sagen wir: die Künste, im weitesten Sinne, stiegen zur höchsten Höhe empor, und da man sie einmal auf den Thron gesetzt hatte, legten sie den Verstand in Ketten, dem sie doch ihre Erhebung zur Macht verdankten. Da der Mensch nicht umhin konnte, die Erhabenheit der Natur anzuerkennen, verfiel er in ein törichtes Frohlokken ob seiner erworbenen und stetig wachsenden Herrschaft über ihre Elemente. Eben weil er in seiner eigenen Einbildung als Gott einherstolzierte, wurde er von einer kindischen Verstandesschwäche befallen. Er erlag in zunehmendem Maße der ansteckenden Krankheit, die sich darin äußert, daß man alles in »Systeme« bringen und durch Abstraktionen ausdrücken will – wie sich das denn aus der ganzen Ursache seines krankhaften Zustandes erklärt. Er umwickelte sich gewissermaßen mit Gemeinplätzen. Unter andern wunderlichen Ideen gewann auch die einer »allgemeinen Gleichheit« an Boden. Man verschloß seine Ohren vor der lauten Warnungsstimme des Gesetzes von der Stufenfolge (Gradation), das sichtbarlich alle Dinge im Himmel und auf Erden durchdringt; und im Angesicht Gottes, im Angesicht des großen Beispiels hub ein wildes Experimentieren an, um eine allesbeherrschende »Demokratie« einzuführen. Dieses Übel entsprang indessen folgerichtig der Wurzel alles Übels, der »Erkenntnis«. Der Mensch konnte entweder »wissen« oder sich unterordnen; nicht aber beides zugleich. Während dieser Entwicklung wuchsen riesige qualmende Städte aus dem Boden, in unmeßbarer Zahl. Das grüne Laub verschrumpfte unter dem glühenden Anhauch der Schlote. Das edle Angesicht der Natur wurde entstellt, als wäre es von einer ekelhaften Krankheit verwüstet. Mich dünkt, süße Una, damals hätte uns unser schlummerndes Empfinden für das Gezwungene und gewaltsam Aufgepfropfte dieser Zustände Einhalt gebieten müssen. Aber es scheint mir nun, als hätten wir in der krankhaften Verbildung unsres natürlichen Geschmacks (oder, richtiger gesagt, infolge der blinden Vernachlässigung seiner pflegsamen Ausbildung in unsern Schulen) an unsrer eigenen Verderbnis gearbeitet; denn nur dieser angeborene Geschmack – ich verstehe darunter jene Fähigkeit, die in der Mitte liegt zwischen der reinen Vernunft und dem sittlichen Empfinden und die man noch nie ungestraft außer acht gelassen hat – nur dieser Geschmack hätte uns in dieser Entscheidungszeit gütig wieder hinleiten können zur Schönheit, zur Natur, zum Leben. Weh uns! Wohin war der reine, beschauliche Geist und die erhabene innere Anschauung eines Plato entschwunden, wohin die Harmonie, die μουσικη, in der sein sicheres Empfinden ein vollkommenes und zulängliches Bildungsmittel für die Seele erkannt hatte? Weh uns! Lehrer und Lehre waren eben in dem Augenblick am meisten dem Vergessen und der Verachtung zum Opfer gefallen, da sie uns am bittersten notgetan hätten*.

---

* »Nur schwerlich wird es gelingen, ein besseres Erziehungsmittel zu entdecken, als es die Erfahrung so manchen Menschenalters bereits entdeckt hat. Und wenn wir es zusammenfassend nennen, so besteht es in gymnastischen Übungen für den Körper und in Musik (μουσικη) für die Seele.« (Republ. lib. 2). »Auf dem Wege zu diesem Ziele ist eine musikalische Erziehung das wichtigste Mittel; denn sie führt dazu, daß Rhythmus und Harmonie in vollkommener Weise die Seele durchdringen und die stärkste Macht über sie gewinnen, da sie sie mit Schönheit erfüllen und den Menschen edel und gut machen. – Er wird das Schöne recht würdigen und bewundern, wird ihm mit Freuden Eingang in seine Seele gewähren, wird davon zehren *und seine ganze Verfassung mit ihm in Einklang bringen*« (ebenda lib. 3). – Das Wort »Musik« hatte indessen bei den Athenern eine viel umfassendere Bedeutung als bei uns. Es begriff nicht nur die Harmonielehre vom Zeitmaß und von der Tonfolge, sondern auch den dichterischen Ausdruck, das dichterische Empfinden und den dichterischen Schaffensvorgang, alles das im weitesten Sinne. So war das Studium der »Musik« bei den Athenern in der Tat eine umfassende Ausbildung des Geschmacks – eben des Sinnes, der das *Schöne* erfühlt – im Gegensatz zur Vernunft, deren Aufgabe nur das Erkennen des »Richtigen« ist.

Pascal, ein Philosoph, dem unser beider Liebe gilt, hat einstmals gesagt, »QUE TOUT NOTRE RAISONNEMENT SE RÉDUIT À CÉDER AU SENTIMENT«, daß es all unsere Verstandeskraft schließlich doch dabei bewenden läßt, unserm persönlichen Gefühl zu folgen. Wie wahr ist das! Und es ist nicht unmöglich, daß das Gefühl für das Natürliche, hätte die Zeit es nur gestattet, schließlich doch sein früheres Übergewicht über das rohe mathematische Vernunftwesen unsrer Schulen wiedererlangt hätte. Aber es sollte anders kommen. Noch vor der Zeit, gewaltsam beschleunigt durch das maßlose Schwelgen in »Erkenntnis«, kam das Greisenalter der Erde heran. Die Mehrzahl der Menschen sah das freilich nicht oder verschloß absichtlich ihre Augen davor, indessen sie unmäßig, also glücklos drauflos lebte. *Mich* indessen hatten die Zeugnisse aus der Geschichte der Erde gelehrt, in dem schlimmsten Zusammenbruch den Kaufpreis für die höchste Zivilisation zu erblicken. Ich hatte dieses Vorherwissen unsres Schicksals geschöpft aus dem Vergleich Chinas, des schlichten und darum widerstandsfähigen, mit dem Baumeister Assyrien, dem Sterndeuter Ägypten und mit Nubien, dem kultiviertesten von allen, der unruhschwangeren Mutter aller Künste und Kunstfertigkeiten. Aus der Historie* dieser Länder gewann ich die sichtbare Vordeutung unsrer eigenen Zukunft. Die eigenartig ausgeprägte Verkünstelung der drei letztgenannten war eine örtliche Erkrankung der Erdrinde, und in ihrem eigenartig ausgeprägten Niedergang sahen wir örtliche Heilmittel angewandt. Für die verseuchte Welt im *ganzen* aber vermochte ich kein andres Mittel zur Heilung wahrzunehmen als – den Tod. Da das Menschengeschlecht als solches nicht ausgetilgt werden konnte, so blieb ihm, das wußte ich, nur die »Wiedergeburt.«

Und nun, Schönste und Geliebteste, spannen wir unsern

---

* Historie, engl. HISTORY, hier vermutlich wegen seiner Abstammung vom griechischen ἱστορεῖν, betrachten, gebraucht.   Anm. d. Übers.

Geist täglich in Träume ein. Nun geschah es oft, daß wir im Abenddämmern von künftigen Tagen redeten, von Tagen, da das durch technische Künste verschrammte und entstellte Angesicht der Erde jene Läuterung erfahren würde, die allein mit den rechtwinkligen Abscheulichkeiten aufräumen konnte, und da die Erde sich wieder bedecken würde mit dem Grün und den sanften Hügelhängen und den lächelnden Wassern des Paradieses –, um schließlich wieder eine gute Wohnstatt für Menschen zu werden. Für Menschen freilich, die im Tode geläutert waren, für deren von Schlakken befreiten Geist die Erkenntnis kein Gift mehr war – für eine erlöste, wiedergeborene, glückselige und nun unsterbliche Menschheit, die aber immer noch der Welt des Körperlichen und Greifbaren angehörte.

UNA: Wohl erinnere ich mich, teurer Monos, dieser Gespräche. Aber die Zeit des flammenden Unterganges stand noch nicht so nahe bevor, wie wir glaubten und wie uns die Verderbnis, von der du sprichst, mit Sicherheit zu verkünden schien. Die Menschen lebten und starben einzeln. Auch du wurdest krank und sankest ins Grab; und deine getreue Una folgte dir alsbald nach. Wenn auch das seitdem verflossene Jahrhundert, dessen Beschluß uns nun wieder vereinigt, unsre schlummernden Sinne nicht mit Ungeduld ob seiner langen Dauer zu peinigen vermochte – es war, mein Monos, doch noch ein ganzes Jahrhundert.

MONOS: Sag' lieber: Es war ein Punkt in der Unendlichkeit. Fraglos war die Zeit, da ich starb, das Greisenalter der Erde. Da mein Herz geschwächt war von Angst und Sorge um den allgemeinen Aufruhr und Verfall, erlag ich dem wilden Fieber. Es vergingen ein paar Tage voller Schmerzen, und es vergingen zahlreiche Tage voll von Wahnvorstellungen im Hindämmern und in Zuständen der Verzückung. Du hieltest sie, in Irrtum befangen, für Schmerzen, und ich war nicht fähig, dir diesen Irrtum zu nehmen, so gern ich es auch gewollt hätte. Dann kam, wie du schon sagtest, eine Starre ohne Atem und Bewegung über mich, und die mein Lager umgaben, nannten sie *Tod*.

Ein Wort ist ein ungewisses Ding. Mein neuer Zustand raubte mir keineswegs die Fähigkeit, wahrzunehmen. Er erschien mir nicht allzu unähnlich dem vollkommenen Ruhegefühl eines Menschen, der nach einem langen und tiefen Schlaf an einem Mitsommernachmittag reglos und ganz ausgestreckt liegt und nun langsam ins Bewußtsein zurückkehrt, nicht weil ihn eine Störung der Außenwelt geweckt hätte, sondern ganz einfach darum, weil er sich satt geschlafen hat.

Ich atmete nicht mehr. Meine Pulse standen still. Das Herz hatte aufgehört zu schlagen. Mein Wille war nicht von mir gewichen, aber er war machtlos geworden. Meine Sinne waren ungewöhnlich rege, aber es war eine gleichsam verworrene Regsamkeit, und einer übernahm oft aufs Geratewohl die Verrichtungen des andern. Die Grenzen zwischen Geschmacks- und Geruchssinn waren auf seltsame Art verwischt, und beide verschmolzen zu *einem* Sinn von übernatürlicher Eindringlichkeit. Das Rosenwasser, mit dem du in meiner letzten Stunde zärtlich mir die Lippen benetzt hattest, es gaukelte mir die Bilder köstlicher Blüten vor, märchenhafter Blüten, lieblicher als ich sie je auf der alten Erde gesehen hatte, und doch denen ähnlich, die einst auf Erden sich um uns entfalteten. Meine Augenlider, durchsichtig und blutlos, verhinderten das Sehen nicht völlig. Da mein Wille nichts mehr ausrichtete, vermochte ich die Augäpfel nicht in ihren Höhlen zu bewegen – aber alle Dinge innerhalb meines Gesichtskreises konnte ich mehr oder minder deutlich sehen. Dabei brachten die Strahlen, die auf die äußere Netzhaut oder in die Ecke des Auges fielen, eine lebhaftere Wirkung hervor als die, welche das Auge von vorn oder auf seiner inneren Oberfläche trafen. Im ersteren Falle war die Wirkung so ungewöhnlich stark, daß ich sie nur als Ton empfand – als wohlklingenden oder mißklingenden Ton, je nachdem die wahrgenommenen Dinge licht oder dunkel waren, runde oder eckige Umrißlinien hatten. Zugleich war mein Gehör, obzwar von überreizter Schärfe, doch in regelmäßiger Tätigkeit und verzeichnete alle irdischen Geräusche mit ungeheurer Genauigkeit und Empfindlichkeit. Einer tiefergreifenden Veränderung war der Tastsinn unterworfen. Er nahm die Eindrücke immer erst nach einer Weile auf, aber hielt sie hartnäckig fest, und sie klangen jedesmal in ein tiefes, körperliches Lustgefühl aus. So war es auch mit dem Druck deiner lieben Finger auf meinen Augenlidern: Zuerst nahm ich ihre Berührung nur durch das Sehen wahr, dann aber, nachdem du längst die Hand zurückgezogen hattest, erfüllte sie mich ganz mit einem unermeßlichen sinnlichen Entzücken. Ich sage: Mit sinnlichem Entzücken. Denn alle meine Wahrnehmungen waren rein sinnlicher Art. Der Beobachtungsstoff, den die Sinne dem untätigen Gehirn zuführten, konnte in keinem noch so geringen Umfang zu Vorstellung und Gestalt verarbeitet werden, da der Verstand gestorben war. Schmerz fühlte ich bei alledem nur wenig, Lust dagegen sehr viel – aber es war nicht eine Spur von geistigem Schmerz- und Lustgefühl darin. Dein verzweifeltes Weinen, klagende Kadenzen, flutete als Tonwellen in mein Ohr, und ich nahm jeden Wechsel der traurigen Laute deutlich war. Aber sie waren für mich liebliche musikalische Klänge, nicht mehr; sie vermittelten meiner erloschenen Vernunft nicht die leiseste Vorstellung von dem Schmerz, dessen Ausdruck sie waren. Und indessen die, welche um dich waren, an den schweren Tränen, die du unaufhörlich auf mein Antlitz herabtropfen ließest, ermaßen, daß dein Herz vor Weh brach, erzitterte jede Fiber meines Körpers in Entzücken, nur in Entzücken. Und das war nun in der Tat der Tod. Die andern sprachen von ihm ehrfurchtsvoll und in gedämpftem Flüstern, du aber, süße Una, stöhnend vor Schmerz und mit lautem Wehklagen.

Sie legten mir ein Sterbegewand an – drei oder vier dunkle

Gestalten waren damit beschäftigt, indem sie eilfertig hin- und wiederglitten. Wenn sie meine unmittelbare Sehlinie kreuzten, nahm ich sie als »Gestalt« wahr; wenn sie sich indessen mir zur Seite bewegten, außerhalb meines Blickes, war die Wirkung ihres Da-Seins auf mich gleich der von Ächzen, Schreien und andern furchtbaren Lauten des Schreckens, der Angst, des Schmerzes. Nur du, in ein weißes Gewand gekleidet, wurdest mir überall zum Wohllaut.

Der Tag schwand dahin; und während sein Licht verblich, erfüllte mich eine wachsende, unbestimmte Unruhe, dem Angstgefühl gleich, das ein Schlafender empfindet, wenn schwermutsvolle Töne aus der Wirklichkeit fortgesetzt an sein Ohr dringen, leise, ferne Glockenklänge, feierlich, in langen und doch gleichen Zwischenräumen folgend, und sich in seine schwermutsvollen Träume mischen. Es kam die Nacht, und mit ihren Schatten kam lastende Traurigkeit über mich. Sie legte sich drückend auf meine Glieder, wie ein plumpes Gewicht, fühlbar. Auch vernahm ich einen dumpfen Ton, nicht unähnlich dem fernen Rückprall der Meeresbrandung, aber anhaltender; er fing mit dem Beginn der Dämmerung an, und er wuchs an Stärke, je mehr die Dunkelheit herabsank. Plötzlich wurden Lichter in den Raum gebracht, und sogleich wurde aus dem abbrechenden brandungsähnlichen Geräusch ein oftmaliger und ungleichmäßiger Ausbruch immer des gleichen knirschenden Lautes, der indessen weniger traurig klang und auch weniger deutlich war. Der auf mir lastende Druck wurde fühlbar leichter; und von den Flammen jeder Lampe (es waren ihrer viele im Zimmer) flutete nun wohlklingend ein unaufhörlicher einförmiger Gesang in mein Ohr. Wenn du nun, geliebte Una, dich dem Bette nähertest, auf dem ich ausgestreckt lag, wenn du dich zärtlich an meiner Seite niedersetztest und der duftende Atem deines Mundes mich umfächelte, wenn du deine süßen Lippen auf meine Stirn legtest, etwas gewann dann Leben in meiner Brust, zitternd noch und vermischt mit den rein sinnlichen Empfindungen, welche die Vorgänge meiner Umgebung in mir auslösten – etwas, das einem Gefühl der Seele verwandt war; ein Gefühl, das deine große Liebe und Treue halb empfand und halb mitempfindend zurückgab. Aber es vermochte nicht, Wurzel zu fassen in meinem starren Herzen, es schien mehr Schatten als Wirklichkeit; es schwand rasch wieder dahin, und es wurde zuerst zu vollkommenster Ruhe, dann zu einer rein sinnlichen Lust wie zuvor.

Und nun war es, als sei aus dem wirren Trümmerwerk meiner menschlichen Sinne ein sechster Sinn in mir erstanden, der ganz vollendet war. Ihn anzuwenden, bereitete mir ein wildes Entzücken, aber es war immer noch ein körperliches Entzücken, denn der Verstand hatte keinen Teil daran. Jede Bewegung im animalischen Sinne hatte völlig aufgehört. Kein Muskel spielte mehr, kein Nerv zuckte, keine Ader schlug. Aber es war, als wäre in meinem Gehirn jäh jenes Etwas erstanden, von dem kein Menschenwort einem menschlichen Fassungsvermögen auch nur eine undeutliche Vorstellung vermitteln kann. Laß es mich ein geistiges Pendelschwingen nennen. Es war die übersinnliche Gestaltwerdung dessen, was die Menschen mit dem abstrakten Begriff »Zeit« benennen. Durch die unbedingte Ausgleichung dieser Bewegung (oder einer ihr gleichzusetzenden) ist einst der Kreislauf der Weltkörper im All geregelt worden. Mit ihrer Hilfe konnte ich die Unregelmäßigkeiten im Gang der Uhr auf dem Kamin oder der Uhren, die in den Taschen der anwesenden Personen staken, feststellen. Ihr Ticken klang deutlich und hell an mein Ohr. Die geringsten Abweichungen von geregeltem Gang – und diese Abweichungen herrschten vor – wirkten so auf mich, wie im Leben Vergehen gegen den Wahrheitsbegriff auf das sittliche Empfinden zu wirken pflegten. Obwohl nicht zwei Uhren im Zimmer die einzelnen Sekunden genau gleichzeitig anzeigten, machte es mir keine Schwierigkeiten, sie alle in ihren besonderen Gangarten ununterbrochen zu verfolgen und die sich ergebenden Abweichungen jeden Augenblick anzumerken. Und dieses unbeirrbare, völlig eigen und unabhängig von irgendwelcher Aufeinanderfolge von Ereignissen da-seiende Gefühl für *Dauer,* das für Menschen wahrscheinlich nicht faßlich und unbegreifbar gewesen wäre, diese Idee – dieser sechste Sinn, erstanden aus den Resten der erloschenen Sinne –, das war der erste offenbare und gewisse Schritt der zeitlosen Seele über die Schwelle der zeitlichen Ewigkeit.

Es war Mitternacht; und immer noch saßest du an meiner Seite. Alle andern waren aus dem Gemach des Todes hinweggegangen. Man hatte mich in den Sarg gebettet. Die Lampen brannten mit flackernder Flamme, ich erkannte das an dem Zittern der eintönigen Melodie. Plötzlich aber verlor diese Melodie an Deutlichkeit und Tonstärke. Zuletzt hörte sie gänzlich auf. Der Duft in meinen Nasenflügeln schwand dahin. Ich vermochte keine Formen mehr wahrzunehmen. Der Alp der Finsternis hob seine Last von meiner Brust. Eine dumpfe Erschütterung, gleich einem elektrischen Schlage, ging durch meinen Leib, und es folgte ihr der völlige Verlust des Zusammenhangsgefühls mit der Außenwelt. Alles das, was die Menschen »Sinne« nennen, versank und ertrank in dem einzigen Bewußtsein des wesenhaften Seins und in der einzigen, ununterbrochenen Empfindung der Dauer. Den sterblichen Leib hatte nun endlich die Hand des totenhaften Verfalls getroffen.

Und doch war noch nicht jedes Empfindungsvermögen von mir gewichen; denn das Bewußtsein und der mir noch verbleibende Rest des Gefühls versahen ihre Verrichtungen durch einen Sinn, den ich die Intuition des Todesschlafs nennen möchte. Ich verzeichnete die fürchterlichen Veränderungen, die sich jetzt an meinem Fleisch vollzogen; und wie ein Träumender zuweilen die körperliche Gegenwart eines, der sich über ihn beugt, gewahr wird, so, süße Una, fühlte ich dumpf, daß du mir zur Seite saßest. So entgingen mir auch, als der Mittag des zweiten Tages kam, die Bewegungen nicht, die dich von meiner Seite entfernten, die mich in den Sarg einschlossen, die mich in den Leichenwagen schoben und mich meinem Grabe entgegentrugen, die mich in dieses mein Grab senkten und die schwere Erde auf mich häuften –, und es entging mir nicht, wie man mich dann, da ich in Finsternis und Verwesung lag, dem dumpfen und feierlichen Schlaf in der Gesellschaft der Würmer überantwortete.

In diesem Gefängnis, das nur wenige Geheimnisse zu enthüllen hat, ließ ich Tage und Wochen und Monde an mir vorüberrollen. Und die Seele überwachte genau jede fliehende Sekunde und verzeichnete ohne Mühe diese Flucht der Zeit – ohne Mühe, aber auch ohne Zweck.

Ein Jahr verging. Das Bewußtsein des Seins war stündlich unbestimmter geworden, und an seine Stelle trat das einer reinen Raumesempfindung. Das Gefühl des seelischen Da-Seins ging unter in dem des räumlichen. Der enge Raum, der unmittelbar das umgab, was früher der Körper gewesen war, wurde nun zum Körper selbst. Endlich aber widerfuhr mir, was oft dem Schlafenden widerfährt (denn der Schlaf allein und seine Welt vermag eine Vorstellung vom Tode zu geben). Wie es uns zuweilen auf Erden geschah, wenn wir in tiefem Schlummer lagen und irgendein aufblitzendes Licht halb uns erweckte, halb uns im Bann unsrer Träume ließ –: so kam zu mir, da ich in der unlöslichen Umarmung des Schattens lag, das Licht, das allein die Kraft besaß, mich zu treffen, das Licht der unvergänglichen Liebe. Männer durchwühlten die Gruft, darinnen mich das Dunkel umschloß. Sie warfen die feuchte Erde auf. Und auf meine modernden Gebeine senkten sie Unas Sarg herab.

Dann aber war wiederum alles leer. Das nebelumhüllte Licht war erloschen. Jenes schwache Erzittern war in sich selbst verebbt und wieder zur Reglosigkeit geworden. Manches Lustrum war verflossen. Staub hatte sich wieder zu Staub gesellt. Die Würmer fanden nichts mehr zum Fraß.

Das Gefühl des Seins war zuletzt völlig verschwunden, und an seiner Statt – anstatt aller andern Dinge – herrschten die ewigen Machthaber, Raum und Zeit genannt. Das, was nicht war – das, was keinen Gedanken hatte – das, was kein Gefühl besaß – das, was zur Lautlosigkeit verstummt war und an der Materie keinen Teil mehr hatte – all das war ein Nichts und war doch unsterbliches Leben. Noch war ihm das Grab eine Heimstätte, und die fressenden Stunden waren seine Gefährten.

Eleonora

Sub conservatione formae
specificae salva anima.
Raimundus Lullus

Ich entstammte einem Geschlecht, das dafür bekannt ist, eine flammende Leidenschaftlichkeit und eine zügellose Phantasie zu besitzen. Von mir sagt man, daß ich wahnsinnig sei; aber noch ist die Frage nicht gelöst, ob Wahnsinn nicht etwa erhabenste Erkenntnis ist, ob vieles, was herrlich, ob alles, was vollkommen ist, nicht vielleicht einer Krankhaftigkeit des Denkens entspringt, einer durch Überanstrengung des normalen Intellekts hervorgerufenen Reizbarkeit des Geistes. Alle, die bei Tage träumen, wissen von vielen Dingen, die denen entgehen, die nur den Traum der Nacht kennen. Visionen lassen sie den Glanz der Ewigkeiten schauen, und in ihr Wachsein nehmen sie das erschütternde Bewußtsein mit, an der Schwelle der Erkenntnis des großen Rätsels gestanden zu haben. Augenblicke offenbaren ihnen mit Blitzesgrelle viel von der Weisheit des Guten, mehr noch von der bloßen Kenntnis des Bösen. Sie haben nicht Ruder noch Kompaß und dringen dennoch in das unendliche Meer des ewigen Lichtes vor – und weiter, gleich den Fahrten des nubischen Geographen, bis ins Meer der Schatten. »AGGRESSI SUNT MARE TENEBRARUM, QUID IN EO ESSET EXPLORATURI. «

Nehmen wir also an, ich sei wahnsinnig. Ich gebe zum wenigsten zu, daß mein Geistesleben aus zwei ganz verschiedenen Zuständen besteht: dem Zustand klarer, nicht anzuzweifelnder Vernunft, der die Erinnerung an die Begebenheiten der ersten Epoche meines Lebens umfaßt, und einem Zustand voller Schatten und Zweifel, dem die Gegenwart gehört und die Erinnerung an die Geschehnisse der zweiten großen Epoche meines Lebens. Darum könnt ihr dem, was ich von meinem ersten Lebensabschnitt sagen werde, Glauben schenken; von dem aber, was ich von der späteren Zeit berichte, glaubt nur so viel, als euch glaubwürdig erscheint – oder bezweifelt das Ganze. Doch falls ihr nicht zweifeln könnt, so mögt ihr vor den Rätseln meiner Seele den Ödipus spielen.

Sie, die ich in meiner Jugend liebte und von der ich jetzt kühl und klar das Folgende berichte, war die einzige Tochter der einzigen Schwester meiner früh verstorbenen Mutter. Eleonora war der Name meiner Kusine. Wir hatten immer zusammengewohnt – im »Tale des vielfarbigen Grases« unter tropischer Sonne. Kein fremder Fuß betrat jemals dies Tal, denn es lag weit weit droben inmitten gigantischer Berge, die es ragend umstanden und seinen lieblichen Gründen Schatten spendeten. Kein Pfad führte dorthin, und um in unser seliges Heim zu gelangen, hätte man das Gezweig von vieltausend Waldbäumen gewaltsam durchbrechen und die Herrlichkeit von vielen Millionen duftender Blumen zertreten müssen. So lebten wir also ganz einsam und kannten nichts von der Welt außerhalb des Tales – ich und meine Kusine und ihre Mutter.

Aus den nebelhaften Regionen der höchsten Berge, die unser Reich umschlossen, kam ein Fluß daher, schmal und tief, und seine Flut war glänzender als alles – ausgenommen Eleonoras Augen. Er wand sich durchs Tal in verstohlenen Krümmungen und tauchte dann in eine dunkle Schlucht, zwischen Bergen, die noch düsterer und geheimnisvoller waren als jene, aus denen er gekommen war. Wir nannten ihn den »Fluß des Schweigens«, denn es war, als ob sein Fluten alles beruhige und stille mache. Kein Murmeln klang aus seinen Tiefen, er ging so sanft dahin, daß die beperlten Kiesel auf seinem Grunde, die wir oft bewunderten, sich niemals rührten – in regungsloser Ruhe lagen sie, jeder funkelte ewig am alten Platz.

Das Ufer des Flusses und der vielen glitzernden Bächlein, die ihm auf allerlei Umwegen zuströmten, und ebenso alle

Flächen, die von den Ufern sich ins Wasser bis zum Kieselgrund hinuntersenkten, waren von kurzem, dichtem, gleichmäßigen Rasen bedeckt, der lieblich duftete. Und weiter noch dehnte sich dieser sanfte grüne Teppich – durchs ganze Tal, vom Fluß bis an den Fuß der Höhen, die es umgürteten. Diese wundervolle weite Grasfläche war über und über mit gelben Butterblumen, weißen Gänseblümchen, blauen Veilchen und rubinroten Asphodelen besprenkelt, und ihre unbeschreibliche Schönheit redete laut zu unsern Herzen von der Liebe und der Herrlichkeit Gottes.

Und hie und da erhoben sich im Grase wie seltsam verschlungene Traumgebilde Gruppen phantastischer Bäume, deren Stämme nicht senkrecht aufragten, sondern in anmutigen Biegungen dem Licht entgegenstrebten, das um Mittag in die Mitte des Tales hereinleuchtete. Ihre Rinde war ebenholzschwarz und silbern gefleckt und war zarter als alles – ausgenommen Eleonoras Wangen. Ja, man hätte diese Bäume für gigantische Schlangen halten können, die der Sonne, ihrer Gottheit, huldigten, wären nicht die glänzend grünen, großen Blätter gewesen, die von ihren Gipfeln in langen, bebenden Reihen niederhingen und mit dem Zephir tändelten.

Lange Jahre durchstreifte ich Hand in Hand mit Eleonora das Tal, ehe die Liebe in unsere Herzen einzog. Es war an einem Abend in Eleonoras fünfzehntem und meinem zwanzigsten Lebensjahr, da saßen wir, einander eng umschlungen haltend, unter den Schlangenbäumen und blickten hinab in den Fluß des Schweigens und auf unser Bild, das sich in seinen Wassern spiegelte.

Wir sprachen nichts mehr an diesem süßen Tage, und selbst am andern Morgen fand unsere Rede nur wenige zitternde Worte.

Wir hatten in den Wassern Gott Eros gefunden und hatten ihn in uns aufgenommen, und wir fühlten nun, daß er die feurigen Seelen unserer Vorfahren in uns entzündet hatte.

Alle Leidenschaftlichkeit und blühende Phantasie, die Jahrhunderte lang unser Geschlecht auszeichneten, ergriffen unsere Herzen wie ein Rausch und hauchten in das Tal des vielfarbigen Grases eine wahnsinnige Seligkeit. Alle Dinge veränderten sich. Die Bäume, die nie vordem ein Blühen gekannt hatten, entfalteten seltsame, sternförmige, strahlende Blüten. Das Grün des Rasenteppichs vertiefte sich, und als – eine nach der andern – die weißen Gänseblümchen dahinschwanden, brachen an ihren Orten rubinrote Asphodelen auf – zu zehn auf einmal. Und Leben regte sich auf unseren Pfaden, denn der hohe, schlanke Flamingo, den wir bis dahin noch nie gesehen, entfaltete vor uns sein scharlachfarbenes Gefieder, und mit ihm kamen und glühten alle heiteren Vögel. Gold- und Silberfische belebten den Fluß, und aus seinen Tiefen hob sich leise, doch lauter und lauter werdend, ein Murmeln, das schließlich zu einer sanften erhabenen Melodie anschwoll, erhabener als der Sang aus des Äolus Harfe und süßer als alles – ausgenommen Eleonoras Stimme.

Und eine schwere, mächtige Wolke, die wir seit langem in den Regionen des Abendsterns beobachtet hatten, setzte sich gemächlich in Bewegung. Und durch und durch karmin- und golderglänzend lagerte sie sich über unser Tal und sank Tag um Tag friedvoller tiefer und tiefer, bis ihre Ränder auf den Gipfeln der Berge ruhten, deren nebelhaftes Grau sie in Glanz und Pracht verwandelte. Und sie lagerte über uns und schloß uns ein wie in ein zauberhaftes Gefängnis von seltsamer Herrlichkeit.

Der Liebreiz Eleonoras war der der Seraphim; aber sie war so schlicht und unschuldig wie das kurze Leben, das sie inmitten der Blumen gelebt hatte. Keine Arglist lehrte sie, die Inbrunst, die ihr Herz entflammte, zu verbergen, und während wir miteinander im Tale des vielfarbigen Grases wandelten und über all seine Veränderungen sprachen, enthüllte sie mir die geheimsten Tiefen ihrer Seele.

Und eines Tages sprach sie unter Tränen von jener letzten

traurigen Veränderung, der alle Menschen unterworfen sind; und von nun an weilte sie nur bei diesem einen schmerzvollen Thema, das sie in jedes unserer Gespräche einflocht, so wie die Sänger von Schiras in ihren Liedern dieselben Bilder wieder und wieder anwenden.

Sie hatte die Hand des Todes auf ihrer Brust gefühlt, sie wußte, daß sie in so vollkommener Schönheit erschaffen worden war, nur um – gleich der Eintagsfliege – früh zu sterben. Doch alle Schrecken des Todes waren für sie nur in dem einen Gedanken vereint, von dem sie in abendlicher Dämmerstunde am Fluß des Schweigens sprach. Es bekümmerte sie, zu denken, ich könne, nachdem ich sie im Tale des vielfarbigen Grases begraben hätte, seine selige Verborgenheit verlassen und die Liebe, die jetzt ganz ihr gehörte, irgendeinem Mädchen der Alltagswelt da draußen schenken. Und damals und dort warf ich mich ohne Besinnen Eleonora zu Füßen und tat ihr und dem Himmel den Schwur, daß ich mich niemals mit einer Tochter der Welt in Ehe verbinden – daß ich niemals ihrem geliebten Andenken, dem Andenken der innigen Zuneigung, mit der sie mich segnete, untreu werden wollte. Und ich rief den allmächtigen Herrn des Weltalls zum Zeugen an für meines Schwurs aufrichtigen Ernst. Und der Fluch, den ich von ihm und von ihr, der Heiligen im Paradiese, für den Fall meines Treubruches auf mich herabrief, schloß eine so entsetzliche Strafe in sich, daß ich hier nicht davon sprechen kann.

Und die strahlenden Augen Eleonoras erstrahlten noch heller bei meinen Worten. Und sie seufzte, als sei eine tödliche Last ihr vom Herzen genommen, und sie zitterte und weinte bitterlich. Aber sie nahm meinen Schwur an – denn was war sie anders als ein Kind – und er ließ sie erleichtert dem Sterben entgegensehen. Und als sie einige Tage später friedvoll entschlief, sagte sie zu mir, sie wolle um deswillen, was ich für den Frieden ihrer Seele getan habe, mit dieser Seele über mich wachen; sie wolle, sofern es möglich sei, in den wachen Stunden der Nacht mir sichtbarlich erscheinen. Wenn aber dies außerhalb der Macht der Seelen im Paradiese läge, so wolle sie mir ihr Gegenwärtigsein wenigstens durch allerlei Zeichen kundtun. Sie werde mit den Abendwinden mich umkosen und die Luft um mich her mit dem Duft der himmlischen Weihrauchschalen erfüllen. Mit diesen Worten auf den Lippen gab sie ihr junges, reines Leben auf, und mit ihr endete die erste Epoche meines eigenen Lebens.

Bis hierher habe ich wahrheitsgetreu berichtet. Doch wenn mein Denken auf dem Wege der Vergangenheit die Grenze, die der Tod meiner Geliebten gezogen, überschreitet und in die zweite Periode meines Lebens eintritt, dann sammeln sich Schatten um mein Hirn, und ich fühle, daß ich an meinem gesunden Gedächtnis zweifeln muß. Doch ich will fortfahren.

Die Jahre schleppten sich träge dahin, und immer noch wohnte ich im Tale des vielfarbigen Grases. Aber wiederum hatte eine Veränderung alle Dinge befallen. Die sternförmigen Blüten krochen zurück in die Stämme der Bäume und kamen nie wieder zum Vorschein. Das tiefe Grün des Rasenteppichs verblaßte, und die rubinroten Asphodelen welkten hin, eine nach der andern. Und an ihren Orten brachen – zu zehn auf einmal – dunkle, blauäugige Veilchen auf, und ihre Augen standen immer voll Tau und blickten kummervoll. Und Leben entschwand von unsern alten Pfaden; denn der hohe, schlanke Flamingo entfaltete nie mehr sein scharlachrotes Gefieder, trauernd flog er aus unserm Tale fort den Bergen zu, und mit ihm zogen alle heiteren Vögel, die ihn begleitet hatten. Und die Gold- und Silberfische schwammen davon durch die Schlucht, die an der einen Seite unser Reich begrenzte, und zierten nie wieder den lieblichen Fluß. Und die sanfte Melodie, die erhebender gewesen war als der Sang aus des Äolus Harfe und süßer als alles – ausgenommen Eleonoras Stimme, sie sank wieder zu leisem Murmeln herab und wurde leiser und leiser, bis sie erstarb und der Fluß wieder in seinem einstigen feierlich-düsteren Schweigen dahinfloß. Und dann – zuletzt – hob sich die mächtige Wolke von den Gipfeln der Berge, die wieder in ihr nebelhaftes Grau zurücktauchten, und schwamm gemächlich davon, den fernen Regionen des Abendsternes zu, und mit ihr verschwand das strahlende Gold und alle die glänzende Pracht, mit der sie das Tal des vielfarbigen Grases überschüttet hatte.

Jedoch was Eleonora versprochen hatte, erfüllte sich. Denn ich hörte um mich das Schwingen der himmlischen Weihrauchschalen, und Ströme himmlischer Düfte durchfluteten immer und immer das Tal. Und in einsamen Stunden, wenn mein Herz in heftigem Pulsschlag erbebte, umschmeichelten sanfte Winde mit süßem Seufzen meine Stirn. Die dunklen Nächte füllte oft ein schwaches Flüstern, und einmal – o, einmal nur! – weckte mich aus einem todähnlichen Schlafe der Kuß geisterhafter Lippen, die meinen Mund berührten.

Aber all dies vermochte nicht die Leere meines Herzens auszufüllen, und grenzenlos wuchs sein Verlangen nach jener Liebe, von der es vordem so übervoll gewesen war. Und endlich kam es soweit, daß mir das Tal des vielfarbigen Grases, durch das mich die Erinnerungen hetzten, zur Qual wurde, und ich vertauschte es für immer gegen die Eitelkeiten und das friedlose Glück der Welt.

Ich fand mich in einer fremden Stadt, in der alle Dinge nur dazu dienten, die Erinnerung an die süßen Träume, die ich so lange Jahre im Tal des vielfarbigen Grases träumte, aus meinem Gedächtnis auszulöschen. Ein äußerst prächtiges Hoflager mit Pomp und Festen, betäubendes Waffengeklirr und strahlende Frauenlieblichkeit verwirrten und berauschten mein Hirn. Doch bis jetzt war meine Seele ihrem Schwur treu geblieben, und immer noch verkündete mir Eleonora in den stillen Stunden der Nacht ihr Gegenwärtigsein.

Plötzlich aber hörten diese Anzeichen auf, und die Welt wurde schwarz vor meinen Augen, und ich stand in atemlosem Schreck vor dem glühenden Gedanken – der grauenhaften Versuchung, die mich befallen hatte. Denn an den fröhlichen Hof des Königs, dem ich diente, kam aus irgendeinem fernen, fernen, unbekannten Lande ein Mädchen, von dessen Schönheit mein ganzes ruchloses Herz entflammt und hingerissen ward – zu dessen Füßen ich mich ohne Sträuben niederwarf in wehrloser, abgöttischer Liebe. Ach, wie armselig war die Leidenschaft, die ich dem jungen Kinde im Tale des vielfarbigen Grases geschenkt hatte, wenn ich sie mit der Glut und dem Wahnwitz und den beseligenden Ekstasen verglich, in denen jetzt meine Anbetung emporjauchzte, mit dem trunkenen Schluchzen, in dem meine Seele zu Füßen der himmlischen Ermengard dahinschmolz! O, herrlich war der Engel Ermengard! Und vor dieser Erkenntnis versank alles andere. – O, göttlich war der Engel Ermengard! Und ich ertrank im Blick ihrer unergründlichen Augen und sah und suchte nur sie.

Ich vermählte mich mit Ermengard – und fürchtete nicht den Fluch, den ich auf mich herabgeschworen hatte, und seine Schrecken suchten mich nicht heim. Da kam noch einmal – ein einziges Mal durch das Schweigen der Nacht das süße Seufzen wieder zu mir, und es formte sich zu einer wohlbekannten, inbrünstigen Stimme:

»Schlafe in Frieden! Denn der Geist der Liebe lebt und herrscht. Und wenn du glühenden Herzens Ermengard umarmst, bist du – aus Gründen, die dir dereinst im Himmel offenbar werden sollen – deines Gelübdes an Eleonora entbunden.«

Das ovale Porträt

Egli è vivo e parlerebbe se non
osservasse la rigola del silentio.
*Inschrift unter einem Gemälde
von St. Bruno*

Ich hatte in einem außerordentlichen, heftigen und langandauernden Fieber gelegen. Alle Heilmittel, die sich in dieser unwirtlichen Gegend der Appenninen auftreiben ließen, waren erfolglos angewendet worden, und schließlich hatten sie sich erschöpft. Was war nun zu tun? Mein Diener und einziger Gefährte in dem verlassenen Schloß war zu unbedacht und zu ungeschickt, um mir zur Ader lassen zu können; überdies hatte ich in der Schlägerei mit den Banditen schon allzuviel Blut verloren. Auch konnte ich meinen Knecht nicht nach fremder Hilfe ausschicken und selbst allein und hilflos hier zurückbleiben. Da erinnerte ich mich endlich eines Päckchens Opium, das sich bei meinem Rauchtabak und der Huhkapfeife befinden mußte; ich hatte nämlich in Konstantinopel die Gewohnheit angenommen, den Tabak mit dem Gift gemischt zu rauchen.

Pedro reichte mir die Tabaksbüchse. Ich suchte und fand das Narkotikum. Doch als ich ein Stück abschneiden wollte, fühlte ich, daß hier erst überlegt werden müsse. Beim Rauchen war es ziemlich belanglos, wieviel Opium dem Tabak beigemengt wurde. Für gewöhnlich hatte ich den Pfeifenkopf zur Hälfte mit einem Gemisch von Opium und geschnittenem Tabak gefüllt, von beidem gleich viel. Zuweilen konnte ich diese Mischung ganz aufrauchen, ohne irgendwie besondere Folgen zu verspüren; zu andern Zeiten hatte ich kaum zwei Drittel dieser Dosis geraucht, als ich schon beunruhigende Anzeichen geistiger Verwirrung verspürte, die mich warnten, weiterzurauchen. Aber die Wirkung des Giftes nahm stets nur gradweise und allmählich zu, und so konnte ich, indem ich jener ersten Warnung folgte, jede ernstliche Gefahr vermeiden.

Hier jedoch lag der Fall anders. Ich hatte nie vorher Opium geschluckt. Laudanum und Morphium waren gelegentlich schon von mir genommen worden, und diesen Mitteln gegenüber hätte ich keine Ursache gehabt, zu zögern. Konzentriertes Opium aber hatte ich noch nie angewendet. Pedro wußte ebensowenig wie ich, welche Dosis genommen werden durfte, und so war ich in diesem dringenden und wichtigen Fall ganz und gar meinen Mutmaßungen überlassen. Trotzdem empfand ich keine sonderliche Unruhe, denn ich hatte beschlossen, in der Anwendung dieses Medikaments gradweise vorzugehen. Zunächst wollte ich eine sehr kleine Dosis nehmen; sollte sie sich wirkungslos erweisen, so würde ich die zweite gleichgroße Portion folgen lassen – und so weiter, bis ich ein Nachlassen des Fiebers verspüren oder den so dringend notwendigen Schlaf finden würde, dessen Segen meine taumelnden Sinne nun schon fast eine Woche nicht genossen hatten.

Ohne Zweifel war eben diese Sinnverwirrung – war das dumpfe Delirium, das schon auf mir lastete, die Ursache, daß ich meine Schlußfolgerung nicht als falsch erkannte, sondern so blind blieb, hier, wo doch kein Normalmaß mir als Anhaltspunkt dienen konnte, irgend etwas für groß oder klein anzusehen. Ich hatte in jenem Augenblick nicht die leiseste Ahnung davon, daß das, was ich für ein außerordentlich geringes Quantum von Opium hielt, in Wirklichkeit ein übermäßig großes sei. Im Gegenteil, ich erinnere mich gut, daß ich das Stückchen, das ich nehmen wollte, einfach nach seinem Größenverhältnis zu dem ganzen Klumpen abschätzte, den ich in der Hand hielt, und bei diesem Vergleich war die Portion, die ich also schluckte – tatsächlich nur ein sehr kleiner Teil.

Das Schloß, in das mein Diener einzudringen gewagt hatte, um mich, der ich arg verwundet war und mich in trostlosem Zustand befand, nicht die Nacht unter freiem Himmel zubringen zu lassen, war ein grandioser, düsterer Bau, der wohl schon lange grimmig in die Berge starrte. Allem Anschein nach mußte er für einige Zeit, und zwar erst kürzlich, verlassen worden sein. Wir hatten uns in einem Zimmer eines vom Hauptgebäude etwas abgelegenen Turmes eingerichtet. Die Ausstattung des Raumes war reich, jedoch alt und verschlissen. Die Wände waren mit Teppichen behangen und mit zahlreichen und mannigfaltigen kriegerischen Trophäen sowie mit einer großen Reihe lebensvoller Gemälde in reichornamentierten goldenen Rahmen überladen.

Diese Bilder, die nicht nur an den vier Wänden, sondern auch in all den Ecken und Nischen hingen, welche die bizarre Architektur des Schloßturmes bedingt hatte – diese Bilder interessierten mich aufs lebhafteste, wahrscheinlich infolge meines beginnenden Deliriums. Ich bat daher Pedro, die schweren Fensterladen zu schließen – denn es war schon Nacht –, die Lichter eines hohen Kandelabers, der am Kopfende meines Bettes stand, anzuzünden und die befransten Vorhänge aus schwarzem Sammet, die das Bett umschlossen, weit zurückzuziehen. Ich ordnete das alles an, um mich, wenn schon nicht dem Schlaf, so wenigstens der Betrachtung dieser Bilder und der Lektüre eines kleinen Büchleins hinzugeben, das ich auf dem Bettkissen gefunden hatte und das eine Beschreibung und Würdigung der Bilder enthielt.

Lange, lange las ich, und andächtig schaute ich. Die herrlichen Stunden flohen, und tiefe Mitternacht nahte. Ich wollte dem Kandelaber eine etwas andre Stellung geben, und um meinen schlummernden Diener nicht zu wecken, streckte ich selbst die Hand aus und stellte den Leuchter so, daß seine Strahlen voll auf mein Buch fielen.

Die Veränderung hatte aber einen ganz unerwarteten Erfolg. Die Strahlen der zahlreichen Kerzen fielen jetzt in eine Nische des Zimmers, die bislang im tiefen Schatten eines mächtigen Bettpfostens gelegen hatte. So sah ich nun ein mir bisher entgangenes Bild plötzlich in vollstem Licht. Es war das Porträt eines jungen, zum Weibe reifenden Mädchens.

Ich blickte hastig auf das Bild und schloß dann die Augen. Es war mir selbst zunächst nicht verständlich, weshalb ich das tat. Aber während ich die Lider geschlossen hielt, dachte ich über die Ursache hierfür nach. Ich hatte diese Bewegung ganz impulsiv gemacht, um Zeit zum Nachsinnen zu gewinnen – um die feste Überzeugung zu gewinnen, daß meine Blicke mich nicht betrogen hatten – um meine Gedanken, ehe ich einen nachprüfenden, festeren Blick wagen würde, zunächst zu sammeln und zu beruhigen. Einen Moment später sah ich dann offen und scharf auf das Bild hin.

Ich konnte nun nicht mehr daran zweifeln, daß ich wach und völlig bei Sinnen war, denn schon vorhin, als der erste flackernde Kerzenschein auf diese Leinwand fiel, war ich aus der traumhaften Benommenheit, die meine Sinne beschlichen hatte, jäh erwacht.

Das Bild war, wie ich schon sagte, das Porträt eines jungen Mädchens. Das in der Medaillonform der beliebten Porträts von Sully ausgeführte Gemälde zeigte nur Kopf und Schultern. Die Arme, der Busen und das strahlende Haar verschmolzen unmerklich mit den unbestimmten, doch tiefen Schatten, die den Hintergrund des Ganzen bildeten. Der ovale Rahmen bestand aus reich vergoldetem Schnitzwerk. Dies Gemälde war ein bewunderungswürdiges Kunstwerk. Aber weder die hervorragende Ausführung des Bildes noch die überirdische Schönheit des Porträtkopfes konnten mich so unerwartet und tief ergriffen haben. Noch weniger berechtigt war die Annahme, meine so plötzlich aus dem Schlummer geweckte Phantasie habe diesen Kopf da für das Antlitz eines lebenden Menschen gehalten. Ich sah sofort, daß sowohl die Zeichnung selbst wie auch ihre Einrahmung solchen Gedanken augenblicklich zerstreuen mußten – ja, ihn überhaupt nicht aufkommen lassen konnten.

Ich versank in Nachdenken über diese Fragen und lag

wohl eine Stunde so da, halb aufgerichtet, die Blicke auf das Bild geheftet. Endlich, als ich das wahre Geheimnis seiner seltsamen Wirkung gefunden zu haben meinte, sank ich in die Kissen zurück. Der Zauber dieses eigenartigen Bildes schien mir in einer absoluten Lebensechtheit des Ausdrucks zu liegen – des Ausdrucks, der mich zuerst überrascht hatte, mich dann verwirrte, erschreckte und überwältigte.

Voll tiefer, ehrfürchtiger Scheu schob ich den Kandelaber an seinen früheren Platz zurück. Und nachdem nun der Gegenstand meiner Unruhe meinen Blicken entzogen war, griff ich begierig nach dem Büchlein, das die Gemälde und ihre Geschichte behandelte. Ich schlug die Nummer auf, die das ovale Porträt führte, und las dort die wunderlichen Worte:

»Sie war ein Mädchen von seltenster Schönheit und ebenso heiter und lebensdurstig wie liebreizend. Und übel war die Stunde, da sie den Maler sah und liebte – den sie heiratete. Er: leidenschaftlich, gelehrt, ernst und finster, seiner Kunst wie einer Geliebten zugetan; sie: ein Mädchen von seltenster Schönheit und ebenso heiter und lebensdurstig wie liebreizend; ganz wie ein junges Reh nur Licht und Lächeln und spielende Heiterkeit, liebte sie alle Dinge, liebkoste alle Dinge und haßte nur die Kunst, ihre Rivalin, verabscheute nur Palette und Pinsel und alle die Dinge, die ihr die Neigung des Geliebten streitig machten.

Schrecklich war es für sie, als der Maler den Wunsch aussprach, sogar sie, sein junges Weib, porträtieren zu wollen. Aber sie war demütig und gehorsam und saß geduldig viele Wochen lang im hohen dunklen Turmzimmer, in das nur von oben her ein bleiches Licht hereinkroch. Er, der Maler, trank Seligkeit aus seinem Werk, das fortschritt von Stunde zu Stunde und von Tag zu Tag. Und er war ein leidenschaftlicher und wunderlicher und launischer Mann, der sich in Phantasien ganz verlieren konnte. Und er wollte nicht sehen, daß der gespenstische Lichtschein in dem alten einsamen Turm Gesundheit und Lebenswillen seiner jungen Frau aufzehrte.

Sie siechte hin, doch sie lächelte noch immer – und immer ohne zu klagen; denn sie sah, daß ihr Mann, dieser berühmte Maler, eine glühende, eine unsagbare Freude aus seiner Arbeit schöpfte und Tag und Nacht danach rang, das Bild zu vollenden – das Bild von ihr, die ihn hingebend liebte und täglich teilnahmloser und schwächer wurde. Und in Wahrheit: mancher, der das Porträt sah, rühmte in leisen Worten seine Ähnlichkeit – und es war, als rede man von einem seltsamen, machtvollen Wunder, das ein Beweis sei sowohl für das Können des Malers wie für seine tiefe Liebe zu ihr, die er so über die Maßen gut getroffen habe. Aber schließlich, als die Arbeit ihrer Vollendung näher rückte, wurde niemand mehr im Turmzimmer vorgelassen; denn der Maler war fast toll vor brünstigem Arbeitseifer und wandte nur selten die Augen ab von der Leinwand und sah selbst seinem Weib nur selten noch ins Antlitz. Und er *wollte* nicht sehen, daß die blühenden Farben, die er auf die Leinwand strich, den Wangen der Geliebten, die neben ihm saß, entzogen wurden. Und als viele Wochen vergangen waren und nur noch wenig zu tun übrigblieb, nur noch ein Pinselstrich am Mund, ein Glanzlicht am Auge, da flackerte das Lebensverlangen des jungen Weibes noch einmal auf, wie die Flamme in der erlöschenden Lampe noch einmal aufflackert. Und dann war der Pinselstrich gemacht und das Glanzlicht angebracht, und einen Augenblick stand der Maler entzückt vor dem Werk, das er geschaffen hatte. Im nächsten Augenblick aber begann er zu zittern und erbleichte und rang nach Atem, und ohne den Blick von seinem Werk abzuwenden, schrie er laut auf: Wahrlich, das ist das lebendige Leben selber! Und er wandte sich um, seine Geliebte anzusehen. – Sie war tot.

Eine Erzählung aus den
Ragged Mountains

Gegen Ende des Jahres 1827, während meines Aufenthaltes in der Nähe von Charlottesville in Virginia, machte ich zufällig die Bekanntschaft eines Herrn August Bedloe. Dieser junge Mann war in jeder Hinsicht ein höchst seltsamer Mensch und erweckte in mir ein tiefes Interesse, eine unbeschreibliche Neugier. Er war mir nicht allein in psychischer, sondern auch in physischer Beziehung ein Rätsel. Über seine Abstammung konnte ich keine befriedigende Auskunft erhalten. Woher er kam, konnte ich nie mit Sicherheit feststellen. Und selbst was sein Alter anbetraf, so gab es – trotzdem ich ihn einen jungen Mann genannt habe – manches, was mich nicht wenig verwirrte. Gewiß, er schien jung zu sein – und er betonte gern seine Jugend –, dennoch gab es Augenblicke, da es mich wenig Mühe kostete, mir einzubilden, er sei an hundert Jahre alt. Aber nichts an ihm war so sonderbar wie seine persönliche Erscheinung. Er war auffallend hoch gewachsen und mager. Seine Haltung war gebückt. Seine Gliedmaßen waren außerordentlich lang und dünn; seine Stirn war breit und niedrig, seine Hautfarbe vollkommen blutlos. Sein Mund war groß und sehr beweglich, und seine Zähne waren kräftig, standen jedoch so unregelmäßig und in so großen Zwischenräumen, wie ich das noch bei keinem anderen Menschen bemerkt hatte. Sein Lächeln aber war keineswegs unangenehm, wie man vielleicht hätte annehmen können, doch blieb es sich immer gleich. Es war voll tiefster Melancholie, voll gleichmäßiger, immerwährender Trauer. Seine Augen waren ungewöhnlich groß und rund, wie die einer Katze; und wie bei einer Katze erweiterten oder verengten sich die Pupillen, je nach der Lichtstärke, die sie traf. In Augenblicken der Erregung trat in seine Augen ein fast unbegreiflicher Glanz, ein Leuchten und Strahlen ging von ihnen aus wie von einer selbständigen Lichtquelle, sie warfen nicht einen empfangenen Glanz zurück, sondern erstrahlten in eigenem, lebendigem Feuer, wie das Licht einer Kerze oder die Glut der Sonne. Gewöhnlich aber schienen seine Augen erloschen, verschleiert und trüb, man konnte sich einbilden, es seien die Augen eines schon lange in der Erde ruhenden Toten.

Diese Eigentümlichkeiten seiner persönlichen Erscheinung waren ihm selbst sehr unangenehm; er liebte es, sie zu erklären, zu entschuldigen, was mich zunächst recht peinlich berührte. Bald aber gewöhnte ich mich daran, und mein Unbehagen schwand. Er suchte – nicht gerade zu behaupten – doch anzudeuten, daß er physisch nicht immer so gewesen sei wie jetzt – daß vielmehr eine große Anzahl neuralgischer Anfälle ihn, einen früher sehr schönen Menschen, bis zu seinem jetzigen Zustand heruntergebracht habe.

Seit vielen Jahren schon wurde er von einem Arzt namens Templeton, einem alten Herrn von vielleicht siebzig Jahren, begleitet; Bedloe war ihm zuerst in Saratoga begegnet, wo ihm seine Behandlung sehr wohltuend gewesen oder wenigstens so erschienen war. So kam es, daß Bedloe, der wohlhabend war, mit Dr. Templeton ein Abkommen getroffen hatte, demzufolge dieser sich gegen ein bedeutendes Jahresgehalt bereit erklärte, seine Zeit und ärztliche Erfahrung ausschließlich in Bedloes Dienst zu stellen.

Dr. Templeton war in seinen jungen Jahren viel gereist und in Paris zum gläubigen Anhänger der Lehren Mesmers geworden. Lediglich mit Hilfe magnetischer Mittel war es ihm gelungen, die akuten Schmerzanfälle seines Patienten zu lindern, und dieser Erfolg hatte letzterem natürlich einiges Vertrauen zu den Anschauungen eingeflößt, denen man so wirksame Heilmittel verdankte. Der Doktor jedoch hatte sich gleich allen Enthusiasten heiß bemüht, aus seinem Schüler einen überzeugten Anhänger zu machen, und war schließlich seinem Ziel so weit nahe gekommen, daß der Leidende sich willig zahlreichen Experimenten unterwarf. Die häufige Wiederholung derselben hatte ein Resultat gezeitigt, das heutzutage allgemein gekannt und anerkannt ist und daher kaum noch Beachtung findet, von dem man aber damals in Amerika so gut wie gar nichts wußte. Ich will damit sagen, daß zwischen Doktor Templeton und Bedloe nach und nach ein ganz bestimmter und streng begrenzter Rapport erwachsen war, daß also zwischen ihnen eine magnetische Beziehung bestand. Ich will zwar nicht behaupten, daß dieser Rapport über das einfache Resultat, daß der Arzt den Patienten einzuschläfern vermochte, hinausging, aber diese Macht war immer stärker geworden. Der erste Versuch, einen magnetischen Schlaf herbeizuführen, war dem Mesmeristen fehlgeschlagen; beim fünften oder sechsten Versuch erzielte er nach großer Anstrengung einen teilweisen Erfolg. Erst beim zwölften Male war der Sieg vollkommen.

Von nun an unterlag der Wille des Patienten sehr schnell dem des Arztes, und damals, als ich die beiden kennenlernte, genügte der bloße Gedanke Templetons, um Bedloe, selbst wenn dieser von der Gegenwart des Arztes nichts wußte, sofort in Schlaf zu versetzen. Erst jetzt, im Jahre 1845, wo Tausende täglich ähnliche Wunder erleben, darf ich es wagen, diese scheinbare Unmöglichkeit als ernst zu nehmende Tatsache zu berichten.

Bedloes Temperament war im höchsten Grade empfindsam, reizbar, enthusiastisch. Seine Einbildungskraft war erstaunlich lebhaft und schöpferisch und wurde noch durch den gewohnheitsmäßigen Genuß von Morphium gesteigert, das er in großen Mengen genoß und nicht entbehren konnte. Es war seine Gewohnheit, jeden Morgen gleich nach dem Frühstück eine große Dosis zu sich zu nehmen – oder vielmehr gleich nach dem Genuß einer Tasse schwarzen Kaffees, denn am Vormittag aß er nichts – und dann allein, nur von seinem Hund begleitet, spazieren zu gehen; er machte große Wanderungen durch das wilde und düstere Hügelgelände, das sich im Westen und Süden von Charlottesville hinzieht und dem man den Namen »Ragged Mountains« verliehen hat.

An einem warmen nebligen Tage gegen Ende November, zu einer Jahreszeit also, die man in Amerika den »Indianischen Sommer« nennt, machte sich Herr Bedloe wie üblich auf den Weg nach den Hügeln. Der Tag verging, und noch immer kehrte er nicht zurück.

Gegen acht Uhr abends, als sein unerwartet langes Ausbleiben uns beunruhigte und wir uns auf die Suche machen wollten, erschien er plötzlich; sein Befinden war nicht schlechter als gewöhnlich, seine Stimmung seltsam aufgeregt. Der Bericht, den er von seiner Wanderung gab und von den Ereignissen, die sein Ausbleiben veranlaßten, war in der Tat höchst sonderbar.

»Sie werden sich erinnern,« sagte er, »daß es etwa neun Uhr morgens war, als ich Charlottesville verließ. Ich lenkte meine Schritte sogleich den Bergen zu und gelangte gegen zehn Uhr in eine Schlucht, die mir ganz unbekannt war. Ich folgte den Windungen des Engpasses mit großem Interesse. Die Szenerie, die sich rings bot, hatte, trotzdem sie nicht großartig genannt werden konnte, etwas ganz Eigenartiges und erfreute mich vor allem durch ihre vollständige Einsamkeit. Hier war geradezu jungfräulicher Boden. Ich konnte nicht umhin, mir einzubilden, daß der grüne Rasen, auf den ich trat, und die grauen Felsen, über die ich hinwanderte, noch von keinem menschlichen Fuß betreten worden seien. So vollkommen verborgen und tatsächlich nur durch allerlei wundersame Zufälle erreichbar ist der Eingang in dieses Tal, daß es durchaus nicht unmöglich ist, daß ich wirklich der erste war – der erste und einzige Abenteurer –, der je in diese Schlucht kam.

Der dichte sonderbare Nebelrauch, der für den Indianischen Sommer bezeichnend ist und der jetzt schwer auf allen

Dingen lag, vertiefte den unbestimmten Eindruck, den diese Dinge auf mich machten. So dicht war dieser sanfte Nebel, daß ich den Weg vor mir stets nur eine kurze Strecke weit überblicken konnte. Der Pfad war vielfach gewunden, und da die Sonne nicht zu sehen war, wußte ich bald nicht mehr, in welcher Richtung ich mich vorwärts bewegte. Inzwischen wirkte das Morphium wie gewöhnlich: die Erscheinungen der äußeren Welt wurden für mich von tiefstem Interesse. Das Zittern eines Blattes – die Farbe eines Grashalms – die Form eines Kleeblattes – das Summen einer Biene – das Schimmern eines Tautropfens – das leise Wehen des Windes – die sanften Düfte vom Walde her – alles brachte mir eine Welt von Einbildungen, eine heitere, närrische Fülle unzusammenhängender krauser Gedanken.

So versunken ging ich stundenlang voran, und der Nebel um mich her wurde dichter und dichter, bis ich schließlich nur noch tastend vorwärts kam. Und nun ergriff mich eine unbeschreibliche Unruhe – ein nervöses Zittern und Verzagen – ich fürchtete, einen Fehltritt zu tun und in irgendeinen Abgrund zu stürzen. Auch erinnerte ich mich der seltsamen Geschichten, die über die Ragged Mountains in Umlauf sind, und der fremden wilden Menschenrasse, die in den Grotten und Höhlen dieser Berge hausen sollte. Tausend unbestimmte Einbildungen bedrückten und beunruhigten mich. Plötzlich drang lautes Trommelschlagen an mein Ohr.

Meine Bestürzung war natürlich grenzenlos. Trommelklang hier in den Bergen – das war etwas Unerhörtes! Die Posaunen des jüngsten Gerichts hätten mich nicht tiefer erschrecken können! Aber etwas Neues und noch Verwirrenderes folgte. Es näherte sich ein rasselndes, klirrendes Geräusch, wie der Klang eines großen Schlüsselbundes – und im selben Augenblick jagte ein dunkelhäutiger, halbnackter Mann mit einem Schrei an mir vorüber. Er kam mir so nahe, daß ich seinen heißen Atem im Gesicht spürte. In der einen Hand trug er einen Gegenstand, der aus vielen stählernen

Reifen zu bestehen schien und den er im Laufen heftig schüttelte. Kaum war er im Nebel verschwunden, als mit offenem Rachen und flammenden Augen ein großes Untier hinter ihm herkeuchte. Ich irrte mich nicht, es war eine Hyäne.

Der Anblick dieser Bestie verminderte mein Entsetzen, statt es zu vermehren, denn jetzt war ich gewiß, daß ich träumte, und ich bemühte mich, zu klarem Bewußtsein zu erwachen. Ich schritt schnell und mutig voran. Ich rieb mir die Augen. Ich schrie laut hinaus. Ich kniff mich in den Arm. Ein kleiner Quell bot sich meinen Augen, und ich beugte mich nieder und kühlte mir Hände und Nacken und Antlitz. Dies schien das unbestimmte Angstgefühl, das mich bisher geplagt hatte, zu zerstreuen. Ich erhob mich, wie ich vermeinte, als ein neuer Mensch und setzte meinen unbekannten Weg ruhig und besonnen fort.

Endlich, als ich vom Wandern sehr ermüdet war und eine seltsame Dichtigkeit der Atmosphäre mir die Luft benahm, setzte ich mich unter einen Baum. Im selben Augenblick durchdrang ein Sonnenstrahl den Nebel, und der Schatten des Baumes zeichnete sich schwach, doch deutlich im Grase ab. Minutenlang starrte ich diesen Schatten verwundert an. Seine sonderbare Form verblüffte mich aufs höchste. Ich blickte zum Baum hinauf – es war eine Palme.

Jetzt erhob ich mich hastig und in furchtbarer Aufregung – denn die Annahme, daß ich träumte, war nun unhaltbar. Ich sah, ich fühlte, daß ich vollkommen bei Sinnen war – und meine Sinne waren es, die mir jetzt eine Welt neuer und absonderlicher Empfindungen brachten. Die Hitze wurde auf einmal unerträglich. Ein fremder Duft machte die Luft schwül und schwer. Ein leises ununterbrochenes Gemurmel, wie das Rauschen eines sanft daherströmenden Flusses, drang an mein Ohr, vermischt mit dem eigentümlichen Summen zahlloser Menschenstimmen.

Während ich in unbeschreiblichem Staunen lauschte, kam

ein kräftiger Windstoß und zerteilte den lastenden Nebel wie auf ein Zauberwort.

Ich fand mich am Fuße eines hohen Berges, und vor mir lag eine weite Ebene, durch die sich ein majestätischer Strom wand. Am Ufer des Flusses lag eine morgenländische Stadt – eine Stadt, wie wir sie aus den arabischen Märchen kennen, doch von noch eigenartigerem Charakter. Von meinem Platze aus, der hoch über der Ebene und der Stadt lag, konnte ich alle Gassen und Winkel überschauen. Die Straßen schienen zahllos und kreuzten einander nach allen Richtungen, doch glichen sie mehr langen gewundenen Alleen als Straßen und waren schwarz von Menschen. Die Häuser waren ungemein malerisch. Überall bot sich den Blicken eine Fülle von Balkonen, Säulenhallen, Minaretts, Altären und phantastisch geschnitzten Erkern. In den zahlreichen Basaren lagen allerart kostbare Waren aus: Seide, Musseline, blitzende Dolche und Messer, wunderbare Juwelen und edle Steine. Außer diesen Dingen sah man auf allen Seiten Fahnen und Sänften, Tragsessel mit tief verschleierten Damen, prächtig aufgezäumte Elefanten, seltsam geformte Götzenbilder, Trommeln, Standarten und Gongs, Speere, silberne und vergoldete Keulen. Und inmitten der Menge und dem Lärm und dem ganzen verworrenen Getriebe, inmitten der Millionen schwarzer und gelber Menschen – Menschen in Turban und Prachtgewand und mit wehenden Bärten – brüllte die zahllose Horde geschmückter heiliger Stiere, während ungeheure Scharen der schmutzigen, doch geheiligten Affen schwatzend und kreischend auf den Gesimsen der Moscheen herumkletterten oder sich an den Minaretts und Hausbalkonen hinaufschwangen.

Aus den überfüllten Straßen führten viele Treppen hinab an die Ufer des Flusses, zu Badeplätzen; der Fluß selber aber schien sich nur mit Mühe zwischen den endlosen Reihen schwerbeladener Schiffe, die ihn weit und breit bedeckten, einen Weg zu bahnen. An den Grenzen der Stadt erhoben sich majestätische Gruppen von Kokospalmen und anderen riesenhaften uralten Bäumen; und hie und da gewahrte man ein Reisfeld, die Strohhütte eines Bauern, einen Teich, einen einsamen Tempel, ein Zigeunerlager oder ein anmutiges Mädchen, das mit einem Krug auf dem Kopf hinabschritt ans Ufer des herrlichen Stromes.

Natürlich werden Sie nun behaupten, ich hätte geträumt; aber dem war nicht so. Was ich sah, was ich hörte, was ich fühlte, was ich dachte – das hatte nichts von der Empfindungseigenheit des Traumes. Alles war klar und folgerecht. Ich zweifelte zunächst selbst an meinem Wachsein und stellte daher eine Anzahl Proben an, die mir bald bewiesen, daß ich tatsächlich wach war. Wenn man träumt und im Traum vermutet, daß man träumt, so wird diese Vermutung sich immer mehr verstärken, bis schließlich der Schläfer aufwacht. Novalis .hat also recht, wenn er sagt: »Wenn wir träumen, daß wir träumen, so sind wir kurz vor dem Erwachen.« Hätte ich die beschriebene Vision gehabt, ohne daß mir die Vermutung gekommen wäre, es sei nur ein Traum, so hätte es durchaus ein Traum sein können; da aber die Erscheinung von mir angezweifelt und auf die Probe gestellt worden war, ohne daß ich erwachte, so bin ich genötigt, sie anders zu klassifizieren.«

»Ich bin nicht sicher, ob Sie nicht in diesem Punkt unrecht haben«, bemerkte Dr. Templeton, »doch fahren Sie fort. Sie erhoben sich und gingen hinunter in die Stadt.«

»Ich erhob mich«, fuhr Bedloe fort und sah den Doktor verwundert an, »ich erhob mich, wie Sie sagen, und stieg in die Stadt hinunter. Unterwegs geriet ich in eine ungeheure Volksmenge, die von allen Seiten, aus allen Wegen herbeiströmte und sich in wildester Aufregung in ein und derselben Richtung vorwärts bewegte. Ganz plötzlich und durch einen unbegreiflichen Antrieb wurde ich für diesen Vorgang von tiefstem persönlichen Interesse erfüllt. Es war mir, als habe ich irgendeine bedeutende Rolle zu spielen, deren

Tragweite ich jedoch nicht ermessen konnte. Gegen die mich umgebende Menge aber empfand ich einen tiefen Haß. Ich wich ihr aus und eilte auf einem Umweg hinunter – und hinein in die Stadt. Hier herrschte Kampf und wildester Aufruhr. Eine kleine Gruppe von Männern, teils in indischer, teils in europäischer Kleidung, die ein Herr in britischer Uniform befehligte, verteidigte sich gegen den anstürmenden Volkshaufen. Ich nahm einem gefallenen Offizier die Waffen ab, schloß mich der schwächeren Partei an und schlug wie ein Verzweifelter blindlings drauflos. Die Übermacht der Feinde zwang uns bald, in einer Art Kiosk Zuflucht zu suchen. Hier verbarrikadierten wir uns und waren für den Moment in Sicherheit. Durch ein Schlupfloch hinausspähend, gewahrte ich einen ungeheuren Volkshaufen, der in rasender Wut einen am Flußufer aufragenden glänzenden Palast umringte und zu stürmen versuchte. Plötzlich sah ich, wie sich aus einem oberen Fenster ein weibisch aussehender Mensch an einer Strickleiter herabgleiten ließ, die aus Turbanen seines Gefolges geknüpft worden war. Ein Boot lag bereit, das ihn sogleich an das gegenüberliegende Flußufer in Sicherheit brachte.

Und jetzt nahm ein neuer drängender Gedanke von meiner Seele Besitz. Ich richtete an meine Gefährten einige hastige, doch energische Worte und machte mit denen, die ich für meinen Vorschlag gewonnen hatte, einen kühnen Ausfall. Wir stürzten uns in die wogende Volksmasse. Man wich zunächst vor uns zurück. Bald aber stürmte die Menge wieder vorwärts, kämpfte wie toll und zog sich von neuem zurück.

Inzwischen hatte man uns vom Kiosk weit fortgedrängt, hinein in enge unbekannte Gassen, in deren finstere Tiefe die Sonne niemals einzudringen vermochte. Der Pöbel umringte uns, bewarf uns mit Speeren und überschüttete uns mit Pfeilen. Diese letzteren waren sehr eigentümlich und glichen in gewisser Hinsicht dem gewundenen Dolch der Malaien. Ihre

Form ahmte die Gestalt der kriechenden Schlange nach, sie waren lang und schwarz, und ihre Spitze war vergiftet. Einer von ihnen traf mich an der rechten Schläfe. Ich taumelte und fiel. Entsetzliche Übelkeit erfaßte mich. Ich wälzte mich – ich rang nach Atem – ich starb.«

»*Nun* werden Sie kaum noch darauf bestehen wollen,« sagte ich lächelnd, »daß Ihr Abenteuer kein Traum gewesen sei. Sie wollen doch nicht etwa behaupten, Sie seien tot?«

Auf diese Worte hin erwartete ich natürlich, irgendeinen lebhaften Einspruch von Bedloe zu vernehmen; zu meiner Verwunderung aber zögerte er, zitterte, erbleichte und blieb stumm. Ich sah auf Templeton. Er saß starr und aufrecht in seinem Stuhl – seine Zähne klapperten, und seine Augen drangen fast aus ihren Höhlen. »Weiter!« sagte er endlich mit heiserer Stimme zu Bedloe.

»Viele Minuten lang,« fuhr dieser fort, »war mein einziges Gefühl das der Dunkelheit und des Nichtseins bei dem Bewußtsein, daß ich tot sei. Auf einmal durchfuhr meine Seele eine plötzliche heftige Erschütterung, wie ein elektrischer Schlag. Gleichzeitig überkam mich ein Gefühl von Schwungkraft und Licht; letzteres sah ich nicht – ich fühlte es. Im selben Augenblick war es, als erhöbe ich mich vom Erdboden; aber ich hatte keine Körperlichkeit mehr, ich war nicht mehr sichtbar, hörbar und greifbar gegenwärtig.

Die Volksmenge hatte sich verlaufen. Der Tumult hatte aufgehört. In der Stadt herrschte Ruhe. Unter mir sah ich meinen Leichnam liegen; in der Schläfe steckte der Pfeil, der ganze Kopf war unförmig angeschwollen. Doch alle diese Dinge fühlte ich nur – ich sah sie nicht. Ich hatte an nichts mehr Interesse. Selbst meine Leiche war eine Sache, die mich nichts mehr anging. Willenskraft hatte ich nicht, jedoch den zwingenden Antrieb, mich vorwärtszubewegen. Ich schwebte zur Stadt hinaus und den gewundenen Pfad zurück, auf dem ich vorher herabgestiegen war. Als ich die Stelle der Bergschlucht erreichte, wo ich die Hyäne wahrgenommen hatte, empfand ich wieder einen Schlag wie von einer elektrischen Batterie; das Gefühl der Schwere, der Willenskraft, der Körperlichkeit kehrte zurück. Ich wurde wieder mein früheres Selbst und lenkte meine Schritte eilig heimwärts – doch das Geschehene blieb in meinem Gedächtnis mit aller Eindringlichkeit von wirklich Erlebtem haften – und auch jetzt kann ich mein Bewußtsein nicht einen Augenblick zwingen, das Ganze als einen Traum anzusehen.«

»Das war es auch nicht,« sagte Templeton mit feierlicher Miene; »dennoch würde es schwer sein, eine andere Bezeichnung dafür zu finden. Lassen Sie uns nur dies eine annehmen, daß die Seele des Menschen von heute an der Schwelle unerhörter psychischer Entdeckungen steht. Lassen Sie uns Genüge finden in dieser Annahme. Im übrigen kann ich einige Erklärungen geben. Hier ist eine Aquarellzeichnung, die ich Ihnen schon früher gezeigt haben sollte, doch hielt mich bisher ein unerklärliches Gefühl des Grauens davon ab.«

Wir blickten auf das Bild, das er uns zeigte. Ich sah daran nichts Bemerkenswertes; auf Bedloe aber schien es ganz seltsam zu wirken. Er blickte darauf – und schien einer Ohnmacht nahe. Dabei war es nichts weiter als ein Miniaturporträt – ein wundersam ähnliches allerdings – seiner eigenen auffallenden Gesichtszüge. Das wenigstens war mein Gedanke beim Anblick des Bildes.

»Beachten Sie bitte,« sagte Templeton, »das Datum des Bildes – es steht hier in dieser Ecke – kaum erkennbar – 1780. In diesem Jahr wurde das Bildnis angefertigt. Es ist das Abbild eines toten Freundes von mir – eines Herrn Oldeb – an den ich mich seinerzeit in Kalkutta während der Regierung Warren Hastings' sehr anschloß. Ich war damals erst zwanzig Jahre alt. Als ich Sie in Saratoga zum erstenmal sah, Herr Bedloe, war es die wundersame Ähnlichkeit zwischen Ihnen und dem Bildnis, die mich veranlaßte, Sie anzureden, Ihre Bekanntschaft zu suchen und danach zu trachten, daß

Sie mich zu Ihrem beständigen Begleiter machten. Zu letzterem trieb mich teilweise – und vielleicht hauptsächlich – ein leidtragendes Gedenken an den Dahingegangenen, teilweise aber auch eine seltsame, unruhige Neugier in bezug auf Sie selbst.

In Ihrer Schilderung der Vision, die Sie inmitten der Berge hatten, haben Sie bis ins kleinste genau die indische Stadt Benares am Ufer des heiligen Stromes beschrieben. Der Aufruhr, die Kämpfe, das Blutbad waren tatsächliche Begebenheiten im Gefolge des Aufstandes unter Cheyte Sing, der sich 1780 ereignete und Hastings in Todesgefahr brachte. Der Mann, der sich an der Turban-Strickleiter herabließ und flüchtete, war Cheyte Sing selbst. Die Leute im Kiosk waren Sipahis und britische Offiziere unter Hastings' Anführung. Zu diesen zählte auch ich, und ich tat, was ich nur konnte, um den voreiligen und verhängnisvollen Ausfall des jungen Offiziers zu verhindern, der dann in den überfüllten Straßen durch den vergifteten Pfeil eines Bengalen getötet wurde. Dieser Offizier war mein liebster Freund. Es war Oldeb. Und nun sehen Sie hier (der Sprecher hielt ihm ein Notizbuch hin, in dem sich mehrere frischbeschriebene Seiten befanden) – an dieser Niederschrift können Sie ersehen, daß genau zur selben Zeit, als Sie in den Bergen alle jene Dinge zu erleben glaubten, ich hier zu Hause damit beschäftigt war, sie schriftlich festzuhalten.«

Etwa eine Woche nach diesem Gespräch erschien in einer Zeitung von Charlottesville folgende Notiz:

»Wir erfüllen die traurige Pflicht, von dem Ableben Herrn August Bedlos Kenntnis zu geben. Er war ein Mann, den sein tugendhafter Charakter und liebenswürdiges Wesen den Bürgern von Charlottesville lieb und teuer gemacht haben.

Herr Bedlo war vor einigen Jahren neuralgischen Anfällen unterworfen, die ihn oft dem Tode nahe brachten, doch kann dies nur als die mittelbare Ursache seines Ablebens angesehen werden. Die unmittelbare Veranlassung war äu-

ßerst seltsam. Bei einem vor einigen Tagen unternommenen
Ausflug in die Ragged Mountains holte er sich eine leichte
Erkältung, die von Fieber und Blutandrang zum Gehirn begleitet war. Zur Behebung des letzteren schritt Dr. Templeton zur Anwendung von lokalem Aderlaß. Man setzte dem
Kranken Blutegel an die Schläfen. In erschreckend kurzer
Zeit starb der Patient. Man stellte fest, daß in die Schüssel,
die die Blutegel enthielt, versehentlich einer jener giftigen
wurmartigen Blutsauger hineingeraten war, die hie und da in
den benachbarten Weihern gefunden werden. Dieses Tier
sog sich an einer Stelle der rechten Schläfe fest; seine große
Ähnlichkeit mit dem offizinellen Blutegel war schuld, daß
man den Mißgriff zu spät gewahrte.

N. B. – Der giftige Blutsauger von Charlottesville unterscheidet sich von dem offizinellen Blutegel durch seine auffallende Schwärze und vor allem durch seine schlangenarti-
gen Bewegungen.«

Ich sprach mit dem Herausgeber der betreffenden Zeitung
über den so seltsamen Fall und erkundigte mich auch, weshalb der Name des Verstorbenen ›Bedlo‹ geschrieben worden war.

»Ich vermute,« sagte ich, »daß Sie zu solcher Schreibweise
die Berechtigung hatten, aber ich habe stets angenommen
der Name werde am Ende mit einem ›e‹ geschrieben.«

»Berechtigung? – Nein«, erwiderte er. »Es ist lediglich ein
Druckfehler. Der Name ist Bedloe mit ›e‹ am Ende, und nie
in meinem Leben habe ich ihn anders geschrieben gesehen.«

»Dann«, murmelte ich im Davongehen, »hat es sich gezeigt, daß eine Wahrheit seltsamer ist als irgendeine Erdich-
tung; denn Bedlo ohne das ›e‹ – was ist es anderes als ›Oldeb‹
umgekehrt? Und der Mann da sagt, es sei ein Druckfehler.«

Eine mesmeristische Offenbarung

Es bestehen ja viele wissenschaftliche Zweifel über den Mesmerismus, doch die erstaunlichsten Tatsachen, die er gezeitigt hat, werden heute so gut wie allgemein anerkannt. Die meisten der Zweifler gehören zu der Gattung der gewohnheitsmäßigen Zweifler; es ist dies eine unfruchtbare und fortschritthemmende Rasse. Es gibt wohl heutigen Tages kein undankbareres Geschäft, als wenn einer den Nachweis zu liefern versucht:

daß ein Mensch allein durch Schulung seines Willens seinen Nebenmenschen in einen Zustand versetzen kann, der dem Tode gleicht oder ihm zum wenigsten ähnlicher ist als den Äußerungen irgendeines andern der uns geläufigen Zustände;

daß eine Person, solange sie sich in solchem Zustand befindet, nur mit Mühe und dann nur schwach die äußern Sinnesorgane gebrauchen kann, dafür aber mit einem erstaunlich verfeinerten Wahrnehmungsvermögen durch so gut wie unbekannte Nervenleitungen Dinge begreift, die außerhalb der Reichweite ihrer Sinnesorgane liegen;

daß zu all dem noch ihre geistigen Fähigkeiten in wunderbarer Weise gehoben und gekräftigt werden;

daß sie in innigen Seeleneinklang mit der sie beeinflussenden Persönlichkeit gerät;

daß schließlich ihre Empfänglichkeit für solche Beeinflussung sich steigert, je häufiger diese geübt wird, während im selben Maße die durch sie hervorgerufenen außergewöhnlichen Erscheinungen sich vertiefen und ausgeprägtere Form annehmen.

Die Grundgesetze des Mesmerismus darzulegen, halte ich, wie gesagt, für vergebliche Liebesmühe; ich werde daher meine Leser mit einer solchen unter den heutigen Bedingungen ergebnislosen Darlegung nicht belästigen. Mit der hier vorliegenden Arbeit verfolge ich ein andres Ziel. Ich beabsichtige nämlich, ohne irgendwelche Randbemerkungen, den Vorurteilen zum Trotz, der Welt in allen Einzelheiten den erstaunlichen Inhalt eines Gespräches wiederzugeben, das zwischen einem Wachträumenden und mir selbst stattfand. Seit langem pflegte ich die in Frage stehende Person (Mr. Vankirk) zu magnetisieren, und die daraus sich ergebende leichte Empfänglichkeit und Erregbarkeit der Aufnahmefähigkeit für die magnetische Einwirkung war eingetreten. Seit vielen Monaten litt Mr. Vankirk an hochgradiger Schwindsucht, in deren peinlichsten Begleiterscheinungen ihm mein Verfahren Linderung verschafft hatte. Donnerstag nacht, am fünfzehnten des Monats, wurde ich nun wieder an sein Bett gerufen. Der Kranke litt starke Schmerzen in der Herzgegend und rang mühsam nach Atem. Alle bei Asthma geläufigen Symptome waren festzustellen. Sonst hatte ihm bei derartigen Krämpfen die Auflage eines Senfpflasters auf die empfindlichen Stellen Erleichterung verschafft. Allein in dieser Nacht versagten alle Versuche.

Als ich das Zimmer betrat, grüßte mich der Kranke mit freundlichem Lächeln und schien, obschon er offenbar körperliche Schmerzen litt, doch ganz gut aufgelegt zu sein.

»Ich habe Sie heute nacht zu mir gebeten,« sagte er, »damit Sie mir nicht allein gegen mein körperliches Übelbefinden beistehen, sondern mich auch von gewissen seelischen Eindrücken befreien, die mir in letzter Zeit viel Angst und Beunruhigung verursacht haben. Ich brauche Ihnen nicht zu sagen, daß ich bisher dem Gedanken an eine Unsterblichkeit der Seele skeptisch gegenüberstand. Ich leugne ja nicht, daß in eben dieser Seele, an deren Vorhandensein ich bisher nicht glauben wollte, immer ein gewisses Dämmerempfinden ihres Daseins bestanden hat. Aber niemals gewann dieses Dämmerempfinden die Kraft der Überzeugung. Meine Vernunft hatte nichts mit ihm zu schaffen. Alle Versuche, dem Rätsel durch logische Erwägung auf den Grund zu kommen, machen mich noch skeptischer als zuvor. Man hieß mich, Cousin zu studieren. Ich habe sowohl seine eigenen Werke wie auch alles, was in Europa und Amerika über ihn geschrieben worden ist, studiert. Unter anderm gelangte »Charles Elwood« von Mr. Brownson in meine Hand. Ich las dieses Werk mit großem Interesse und fand, daß sein Aufbau vollkommen logisch war; nicht logisch waren aber unglückseligerweise gerade die dem Ganzen zugrunde liegenden Argumente des zweifelhaften Helden dieses Buches. Wie die Regierung von Trinculo hatte dieses Buch am Ende den Anfang vergessen. Kurz, ich gelangte zu der Erkenntnis: wenn ein Mensch von seiner Unsterblichkeit überzeugt werden soll, so wird er es niemals durch die blutleeren Abstraktionen, wie sie seit so langer Zeit schon bei den Moralisten Englands, Frankreichs und Deutschlands üblich sind. Abstraktionen sind ja unterhaltend und bilden den Geist, bleiben aber in der Seele nicht haften. Ich bin sicher, daß uns stets, solange wir auf Erden weilen, die Philosophie vergeblich dazu anhalten wird, Begriffe für Tatsachen zu nehmen. Der Wille mag immerhin zustimmen; die Seele, der Geist nimmermehr.

Ich wiederhole, daß es sich bei mir nur um ein dämmerhaftes Empfinden handelte, niemals um verstandesmäßige Erkenntnis. In letzter Zeit nun vertiefte sich dieses Empfinden, bis es schließlich solche Ähnlichkeit mit den Erkenntnissen der Vernunft gewann, daß ich zwischen beiden nur mit Mühe unterscheiden konnte. Ich neige dahin, die Veränderung der magnetischen Einwirkung zuzuschreiben. Ja, ich möchte geradezu die Hypothese aufstellen, daß der mesmeristische Trancezustand mich der Einwirkung eines Einflusses unterwirft, der mich, solange der Zustand anhält, überzeugt, der aber, wie die äußern mesmeristischen Erscheinungen, sich nur in seinen Folgen auf meine normale Verfassung erstreckt. Beim Wachträumen sind Überzeugungskraft und Folgerung – Ursache und Wirkung – zugegen. Im natürlichen Zustand entflattert die Ursache, und die Wirkung allein – auch sie vielleicht nur zum Teil – bleibt bestehen.

Diese Betrachtung führt mich zu dem Gedanken, daß eine Reihe von reiflich überlegten Fragen, die an mich gestellt werden, solange ich mich im mesmeristischen Trancezustand befinde, zu wertvollen Ergebnissen führen könnte. Sie haben ja oft das verfeinerte Selbsterkennungsvermögen bei Wachträumenden beobachtet – die eingehende Kenntnis, die sie über alle sich auf die mesmeristische Verfassung beziehenden Einzelheiten bezeigen. Aus diesem Selbsterkennungsvermögen müßten sich unter Umständen Fingerzeige ableiten lassen, durch die eine wissenschaftliche Festlegung ermöglicht würde.«

Natürlich war ich willens, den Versuch zu unternehmen. Wenige Striche versenkten Mr. Vankirk in mesmeristischen Schlaf. Er atmete sogleich viel leichter und schien von allem körperlichen Übelbefinden befreit. Es entspann sich zwischen uns die folgende Unterhaltung (der Buchstabe »V« bedeutet den Patienten, »P« mich selbst).

P. Schlafen Sie?

V. Ja – nein; ich muß in tiefern Schlaf versenkt werden.

P. (nach einigen weitern Strichen) Schlafen Sie jetzt?

V. Ja.

P. Wie denken Sie sich den Ausgang Ihrer gegenwärtigen Krankheit?

V. (nach langem Zögern und mühsam nach Worten ringend) Ich muß sterben.

P. Bedrückt Sie der Gedanke des Todes?

V. (sehr rasch) Nein – nein!

P. Also ist die Aussicht Ihnen angenehm?

V. Wäre ich wach, so wünschte ich zu sterben, aber jetzt nicht. Der mesmeristische Trancezustand ist dem Tode so nahe, daß ich befriedigt bin.

P. Ich möchte, daß Sie sich über diesen Zustand aussprechen, Mr. Vankirk.

V. Ich würde es gerne tun, aber es erfordert mehr Kraft, als ich zur Verfügung habe. Sie stellen die Fragen so ungeschickt.

P. Was soll ich denn fragen?

V. Sie müssen mit dem Anfang beginnen.

P. Mit dem Anfang: Wo ist der Anfang?

V. Sie wissen, der Anfang ist Gott. (Dies wurde mit tiefer, pathetischer Stimme und dem Ausdruck der tiefsten Verehrung gesprochen.)

P. Was ist also Gott?

V. (zögert längere Zeit) Das kann ich nicht sagen.

P. Ist Gott nicht Geist?

V. Solange ich noch wachte, wußte ich, was Sie mit dem Wort »Geist« ausdrücken wollen, jetzt scheint es mir ein leeres Wort – etwa wie Wahrheit, Schönheit – wie ein abstrakter Begriff, meine ich.

P. Ist Gott nicht wesenlos?

V. Es gibt nichts Wesenloses; dies ist lediglich Phrase. Was nicht Form ist, ist überhaupt nicht, so wenig wie abstrakte Begriffe Tatsachen sind.

P. Ist Gott also Materie?

V. Nein. (Diese Erwiderung überraschte mich lebhaft.)

P. Was ist er denn?

V. (nach langer Pause und mit leiser Stimme) Ich empfinde es, aber es ist nicht leicht zu schildern. (Wieder eine lange Pause.) Er ist nicht Geist, denn er besteht. Aber er ist auch nicht Materie in dem von Ihnen verstandenen Sinne. Es bestehen hier Abstufungen, die der Mensch nicht kennt; je dichter die Materie sich zusammenschließt, um so feiner, je feiner die Durchsetzung ist, um so dichter ist sie. Die Atmosphäre zum Beispiel umschließt die Elektrizität, während die Elektrizität die Atmosphäre durchsetzt. Immer dünner und feiner stuft sich die Materie ab, bis wir zu einer unteilbaren

Stofflichkeit gelangen, einer Materie ohne Bestandteile, die nicht mehr teilbar ist, und nun verändert sich das Gesetz vom Einschluß und der Durchsetzung: die letzte oder unteilbare Materie durchsetzt nicht allein alle Dinge, sondern umschließt sie auch; darum ist das Wesen aller Dinge in ihr begriffen. Dies ist Gott. Was Menschen aber mit dem Wort »Gedanke« auszudrücken versuchen, bedeutet Bewegung dieser Materie.

P. Die Metaphysiker behaupten, daß sich jede Handlung auf Bewegung und Denken zurückführen lasse und daß jene aus diesem geboren werde.

V. Ja; und ich erkenne nun auch, wie falsch diese Darlegung ist. Bewegung ist Auswirkung des Geistes, nicht des Denkens. Die unteilbare Materie oder Gott im Ruhestand ist (wenn wir es uns so begreiflich machen wollen wie möglich), was der Mensch Geist nennt. Und die Macht der Eigenbewegung (in ihrer Auswirkung gleichbedeutend mit menschlichem Wollen) entspringt einzig und allein der Einheit und Allgegenwart der unteilbaren Materie; wie, weiß ich nicht und sehe wohl, daß ich es niemals wissen werde. Aber die von einer in ihr selbst beschlossenen Gesetzmäßigkeit oder Eigenart in Bewegung gesetzte unteilbare Materie ist Denken.

P. Können Sie mir keine genauere Erklärung darüber geben, was Sie unter unteilbarer Materie verstehen?

V. Die Wahrnehmbarkeit der Materie verliert sich stufenweise. Nehmen wir zum Beispiel ein Metall, ein Stück Holz, einen Wassertropfen, die Atmosphäre, ein Gas, Wärme, Elektrizität, den lichttragenden Äther. Alle diese Dinge bezeichnen wir als Materie; nur das eine allgemeine Wort haben wir für alles Sein, und doch können wohl kaum zwei Vorstellungen von Grund auf verschiedener voneinander sein als die, die wir uns von einem Metall und vom lichttragenden Äther bilden. Befassen wir uns mit diesem, so fühlen wir uns beinahe unwiderstehlich versucht, ihn dem Geist oder dem Nichts gleichzustellen. Was uns allein davon abhält, ist unser Begriff von seinem atomischen Aufbau; und selbst bei dieser Erwägung müssen wir unsre Kenntnis über das Wesen des Atoms als einer in ewig gleichbleibender Präzision Dichte, Fühlbarkeit und Gewicht besitzenden Einheit zu Hilfe nehmen. Zerstören Sie die Vorstellung des atomischen Aufbaus, und wir sind nicht länger imstande, uns den Äther als Wesen oder nur als Materie zu denken. Auf der Suche nach einer besseren Bezeichnung würden wir ihn vielleicht »Geist« nennen. Tun Sie nun einen Schritt über den lichttragenden Äther hinaus; stellen Sie sich eine Materie vor, die noch viel dünner als Äther ist, so wie Äther dünner ist als Metall, und wir gelangen schließlich aller Schulweisheit zum Trotz zu einer einheitlichen Masse – einer unteilbaren Materie. Denn wenn wir schon den Atomen selbst unbegrenzte Kleinheit zugestehen, so ist doch unsinnig, unbegrenzte Kleinheit der Zwischenräume in ihren Verbänden anzunehmen. Es muß einen Punkt geben, einen Grad der Dünne, bei dem, vorausgesetzt, daß Atome in genügender Anzahl vorhanden sind, die Zwischenräume verschwinden und die Masse zu einem Ganzen gerinnt. Aber sobald einmal die Vorstellung einer atomischen Zusammensetzung nicht mehr stichhaltig ist, entschlüpft der Begriff einer Masse rettungslos auf ein Gebiet, das wir »Geist« nennen. Trotzdem aber ist sie noch ebenso Materie wie zuvor. Es handelt sich nur darum, daß es unmöglich ist, Geist wahrzunehmen, da wir uns nun einmal nicht vorstellen können, was nicht ist. Wenn wir uns schmeicheln, daß wir uns eine Vorstellung davon bilden können, so haben wir nur unsern Verstand durch die Vorspiegelung des Gedankens der unendlich verdünnten Materie überlistet.

P. Es scheint mir aber, daß ein berechtigter Einwand gegen den Gedanken der absoluten Einheit erhoben werden kann; wie steht es mit dem überaus schwachen Widerstand, den die Himmelskörper bei ihren Bewegungen durch den

Raum zu überwinden haben? Bis zu einem gewissen Grad besteht allerdings ein Widerstand, wie man jetzt erkannt hat, aber dieser Widerstand ist so gering, daß er selbst dem Scharfsinn eines Newton völlig entgehen konnte. Wir wissen, daß der Widerstand der Körper im allgemeinen im Verhältnis zu ihrer Dichte steht. Absolute Einheit ist auch absolute Dichte. Wo keine Zwischenräume sind, gibt es kein Nachgeben. Ein Äther von absoluter Dichte würde der Bewegung eines Sterns einen viel stärkeren Widerstand entgegensetzen als ein Äther von Diamant oder Eisen.

V. Ihre Widerlegung läßt sich leicht beantworten, obschon man glauben möchte, daß es darauf keine Antwort gebe. Was die Bewegung eines Sterns anlangt, so besteht wohl kein wesentlicher Unterschied, ob der Stern durch den Äther oder der Äther durch den Stern geht. Es gibt wohl keinen unverantwortlicheren Irrtum der Astronomie als den, der die bekannte Bewegungshemmung der Kometen auf den Gedanken einer Bewegung durch den Äther zurückführt; denn wenn man sich den Äther auch noch so dünn vorstellt, so würde er doch in noch viel kürzerer Zeit die Bewegung der Gestirne lahmgelegt haben, als die Astronomen angenommen haben, die sich solche Mühe geben, über einen Punkt hinwegzukommen, von dem sie sich keine Vorstellung bilden konnten. In Wirklichkeit beruht jene Bewegungshemmung auf einer entgegengesetzten Ursache, wahrscheinlich auf der Reibung des Äthers bei seiner raschen Durchflutung des Himmelsgewölbes. In einem Fall ist die hemmende Kraft von augenblicklicher Wirkung und in sich selbst vollendet; im andern wächst sie ohne Ende.

P. Aber liegt in all dem – in einer Gleichstellung der Materie mit Gott – nicht eine große Mißachtung? (Ich war genötigt, die Frage zu wiederholen, ehe der Wachträumende mich verstanden hatte.)

V. Können Sie mir sagen, warum wir die Materie geringer achten sollten als den Geist? Sie vergessen, daß die Materie, von der ich spreche, im wahren Sinn den »Geist« oder die »Seele« nach den Vorstellungen der Schulen begreift, soweit es sich um ihre machtvollen Auswirkungen handelt, und daß sie zudem gleichzeitig die Materie in dem den Schulen geläufigen Sinne darstellt. Gott und alle dem Geist zugeschriebene Macht ist nichts andres als die vollendete Materie.

P. Sie behaupten also, daß Denken eine Bewegung der unteilbaren Materie sei?

V. In großen Zügen ist diese Bewegung der eine Gedanke des einen Geistes. Dieser Gedanke wirkt schöpferisch. Alle erschaffenen Dinge sind nur Gedanken Gottes.

P. Sie sagen »in großen Zügen«.

V. Ja. Gott ist die Einheit des Geistes. Für neue Individualitäten ist Materie erforderlich.

P. Jetzt sprechen Sie aber von »Geist« und »Materie« wie die Metaphysiker.

V. Ja, um Verwechslung zu vermeiden. Wenn ich sage »Geist«, so meine ich die unteilbare oder letzte Materie; unter »Materie« verstehe ich alle übrigen Stufen.

P. Sie sagten, für »neue Individualitäten« sei »Materie erforderlich«.

V. Ja; denn Gott ist allein der Geist außerhalb der Verkörperung. Um Geschöpfe, denkende Wesen zu erschaffen, war es nötig, Teile des göttlichen Geistes in Erscheinungsform zu bannen. Der Mensch nimmt eine Sonderstellung ein. Von der Körperlichkeit befreit, wäre er Gott. Der Gedanke des Menschen ist eine Teilbewegung der in ihm zur Form gewordenen Menge unteilbarer Materie; die Bewegung der Gesamtheit ist die Bewegung Gottes.

P. Sie behaupten, der Mensch vom Körper befreit, sei Gott?

V. (nach langem Zögern) Das kann ich nicht gesagt haben; es ist Unsinn.

P. (nimmt seine Notizen zu Hilfe) Sie sagten: »Befreit von der Körperlichkeit, wäre der Mensch Gott.«

V. Dies ist wahr. Der seiner Körperlichkeit entzogene Mensch wäre Gott. Er wäre entpersönlicht. Aber er kann niemals in solcher Weise befreit werden – wenigstens *wird* er es niemals werden; wir müßten uns denn vorstellen, daß eine Tat Gottes auf ihren Ausgangspunkt zurückfallen – daß diese Tat absichtslos und nichtig sein kann. Der Mensch ist ein Geschöpf. Geschöpfe sind Gedanken Gottes. Es ist das Wesen des Gedankens, daß er sich nimmer zurückrufen läßt.

P. Ich verstehe nicht. Sie sagen, der Mensch werde niemals seiner Körperlichkeit entzogen werden?

V. Ich sage, er wird niemals körperlos sein.

P. Erklären Sie.

V. Es sind zwei Körper – der werdende und der vollendete, vergleichbar mit den beiden Stadien – Raupe und Schmetterling. Was wir »Tod« nennen, ist nichts andres als die schmerzhafte Metamorphose. Die Erscheinungsform, in der wir uns jetzt befinden, ist Werdegang, Vorbereitung, Übergang. Vollendung, Ziel, Unsterblichkeit liegt in unsrer Zukunft. Das letzte Leben ist der wahre Zweck.

P. Aber die Metamorphose der Raupe kennen wir ja ganz genau.

V. Wir wohl, aber nicht die Raupe. Die Materie, aus der sich unser werdender Körper zusammensetzt, ist für die Organe dieses Körpers faßlich; genauer: unsre Übergangsorgane sind der Materie angepaßt, aus der der werdende Körper gebildet ist, nicht aber dem Stoff, aus dem der vollendete Leib besteht. Der vollendete Leib entzieht sich unserm larvenhaften Wahrnehmungsvermögen. Wir gewahren nur die beim Tode von der innern Form abfallende Schale, nicht die innere Form selbst. Denen aber, die schon im vollendeten Leben stehen, ist die innere Form wie auch die Schale wahrnehmbar.

P. Sie haben oft gesagt, daß der magnetische Zustand dem Tode sehr ähnlich sei. Wie verhält sich dies?

V. Wenn ich sage, daß er dem Tode gleicht, so meine ich, er

gleicht dem vollendeten Leben; befinde ich mich im Trancezustand, so treten die Sinne meines Übergangslebens außer
Wirkung, und ich nehme die Dinge um mich her unmittelbar, ohne Organe, durch ein Medium wahr, dessen ich mich
im vollendeten anorganischen Leben bediene.

P. Unorganischen?

V. Ja; Organe sind Vorrichtungen, durch die ein Wesen in
fühlbare Berührung mit einzelnen Gruppen und Formen unter Ausschluß andrer Gruppen und Formen der Materie tritt.
Die Organe des Menschen sind allein seiner larvenhaften
Verfassung angepaßt und nichts anderm; der vollendete anor-
ganische Zustand ist von unbegrenztem Begriffsvermögen in
jeder Hinsicht, ausgenommen die Erkenntnis des Willens
Gottes, d. h. die Bewegung der unteilbaren Materie. Sie können sich eine klare Vorstellung der vollendeten Körperlichkeit bilden, indem Sie sie sich als reine Gehirnmasse vorstellen. Gehirn ist sie freilich in Wahrheit nicht, aber eine derartige Vorstellung ermöglicht Ihnen doch, einigermaßen zu begreifen, wie sie beschaffen ist. Ein leuchtender Körper setzt
den Äther in Schwingung. Diese Schwingungen erzeugen
ähnliche auf der Netzhaut des Auges, diese wieder vermittelt
ähnliche an den optischen Nerv. Der Nerv telegraphiert
ähnliche an das Gehirn, das Gehirn wiederum ähnliche an
die unteilbare Materie, die es durchströmt. Die Bewegung
dieser Materie ist der Gedanke; und die erste Regung des
Gedankens ist Wahrnehmung. Auf solche Weise setzt sich
der Geist des Übergangslebens mit der äußeren Welt in Verbindung; und diese äußere Welt ist, vom Übergangsleben
aus betrachtet, begrenzt infolge der eigenartigen Beschaffenheit seiner Organe. Im vollendeten anorganischen Leben
aber erreicht die äußere Welt den ganzen Körper (der, wie
ich schon sagte, aus einem Stoff besteht, der mit dem Gehirn
verwandt ist) ohne andre Vermittlung als die eines Äthers,
der noch unendlich feiner ist als selbst der lichttragende; in
Vereinigung mit diesem Äther setzt sich der ganze Körper in

Schwingungen und bringt dabei die unteilbare Materie, die ihn erfüllt, zur Bewegung. Das beinahe unbegrenzte Wahrnehmungsvermögen des vollendeten Lebens ist also dem Fehlen jener zweckhaft erschaffenen Organe zuzuschreiben. Für die larvenhaften Wesen bedeuten diese Organe die Käfige, die nötig sind, sie einzusperren, bis sie flügge sind.

P. Sie sprechen von larvenhaften »Wesen«. Gibt es denn außer den Menschen noch andre Wesen von larvenhaftem Denkvermögen?

V. Die zahllose Ansammlung dünner Materie in Nebelflecken, Planeten, Sonnen und andern Körpern, die weder Nebelflecke, Sonnen noch Planeten sind, dient allein dem Zweck, der Idiosynkrasie der Organe einer Unendlichkeit von larvenhaften Wesen Nahrung zu liefern. Wenn sie nicht für das Übergangsleben, das dem vollendeten vorangeht, nötig wären, so würde es keine Körper wie diese geben. Jeder von ihnen wird von einer bestimmten Abart organischer, larvenhafter, denkender Wesen bewohnt. Überall sind die Organe entsprechend den Bedingungen des bewohnten Platzes verschieden gestaltet. Wenn sich diese Wesen nach dem Tode oder der Metamorphose des vollendeten Lebens der Unsterblichkeit erfreuen und alle Geheimnisse außer dem letzten kennen, beherrschen sie alle Dinge und können durch ihren Willen allein sich überall hinversetzen – sie bewohnen nicht die Sterne, die uns das allein Greifbare zu sein scheinen und zu deren Frommen wir so kurzsichtig den ganzen Äther erschaffen wähnen, sondern den Raum selbst, die Ewigkeit, deren allein faßbare Raumlosigkeit die Schatten der Sterne verschlingt und sie auslöscht als zu unbedeutend für das Begriffsvermögen der Engel.

P. Sie sagen: »Wenn sie nicht für das Übergangsleben notwendig wären, würde es keine Sterne geben.« Warum sind sie denn dafür nötig?

V. Im anorganischen Leben und ebenso im Wesen der anorganischen Materie selbst ist nichts imstande, die Auswirkung des einen einfachen und einzigen Gesetzes zu verhindern – des göttlichen Willens. Zum Zweck, das Hindernis zu erzeugen, wurde das organische Leben erschaffen.

P. Aber dann: warum mußte dieses Hindernis erschaffen werden?

V. Harmonie mit jenem Gesetz ist Vollendung und wahre, negative Glückseligkeit. Verletzung des Gesetzes bedingt Unreife, Sünde und positive Qual. Verletzung des Gesetzes wird bewirkt durch die Hemmungen, die die Masse, die Verwicklung und Körperlichkeit der Gesetze des organischen Lebens und der organischen Materie bis zu einem gewissen Grad verursachen. Infolgedessen wird Qual, die im anorganischen Leben nicht bestehen kann, im organischen möglich.

P. Aber zu welchem Zweck wird denn die Qual auf solche Weise erst möglich gemacht?

V. Im Vergleich zueinander sind alle Dinge entweder gut oder schlecht. Eine gründliche Analyse muß ergeben, daß Freude in jedem Fall nur den Gegensatz der Qual bedeutet. Positive Freude ist eine leere Vorstellung. Um auf irgendeine Weise glücklich zu sein, müssen wir zuvor auf dieselbe Weise gelitten haben. Niemals leiden ist gleichbedeutend mit niemals glücklich gewesen sein. Ich habe gezeigt, daß im anorganischen Leben Schmerz ein Ding der Unmöglichkeit ist; daher ist er im organischen notwendig. – Die Qualen des beschränkten Daseins auf Erden bilden die Grundlage der Seligkeit des vollendeten Lebens im Himmel.

P. Da ist noch ein Ausdruck, den ich nicht verstehen kann: »die allein faßbare Raumlosigkeit der Ewigkeit«.

V. Dies rührt wahrscheinlich daher, weil Sie sich den Ausdruck »Faßbarkeit« nicht im rechten Sinne zu erklären vermögen. Wir müssen uns darunter nicht eine Eigentümlichkeit, sondern eine Empfindung vorstellen, nämlich die bei denkenden Wesen vorhandene Erkenntnis der Anpassung der Materie an das Gesamtgefüge. Es gibt viele Dinge auf

Erden, die den Bewohnern der Venus nichts bedeuten würden – viele Dinge, die auf der Venus faßbar und greifbar sind
und von den Menschen doch nicht als bestehend wahrgenommen würden. Den anorganischen Wesen aber, den Engeln, ist die ganze unteilbare Materie faßbar; d. h. alles, was
wir »Raum« nennen, ist ihnen die eigentliche Substanz; die
Sterne, die uns als die Materie im Raum erscheinen, entgehen
dem Schauen der Engel geradeso, wie die unteilbare Materie,
die der Mensch als Leere betrachtet, den Sinnen der organischen Wesen unfühlbar ist.

Als der Wachträumende diese letzten Worte mit schwacher
Stimme gesprochen hatte, bemerkte ich in seinen Mienen
einen gewissen Zug, der mich in Aufregung versetzte und
veranlaßte, ihn sofort zu erwecken. Kaum hatte ich dies getan, da erstrahlte sein Gesicht in einem wunderbaren Lächeln; er sank in sein Kissen zurück und verschied. Ich stellte fest, daß in weniger als einer Minute sein Körper so starr
war wie Stein. Seine Stirn war kalt wie Eis. Sonst pflegen
diese Symptome erst aufzutreten, nachdem Azraels Hand
lange auf seinem Opfer gelegen. Hatte vielleicht der Wachträumende während des letzten Teils unsres Zwiegesprächs
mit mir aus dem Reich der Schatten gesprochen?

Die Schöpferkraft der Worte

OINOS: Verarge mir nicht, mein Agathos, die Unzuläng-
lichkeit meines Geistes, da ihm kaum erst die Schwingen der
Unsterblichkeit gewachsen sind.

AGATHOS: Es bedarf dieser Bitte um Nachsicht nicht, mein
Oinos, für keines deiner Worte. Auch in diesen Regionen
wird dem Geiste das »Wissen« nicht durch Eingebung und
inneres Schauen zuteil. Wenn du wissen willst, so bitte ohne
Scheu die Engel, auf daß dir geantwortet werde.

OINOS: – Aber im irdischen Leben war dies mein Traum: Ich
würde einstmals um alle Dinge wissen und in diesem Wissen
um alle Dinge glücklich sein.

AGATHOS: Ach, nicht im Wissen ist Glück; in der *Erwer-
bung* des Wissens ist Glück. Mit dem, was wir für immer
wissen, sind wir für immer gesegnet; doch wenn wir alles
wüßten, so wären wir mit eines bösen Dämons Fluch be-
haftet.

OINOS: Aber ist denn nicht dem Höchsten alles offenbar?

AGATHOS: Da ER, der Höchste, auch der Glücklichste ist, so
muß *dies* das einzige sein, was selbst ER nicht weiß.

OINOS: Wenn wir aber stündlich im Wissen wachsen, müssen uns da nicht schließlich alle Dinge offenbar sein?

AGATHOS: Blick hinab in die grenzenlosen Weiten! Versuche
deinen taumelnden Blick zu zwingen, daß er die vielfältige
Schau der Sternenbilder umfasse, durch die wir langsam dahinschweben – hier – und da – und dort! Ist nicht selbst der
Blick des Geistes allerorten gehemmt durch die lückenlosen
goldenen Mauern des Alls? Mauern aus Myriaden leuchtender Körper, deren aus zahllosen Quellen strömendes Licht
sich zur Einheit zu fügen scheint?

OINOS: Nun begreife ich klar, daß die Unendlichkeit der
Materie kein Traum ist.

AGATHOS: Es gibt keine Träume in Eden. Aber die Engel sagen sich leise von Mund zu Mund, die Unendlichkeit der Materie habe nur *einen* Sinn: Sie soll unerschöpfliche Quellen erschließen, an denen die Seele ihren Durst nach Wissen löschen kann, der ewig unstillbar in ihr brennt; denn wenn er einmal gestillt würde, so würde mit ihm zugleich die Seele erlöschen. Frage mich also, mein Oinos, frage mich freimütig und ohne Scheu. Komm! Wir wollen die tönenden Harmonien der Plejaden zu unserer Linken lassen und von der Höhe herabschweben zu den Sternenwiesen jenseits des Orion, wo nicht Stiefmütterchen und Veilchen blühen und wo nicht freundliche Beschaulichkeit wohnt – dorthin, wo die dreifachen und dreifarbenen Sonnen ihre Stätte haben.

OINOS: Und nun, Agathos, indessen wir weitergehen, belehre mich! Sprich zu mir in den vertrauten Klängen der Erde. Ich erfaßte noch nicht den Sinn deiner Andeutungen über die Arten und Erscheinungsformen dessen, was wir im irdischen Leben »Schöpfung« zu nennen gewohnt waren. Wolltest du sagen, der Schöpfer sei nicht Gott?

AGATHOS: Ich wollte sagen, daß die Gottheit nicht schafft.

OINOS: Das erkläre mir.

AGATHOS: Sie war Schöpfer *nur* im Anbeginn. All das scheinbar »Erschaffene«, das jetzt ohne Unterlaß aus dem All in die Welt des Greifbaren quillt, kann nur als mittelbares, nicht als unmittelbares Ergebnis der göttlichen Schöpferkraft gelten.

OINOS: Die Menschen, mein Agathos, hätten diesen Gedanken für äußerst ketzerisch erklärt.

AGATHOS: Die Engel, mein Oinos, erkennen ihn einfach als wahr an.

OINOS: Ich habe dir soweit folgen können. Du willst sagen, daß gewisse Auswirkungen dessen, was wir »Natur« oder »Naturgesetz« nennen, unter gewissen Voraussetzungen Dinge erstehen lassen, denen nur der *Anschein* des Erschaffenseins eigen ist. Ich erinnere mich sehr wohl: Kurz vor dem Untergange der Erde hat man verschiedene sehr erfolgreiche Versuche angestellt, die von einigen recht eitlen Philosophen als die Erschaffung der »animalcula«. bezeichnet wurden.

AGATHOS: In der Tat, die Fälle, die du erwähnst, waren Beispiele für einen Schöpfungsakt zweiten Grades und damit für die *einzige* Art von Erschaffung, die es immer gab, seitdem das erste gesprochene Wort das erste Gesetz ins Dasein rief.

OINOS: Sind denn aber nicht die Sternenwelten, die stündlich aus dem Schoße des Nichts in die Himmelsräume sprühen – sind nicht diese Sterne, Agathos, unmittelbar *Erschaffenes*, hervorgegangen aus der Hand des Höchsten?

AGATHOS: Ich will versuchen, mein Oinos, dich Schritt für Schritt zu der Schlußfolgerung hinzuleiten, auf die ich hinaus will. Dir ist sehr wohl bekannt, daß jede Handlung ein unendlich fortwirkendes Ergebnis hat – ebenso wie jeder Gedanke unvergänglich bleibt. So bewegten wir zum Beispiel, als wir noch Erdenbürger waren, unsere Hände und versetzten damit die Atmosphäre, welche die Erde umgürtete, in Schwingung. Diese Schwingung wirkte unendlich fort, bis sie sich jedem kleinsten Teilchen der Erdatmosphäre antriebgebend mitgeteilt hatte, und die Atmosphäre war von da an *und für immer* durch jene eine Bewegung der Hand in Bewegung versetzt. Diese Tatsache war unseren Mathematikern auf Erden sehr wohl geläufig. Sie machten denn auch die besonderen Wirkungen, die durch besondere Antriebsvorgänge auf die Atmosphäre ausgeübt wurden, zum Gegenstande genauer Berechnungen –, und so konnten sie schließlich ohne Schwierigkeit haarscharf nachweisen, zu welchem Zeitpunkt ein Antrieb von bestimmter Stärke die ganze den Erdball umgebende Luftschicht beeinflussen und auf jedes Atom dieser Luftschicht (für immer!) seine Wirkung ausüben mußte. Und umgekehrt, es machte ihnen keine Schwierigkeiten mehr, aus einem gegebenen Wirkungsmoment unter gegebenen Bedingungen den Kraftwert des ursprünglichen Antriebes zu errechnen. Nun wußten also die Mathematiker, daß die Wirkungen irgendeines gegebenen Antriebes unbedingt endlos waren, sie wußten, daß ein Teil dieser Ergebnisse mittels der algebraischen Analysis zuverlässig festlegbar war, sie kannten die leichte Anwendbarkeit des erwähnten umgekehrten Rechnungsverfahrens; schließlich wußten sie, daß diese Art der Analysis in sich selbst die Möglichkeit zur unbegrenzten Vervollkommnung trug und daß für ihre Vervollkommnung und Anwendbarkeit keine anderen faßbaren Grenzen bestanden als nur die Grenzen im Denkvermögen dessen, der sie handhabe oder sich um ihre Vervollkommnung bemühte. Aber an diesem Punkt blieben unsere Mathematiker stehen.

OINOS: Und warum, Agathos, hätten sie weitergehen sollen?

AGATHOS: Weil sie jenseits dieses Punktes auf eine Erwägung von höchstem Belang gestoßen wären. Aus dem, was sie wußten, konnten sie sich folgendes ableiten: Ein Wesen von unbegrenztem Verstande, ein Wesen, vor dem die algebraische Analysis in ihrer Vollkommenheit offen dalag – ein solches Wesen hätte ohne Schwierigkeit jeden Wirkungsantrieb, der auf die Luft und durch ihre Vermittlung auf den Äther ausgeübt worden war, errechnen können, und zwar bis zu den entferntesten Folgerungen in irgendeinem noch so entfernt liegenden Zeitpunkt. Es läßt sich in der Tat nachweisen, daß jeder dieser auf die Luft ausgeübten Wirkungsantriebe schließlich auf jede einzelne Erscheinung im All seinen Einfluß ausüben muß. Und das Wesen von unbegrenzter Verstandeskraft, das wir uns vorhin vorstellten, müßte die entlegensten Schwingungen des Wirkungsantriebes bestimmen können – aufwärts und weiter in allen ihren Einflüssen auf alle kleinsten Teile der gesamten Materie – aufwärts und weiter in allen den Veränderungen, die sie am Bestehenden vollzogen – oder mit anderen Worten, *in ihrer Kraft, Neues zu schaffen,* bis der Rechner sie, die nun doch endlich ihre Kraft verloren hätten, ohnmächtig am Throne der Gottheit zerschellen säh'. Aber damit wäre die Fähigkeit des vollkommenen Rechners noch nicht erschöpft. Würde man ihm zu irgendeinem Zeitpunkt ein bestimmtes fertiges Ergebnis vorlegen – nehmen wir z. B. an, man würde seiner Betrachtung einen der hier ziehenden zahllosen Kometen darbieten –, so müßte er mit Hilfe des rückläufigen analytischen Verfahrens ohne Schwierigkeit errechnen können, welchem ursprünglichen Wirkungsorgane der Gegenstand der Betrachtung seine Entstehung verdankt. Diese Kraft des rechnerischen Rückschlusses in ihrer unbedingten und höchsten Vollendung, diese Fähigkeit, zu *jeder* Zeit *alle* Wirkungsergebnisse auf *alle* Ursachen zurückzuführen, ist natürlich das Vorrecht der Gottheit allein. Aber sie ist doch in jeder Abwandlung und Abstufung bis dicht an die Vollkommenheit heran der Schar der Engel verliehen, die mit himmlischem Verstande begabt sind, und wird von ihnen ausgeübt.

OINOS: Du sprachst aber immer nur von den Einwirkungen auf die Luft.

AGATHOS: Als ich von der Luft sprach, bezog ich mich nur auf *irdische* Voraussetzungen. Aber meine grundlegende Behauptung bezieht sich auf die Einwirkungen auf den *Äther*. Denn er und nur er durchdringt allen Raum, und so ist er der große Mittler aller *Schöpfung*.

OINOS: So wirkt also jede Bewegung, welcher Art sie auch sei, schöpferisch?

AGATHOS: Sie muß es. Aber eine richtige philosophische Erwägung ist längst zu dem Schluß gekommen, daß die Quelle aller Bewegung ein Gedanke sein muß – und die Quelle aller Gedanken ist –

OINOS: – Gott.

AGATHOS: Ich sprach zu dir, Oinos, da du ja ein Kind der schönen Erde bist, die vor kurzem unterging – ich sprach zu dir von den Wirkungsantrieben, die sich der irdischen Atmosphäre mitteilen.

OINOS: Ich verstand dich so.

AGATHOS: Aber indessen ich so sprach, blitzte da nicht durch deinen Sinn ein Gedanke an die körperhaft bildende Schöpferkraft der Worte? Übt nicht jedes gesprochene Wort eine Wirkung auf die Luft aus?

OINOS: Aber warum, Agathos, weinst du – und warum, o warum sinken deine Schwingen herab, indessen wir über diesen schönen Stern dahinschweben – diesen Stern, der im leuchtendsten Grün erstrahlt und dessen Anblick doch von allen, denen wir auf unserem Fluge begegneten, die Seele mit dem tiefsten Schauder berührt? Seine leuchtenden Blumen sind wie ein köstlicher Traum – aber seine feuerglühenden Vulkane gleichen den Leidenschaften eines aufgewühlten Menschenherzens.

AGATHOS: *Sie sind es! sie sind es!* Vor dreihundert Jahren habe ich mit verkrampften Händen und mit überströmenden Augen zu den Füßen meiner Geliebten mit wenigen leidenschaftlichen Worten diesen wilden Stern ins Dasein gesprochen. Seine leuchtenden Blumen *sind* die teuersten aller unerfüllt gebliebenen Träume, und seine rasenden Vulkane *sind* die Leidenschaften des unseligsten und gnadenlosesten aller Menschenherzen.

Die Tatsachen im Falle Waldemar

Selbstverständlich finde ich es ganz natürlich, daß der seltsame Fall des Herrn Waldemar viel erörtert worden ist. Es wäre ein Wunder, wenn es anders gewesen wäre, besonders unter den vorliegenden Umständen. Infolge des Wunsches aller Beteiligten, die Sache vor der Öffentlichkeit wenigstens so lange geheim zu halten, bis uns Gelegenheit zur weiteren Nachforschung gegeben war, und durch unsere Bemühungen, dies zu erreichen, drangen entstellte und übertriebene Gerüchte ins Volk und wurden die Quelle unangenehmer Mißdeutungen und selbstredend auch starker Ungläubigkeit. Es ist nun also notwendig, daß ich die *Tatsachen* berichte – soweit ich sie selbst begreife. Sie seien hier kurz zusammengefaßt.

Während der letzten drei Jahre war mein Interesse mehrfach auf den Mesmerismus hingelenkt worden, und vor neun Monaten etwa fiel es mir ganz plötzlich auf, daß die Reihe der bisher gemachten Experimente eine sehr auffallende und unverantwortliche Lücke aufwies: – man hatte noch keinen *Sterbenden* hypnotisiert! Zunächst blieb zu beobachten, ob ein solcher Patient für magnetische Einwirkungen besonders empfänglich war; ferner, ob die Empfänglichkeit in solchem Zustand, falls sie vorhanden, stärker oder schwächer war als sonst; und drittens, in welchem Grade oder für welche Zeitdauer sich der Tod hinausschieben lassen konnte. Noch andere Punkte galt es aufzuklären, doch jene vor allem reizten meine Neugier – und ganz besonders der dritte Punkt erschien mir äußerst bedeutungsvoll.

Auf der Suche nach einer Persönlichkeit, mit deren Hilfe ich diese Fragen lösen könnte, fiel mir mein Freund Herr Ernst Waldemar ein, der bekannte Bibliothekar der »BIBLIOTHECA FORENSICA« und (unter dem Pseudonym Issachar

Marx) Verfasser der polnischen Ausgaben des »Wallenstein« und des »Gargantua«. Herr Waldemar, der hauptsächlich in Harlem gelebt hatte und sich seit 1839 in Neuyork aufhielt, war besonders auffallend durch seine unerhörte Magerkeit und durch die weiße Farbe seines Backenbartes, der mit dem schwarzen Haupthaar seltsam kontrastierte, so daß man oft glauben mochte, er trage eine Perücke. Er war sehr reizbar und eignete sich daher für mesmeristische Versuche vortrefflich. Zwei- oder dreimal war es mir ohne Schwierigkeit gelungen, ihn in Schlaf zu versetzen, doch andere Erwartungen, die seine sonderbare Konstitution in mir erweckt hatte, erfüllten sich nicht. Sein Wille war niemals dem meinigen vollkommen unterworfen, und in bezug auf »Hellsehen« konnte ich mit ihm nichts Zuverlässiges erreichen. Meinen Mißerfolg in dieser Hinsicht schrieb ich immer seiner zerrütteten Gesundheit zu; denn einige Monate, ehe ich mit ihm bekannt wurde, hatten seine Ärzte ihn für unrettbar schwindsüchtig erklärt. Es war übrigens seine Gewohnheit, von seiner bevorstehenden Auflösung als von einer unvermeidlichen Tatsache, die nicht bedauert werden sollte, zu sprechen.

Als jene Gedanken sich mir zum ersten Male aufdrängten, war es also ganz natürlich, daß ich an Herrn Waldemar dachte. Ich kannte die ruhevolle Philosophie dieses Mannes zu gut, als daß ich seinerseits irgendwelche Bedenken vermutet hätte; und er hatte in Amerika keine Angehörigen, die Einspruch hätten erheben können. Ich sprach mit ihm ganz offen über die Sache, und zu meiner Verwunderung zeigte er lebhaftes Interesse. Ich sage zu meiner Verwunderung, denn obgleich er sich meinen Experimenten stets willig gefügt hatte, so hatte er ihnen doch niemals besondere Sympathie entgegengebracht. Die Art seines Leidens gestattete es, seine Todesstunde ziemlich genau vorauszusagen, und es wurde also zwischen uns vereinbart, daß er etwa vierundzwanzig Stunden vor der ihm von den Ärzten bezeichneten Sterbestunde mich zu sich rufen lassen würde.

Es sind jetzt mehr als sieben Monate her, seit ich von Herrn Waldemars eigener Hand folgende Zeilen erhielt:

Mein lieber P.!
Sie können nun also kommen. D. und F. haben festgestellt, daß ich nicht lange mehr mitmache – nur noch bis morgen Mitternacht; und ich glaube, sie haben den Zeitpunkt ziemlich richtig angegeben.
                                                           Waldemar.

Ich erhielt diese Mitteilung eine halbe Stunde, nachdem sie geschrieben war, und fünfzehn Minuten später befand ich mich im Zimmer des Sterbenden. Ich hatte ihn seit zehn Tagen nicht gesehen und war entsetzt über die furchtbare Veränderung, die in dieser kurzen Zeit mit ihm vorgegangen war. Sein Antlitz war bleifarben, die Augen blickten stumpf und vollkommen glanzlos, und die Abmagerung hatte so große Fortschritte gemacht, daß die Haut von den Backenknochen durchbohrt worden war. Sein Schleimauswurf war unerhört stark, der Puls kaum wahrnehmbar. Trotz alledem schien er im vollkommenen Besitz seiner Geisteskräfte und war auch körperlich nicht so schwach, wie man hätte annehmen sollen. Er sprach sehr deutlich, nahm ohne jede Hilfe einige lindernde Arzneien zu sich und war, als ich ins Zimmer trat, damit beschäftigt, in sein Notizbuch Aufzeichnungen zu machen. Er saß, von Kissen gestützt, aufrecht im Bett. Die Doktoren D. und F. waren anwesend.

Nachdem ich Waldemar die Hand gedrückt, nahm ich die Herren beiseite und empfing von ihnen über den Zustand des Patienten eingehenden Bericht. Der linke Lungenflügel war seit achtzehn Monaten vollkommen verknorpelt und ganz unbrauchbar. Die obere Hälfte des rechten Lungenflügels war ebenfalls teilweise, wenn nicht sogar ganz verknöchert, während die untere Hälfte bereits in Eiterung überzugehen begann. Mehrere umfangreiche Durchbrüche waren vorhanden, und einige Rippen waren ebenfalls von Eiterung ergriffen. Diese Erscheinungen im rechten Lungenflügel waren verhältnismäßig neueren Datums. Die Verknöcherung hatte mit ganz ungewöhnlicher Schnelligkeit um sich gegriffen, und die Rippeneiterung hatte man erst in den letzten drei Tagen wahrgenommen. Unabhängig von der Schwindsucht vermutete man bei dem Kranken eine Geschwulst an der Pulsader, doch machte die Lungenverknöcherung eine genaue Diagnose in dieser Hinsicht unmöglich. Es war die Ansicht beider Ärzte, daß Herr Waldemar gegen Mitternacht des folgenden Tages (eines Sonntages) sterben werde. Jetzt war es Samstag sieben Uhr abends.

Bevor die Doktoren D. und F. sich zu mir wendeten, um mir den Zustand ihres Patienten zu schildern, hatten sie diesem ein letztes Lebewohl geboten. Es hatte nicht in ihrer Absicht gelegen, wiederzukommen, auf mein Ersuchen jedoch erklärten sie sich bereit, gegen zehn Uhr am folgenden Abend noch einmal nach dem Kranken zu sehen.

Als sie gegangen waren, sprach ich mit Herrn Waldemar ganz offen über seine bevorstehende Auflösung und vor allem sehr eingehend über das beabsichtigte Experiment. Er zeigte sich noch immer ganz willig, ja sogar begierig und bat mich, sogleich zu beginnen. Ein Pfleger und eine Pflegerin waren anwesend, aber ich fühlte mich nicht ganz berechtigt, mich einer so bedeutungsvollen Aufgabe zu unterziehen, ohne daß für den Fall eines unerwarteten Ereignisses zuverlässigere Zeugen zugegen waren als diese beiden Leute. Ich verschob daher meine Maßnahmen bis zum anderen Abend gegen acht Uhr, wo das Eintreffen eines Studenten der Medizin, des Herrn Theodor L . . . l, zu dem ich einige Beziehungen hatte, mich weiterer Befürchtungen enthob. Ursprünglich war es meine Absicht gewesen, auf die Ärzte zu warten, doch ich war gezwungen, anzufangen, erstens infolge der dringenden Bitten Waldemars und zweitens infolge meiner Überzeugung, daß nicht eine Minute zu verlieren sei, denn es ging ersichtlich zu Ende mit ihm.

Herr L ... l war so gütig, meinem Ersuchen, den Vorgang schriftlich festzuhalten, willig nachzukommen; und das, was ich jetzt berichte, ist zum großen Teile eine gedrängte oder wörtliche Wiedergabe seiner Aufzeichnungen.

Es war etwa fünf Minuten vor acht, als ich den Patienten bei der Hand nahm und ihn bat, Herrn L ... l so klar als möglich anzugeben, ob er, Herr Waldemar, durchaus gewillt sei, daß ich in seinem gegenwärtigen Zustande den Mesmerismus bei ihm anwende.

Er antwortete mit schwacher, aber verständlicher Stimme: »Ja, ich wünsche hypnotisiert zu werden« – und fügte gleich darauf hinzu: »Ich fürchte, Sie haben es schon zu lange hinausgeschoben.« Während er noch sprach, begann ich mit dem Streichen; ich zog die Striche, die ich bereits früher am wirksamsten bei ihm angewendet hatte. Schon als ich meine Hand zum erstenmal seitwärts über seine Stirne zog, erzielte ich eine gewisse Wirkung; doch obgleich ich meine ganze Macht erschöpfte, war bis einige Minuten nach zehn, als die Doktoren D. und F. vorsprachen, kein bemerkenswerter Erfolg zu verzeichnen gewesen. Ich erklärte den Ärzten in kurzen Worten mein Vorhaben, und da sie nichts dagegen einzuwenden hatten, weil der Kranke schon in Agonie lag, so setzte ich meine Versuche unverzüglich fort. Statt der seitlichen Striche machte ich jedoch jetzt solche von oben nach unten und konzentrierte meinen Blick auf das rechte Auge des Leidenden. Sein Puls war kaum wahrnehmbar; er atmete röchelnd und in Intervallen von einer halben Minute.

Eine Viertelstunde lang blieb sein Zustand unverändert. Nach Ablauf dieser Frist jedoch entrang sich der Brust des Sterbenden ein tiefer Seufzer, und das Röcheln war nicht mehr zu vernehmen; die Atmungsintervalle blieben dieselben. Die Gliedmaßen des Patienten waren von eisiger Kälte.

Fünf Minuten vor elf ließen sich unwiderlegliche Anzeichen mesmeristischer Einwirkung bemerken. Der glasige Ausdruck des rollenden Auges verwandelte sich in den Ausdruck nach innen gekehrten Sinnens und Suchens, wie er nur bei Somnambulen zu finden ist. Mit ein paar schnellen Querstrichen brachte ich die Augenlider zum Beben, und nach einigen weiteren Strichen schlossen sie sich ganz. Dieser Erfolg genügte mir aber nicht, ich fuhr vielmehr eifrig und mit äußerster Willensanstrengung so lange fort, bis die Glieder des Schläfers, die ich zunächst in eine bequeme Lage gebracht hatte, vollständig steif geworden waren. Die Beine waren lang ausgestreckt; die Arme lagen ebenfalls fast gestreckt; der Kopf ruhte leicht erhöht in den Kissen.

Als dies geschehen war, war es genau Mitternacht, und ich ersuchte die anwesenden Herren, den Zustand Herrn Waldemars zu prüfen. Nach kurzer Untersuchung erklärten sie, daß er sich in ungemein tiefer Trance befinde. Die Neugier beider Ärzte war in höchstem Grade geweckt. Dr. D. beschloß sofort, die ganze Nacht bei dem Patienten zu verbringen, während Dr. F. sich mit dem Versprechen verabschiedete, bei Tagesanbruch wiederzukommen. Herr L . . . l und der Pfleger und die Pflegerin blieben auch da.

Wir ließen nun Herrn Waldemar bis gegen drei Uhr morgens ungestört; dann trat ich zu ihm und fand ihn in derselben Verfassung wie zur Zeit, als Dr. F. fortgegangen war – das will sagen, sein Zustand war unverändert: der Puls kaum fühlbar, der Atem nur mit Hilfe eines dem Kranken vor den Mund gehaltenen Spiegels bemerkbar, die Augen wie im Schlaf geschlossen, die Glieder hart und kalt wie Marmor. Dennoch bot er nicht den Anblick eines Toten.

Als ich mich Herrn Waldemar näherte, machte ich den schwachen Versuch, seinen rechten Arm der Führung des meinigen zu unterwerfen. Ich hatte bisher in solchen Experimenten bei diesem Patienten kein Glück gehabt, und so hatte ich auch jetzt wenig Hoffnung auf Erfolg. Zu meinem großen Erstaunen aber folgte sein Arm sofort willig, wenn auch sehr matt, jeder Richtung, die mein Arm ihm vorschrieb. Ich beschloß, ein Gespräch zu wagen.

»Herr Waldemar,« sagte ich, »schlafen Sie?« Er gab keine Antwort, doch ich bemerkte ein Zittern um seinen Mund und wurde dadurch veranlaßt, meine Frage ein zweites und drittes Mal zu wiederholen. Als ich sie zum dritten Male stellte, wurde seine ganze Gestalt von einem leichten Schauer befallen: die Augenlider öffneten sich so weit, daß sie ein wenig den weißen Augapfel enthüllten, die Lippen regten sich träge, und in kaum hörbarem Flüstern entrangen sich ihnen die Worte:

»Ja – schlafe jetzt. Wecken Sie mich nicht! – Lassen Sie mich so sterben!«

Ich befühlte seine Gliedmaßen; sie waren so eiskalt wie immer. Der rechte Arm gehorchte wie vorher der Führung meiner Hand. Ich fragte den Magnetisierten von neuem:

»Fühlen Sie noch Schmerzen in der Brust, Herr Waldemar?«

»Keine Schmerzen – ich sterbe.«

Ich hielt es nicht für ratsam, ihn gerade jetzt noch weiter zu stören, und bis zur Ankunft des Dr. F. wurde nichts mehr gesprochen; dieser traf kurz vor Sonnenaufgang ein und bekundete grenzenloses Erstaunen, den Patienten noch am Leben zu sehen. Nachdem er ihm den Puls gefühlt und einen Spiegel an die Lippen gehalten hatte, ersuchte er mich, den Schlafwachenden nochmals anzureden. Ich folgte der Aufforderung und sagte:

»Herr Waldemar, schlafen Sie noch?«

Wie vordem vergingen einige Minuten, ehe eine Antwort erfolgte; während dieser Zeit schien der Sterbende seine Energie zu sammeln. Bei der vierten Wiederholung der Frage sagte er sehr schwach, fast unhörbar:

»Ja, schlafe noch – sterbe.«

Es war jetzt die Ansicht oder vielmehr der Wunsch der Ärzte, daß Herr Waldemar in seinem gegenwärtigen, anscheinend ruhevollen Zustand belassen werden solle, bis der Tod obsiege; und das – darin stimmte man überein – müsse nun in wenigen Minuten erfolgen. Ich beschloß jedoch, noch einmal zu ihm zu sprechen, und wiederholte einfach meine vorige Frage.

Während ich sprach, ging mit dem Antlitz des Kranken eine seltsame Veränderung vor. Die Augen öffneten sich langsam, die Pupillen drehten sich so weit nach aufwärts, bis sie ganz unsichtbar waren; die Haut wurde leichenfarben und glich nun weniger dem Pergament als weißem Papier; und die kreisrunden hektischen Flecke, die sich auf jeder Wange streng abzeichneten, erloschen mit einem Male. Ich gebrauche diesen Ausdruck, weil die Plötzlichkeit ihres Verschwindens mich an nichts so sehr erinnerte wie an das plötzliche Erlöschen einer Kerzenflamme, die man ausbläst. Gleichzeitig kräuselte sich die Oberlippe, die bisher die Zähne bedeckt hatte, stark aufwärts, während die untere Kinnlade mit hörbarem Ruck herunterklappte und den Mund weit offen zeigte, in dessen Mitte die geschwollene und schwarz gewordene Zunge voll zu sehen war.

Ich vermute, daß keinem der Anwesenden die Schrecken des Totenbettes fremd waren, aber Herr Waldemar bot in diesem Augenblick einen so entsetzlichen Anblick, daß alle aus der Nähe des Bettes zurückwichen.

Ich fühle jetzt, daß ich in meiner Erzählung einen Punkt erreicht habe, bei dem sich jeder Leser ungläubig abwendet. Dessenungeachtet ist es meine Pflicht, fortzufahren.

An Herrn Waldemar war nicht das geringste Lebenszeichen mehr zu bemerken, und da wir annahmen, daß er tot sei, wollten wir ihn der Obhut der Pflegeleute überlassen, als seine Zunge von einer heftigen Vibration ergriffen wurde. Diese hielt wohl eine Minute lang an. Nach Ablauf dieser Zeit tönte zwischen den weitgeöffneten und regungslosen Kinnladen eine Stimme hervor – es wäre Wahnsinn, sie beschreiben zu wollen. Es gibt wohl zwei oder drei Vergleiche, die man hier anwenden könnte; ich könnte z. B. sagen, daß der Laut heiser und gebrochen und hohl klang; aber die Fürchterlichkeit des Ganzen ist unbeschreiblich, aus dem einfachen Grunde, weil niemals menschliche Ohren ähnliche Laute vernommen haben. Dennoch waren da zwei Besonderheiten, die, wie ich damals meinte – und auch heute noch denke – als charakteristisch für den Klang angeführt werden können. Erstens schien die Stimme an unsere Ohren – an meine wenigstens – aus weiter Ferne zu dringen oder aus einer tiefen Höhle, aus dem Erdinnern. Zweitens (ich fürchte in der Tat, daß es mir unmöglich sein wird, mich verständlich zu machen) – zweitens empfand mein Gehörsinn diese Laute so, wie etwa der Gefühlsinn gallertartige oder klebrige Dinge empfindet.

Ich sprach sowohl von »Laut« als von »Stimme«. Ich will damit sagen, daß der Laut von klarer, von wundersam ergreifender Deutlichkeit der Worte war. Herr Waldemar *sprach* – und vermutlich in Erwiderung der Frage, die ich ihm ein paar Minuten vorher gestellt hatte. Man wird sich erinnern, daß ich ihn gefragt hatte, ob er noch schlafe. Er sagte jetzt: »Ja – nein – *ich habe geschlafen* – und jetzt – jetzt – *bin ich tot.*«

Keiner der Anwesenden machte auch nur den Versuch, das unerhörte, schaudernde Entsetzen zu verbergen, das diese paar so fürchterlich gesprochenen Worte ihm eingflößt hatten. Herr L ... l, der Student, wurde ohnmächtig. Die Pflegeleute verließen sofort das Zimmer und konnten nicht zur Rückkehr veranlaßt werden. Meine eigenen Empfindungen darf ich gar nicht versuchen dem Leser nahe zu bringen. Fast eine Stunde lang bemühten wir uns schweigend – vollkommen schweigend –, Herrn L ... l ins Leben zurückzurufen. Als er wieder zu sich gekommen war, befaßten wir uns von neuem mit der Untersuchung von Herrn Waldemars Zustand.

Er blieb in jeder Hinsicht genau so, wie ich ihn zuletzt

beschrieben habe, ausgenommen, daß der Spiegel keine At-
mung mehr erkennen ließ. Ein Versuch, aus dem Arm Blut
zu ziehen, schlug fehl. Ich muß ferner erwähnen, daß dies
Glied meinem Willen nicht mehr unterworfen war. Der einzige wirkliche Beweis mesmeristischer Einwirkung war nur-
mehr in der Vibration der Zunge zu erkennen, sobald ich an
Herrn Waldemar eine Frage stellte. Er schien jedesmal eine
Anstrengung zu machen, um zu antworten, hatte aber nicht
mehr genug Willenskraft. Für Fragen, die irgendeine andere
Person an ihn richtete, schien er durchaus unempfänglich –
obgleich ich mich bemühte, einen jeden aus der Versamm-
lung in mesmeristischen Rapport mit ihm zu setzen.

Ich glaube, ich habe nun alles erzählt, was zum Verständnis für des Schlafwachenden damaligen Zustand notwendig
ist. Anderes Pflegepersonal wurde beschafft, und um zehn
Uhr verließ ich das Haus, in Begleitung der beiden Ärzte
und des Herrn L . . . l.

Am Nachmittag gingen wir alle wieder hin, um den Patienten zu sehen. Sein Befinden war vollkommen unverändert. Wir hatten nun eine Besprechung darüber, ob es richtig
und tunlich sei, ihn aufzuwecken; aber es wurde uns nicht
schwer, dahin übereinzukommen, daß ein solches Vorgehen
nichts Gutes fördern könne. Es war offensichtlich, daß bis
jetzt der Tod (oder was man gewöhnlich Tod nennt) durch
das mesmeristische Verfahren aufgehalten worden war. Es
schien uns allen klar, daß ein Aufwecken Herrn Waldemars
lediglich dessen augenblickliche oder zum mindesten sehr
schnelle Auflösung zur Folge haben werde.

Seit damals bis Ende letzter Woche – eine Zeitdauer von
fast sieben Monaten – fuhren wir fort, täglich bei Herrn
Waldemar nachzusehen, manchmal auch in Begleitung von
Medizinern oder anderen Freunden. Diese ganze Zeit über
verblieb der Schlafwachende in *genau* dem Zustande, wie ich
ihn vorhin geschildert habe. Die Pfleger widmeten ihm beständige Aufmerksamkeit.

Es war am letzten Freitag, als wir schließlich beschlossen, den Versuch zu machen, ihn zu erwecken; und es ist vermutlich der unglückliche Ausgang dieses Experimentes, das in Laienkreisen zu so vielen Erörterungen Anlaß gab, die ich nur als ungerechtfertigt bezeichnen kann.

Um Herrn Waldemar aus der Trance zu erwecken, brachte ich die üblichen Striche zur Anwendung. Diese waren eine Zeitlang erfolglos. Das erste Anzeichen von Wiederbelebung bot sich in einer teilweisen Herabsenkung der Iris. Als besonders bemerkenswert wurde festgestellt, daß diese Senkung der Pupille begleitet war von dem heftigen Ausfluß eines gelblichen Blutwassers, das unter den Lidern hervorlief und von sehr üblem Geruch war.

Es wurde nun angeregt, daß ich versuchen solle, wie früher den Arm des Patienten mir gehorsam zu machen. Ich machte den Versuch, und er mißlang. Dr. F. äußerte dann den Wunsch, ich solle eine Frage stellen. Ich tat dies wie folgt:

»Herr Waldemar, können Sie uns klarmachen, was Sie jetzt fühlen oder wünschen?«

Sofort kehrten die hektischen Wangenflecke zurück, die Zunge zuckte, oder besser, sie rollte heftig im Munde hin und her (obgleich Kinnladen und Mund wie vorher weit aufgerissen blieben), und schließlich stürzte dieselbe grauenhafte Stimme hervor, die ich bereits beschrieben habe:

»Um Gottes willen – schnell – schnell – bringen Sie mich wieder in Schlaf – oder, schnell – erwecken Sie mich – schnell –. *Ich sage Ihnen, ich bin tot.*«

Ich war so furchtbar entsetzt, daß ich einen Moment lang nicht wußte, was beginnen. Zuerst machte ich den Versuch, den Patienten wieder zu beruhigen; da mir das aber infolge mangelnder Energie vollständig mißlang, änderte ich meine Maßnahmen und bemühte mich ebenso eifrig, ihn zu erwekken. Ich sah bald, daß ich hierin Erfolg haben würde – oder wenigstens bildete ich mir ein, ein günstiges Resultat erzielen zu können; und ich bin gewiß, daß alle Anwesenden darauf vorbereitet waren, den Patienten erwachen zu sehen. Denn auf das, was sich wirklich ereignete, konnte unmöglich irgendein menschliches Wesen vorbereitet sein.

Während ich heftig die mesmeristischen Striche ausführte, inmitten der heulenden Rufe »tot – tot«, die geradezu der Zunge – nicht den Lippen – des Leidenden ohne Pause entquollen, geschah es, daß seine ganze Gestalt urplötzlich – innerhalb einer einzigen Minute – zusammenschrumpfte – zerfiel – unter meinen Händen hinwegfaulte. Auf dem Bett vor uns lag eine ekelhafte, stinkende Masse.

Der Herrschaftssitz Arnheim

Der Garten lag wie eine schöne Frau,
Die tief entzückt geschloßnen Auges ruht
Und schlummernd träumt ins offne Him-
melsblau.

Giles Fletcher

Von der Wiege bis zum Grabe wurde mein Freund Ellison von der Woge des Erfolges emporgehoben. Ich gebrauche aber nicht das Wort Erfolg im landläufigen Sinne; ich gebrauche es als Synonym für Glück. Der Mensch, von dem ich rede, schien geboren, die Doktrinen eines Turgot, Price, Priestly und Condorcet zu verwirklichen – durch persönliches Beispiel den Beweis zu erbringen für das, was man eine Schimäre der Puritaner genannt hat. Ich vermeine in dem kurzen Dasein Ellisons das Dogma widerlegt gesehen zu haben, daß in der Natur des Menschen etwas verborgen sei, was ihn der Seligkeit entziehe. Eine eingehende Prüfung seiner Laufbahn hat mir zu verstehen gegeben, daß im allgemeinen das Unglück der Menschheit von der Verletzung einiger weniger einfacher Menschengesetze abzuleiten ist – daß wir die Elemente zu heiterer Genüge bis jetzt ungenutzt in unsrer Macht haben – und daß selbst jetzt in der gegenwärtigen Finsternis und Tollheit, da alle Gedanken auf die große Frage der sozialen Lage gerichtet sind, es nicht ausgeschlossen ist, daß der Mensch, das Individuum, unter gewissen ungewöhnlichen und rein zufälligen Umständen glücklich sein kann.

Auch mein junger Freund war von derartigen Ansichten ganz erfüllt, und es ist deshalb bemerkenswert, daß der ununterbrochene Genuß, den das Leben ihm brachte, zum großen Teil die Folge weiser Voraussicht war. Ja, es ist klar, daß Mr. Ellison, hätte er weniger instinktive Philosophie besessen, die gelegentlich so gut die Stelle der Erfahrung zu ersetzen weiß, sich durch den so außerordentlichen Erfolg, den das Leben ihm brachte, in den üblichen Strudel des Unglücks hinabgezogen gesehen hätte, der das Los aller hervorragend begünstigten Leute ist. Doch es ist keineswegs meine Absicht, einen Essay über das Wesen des Glücks zu schreiben. Die Gedankengänge meines Freundes seien nur in kurzen Worten geschildert. Er gab nicht mehr als vier Elementarsätze oder, genauer gesagt, Bedingungen für die Freude zu. Die Hauptsache war ihm (seltsam genug!) der einfache und rein physische Grundsatz der Bewegung im Freien. »Was man an Gesundheit«, sagte er, »auf anderm Wege erreichen kann, ist dieses Namens kaum wert.« Als Beispiel führte er die Wonnen des Fuchsjägers an und wies auf die Ackerbauern hin, die einzigen Leute, die man, als Klasse betrachtet, glücklicher erachten kann als andre. Seine zweite Bedingung war Weibesliebe. Seine dritte und sehr schwer zu verwirklichende war die Verachtung des Ehrgeizes. Seine vierte ein rastlos gesuchtes Ziel. Und er behauptete, da andre Dinge gleichgültig seien, so stehe das Maß des erreichten Glücksgefühls im Verhältnis zu der Geistigkeit dieses Zieles.

Ellison zeichnete sich durch eine Fülle guter Gaben aus, die das Glück ihm in den Schoß geworfen hatte. An Schönheit und Anmut überstrahlte er alle Männer. Sein Verstand war von der Art jener, denen das Erwerben von Kenntnissen weniger Anstrengung als Intention und Bedürfnis ist. Seine Familie gehörte zu den erlauchtesten im Reich. Seine Braut war die lieblichste und treu ergebenste aller Frauen. Er hatte stets über reichliches Besitztum verfügt; als er aber mündig wurde, stellte es sich heraus, daß das Schicksal ihm einen der seltenen Streiche gespielt hatte, wie sie die ganze soziale Welt, in der sie sich ereignen, zuweilen in Verblüffung versetzen und selten verfehlen, die Geistesverfassung derer, denen sie gelten, völlig umzustoßen.

Es fand sich, daß etwa hundert Jahre vor Mr. Ellisons

Mündigwerdung in einer entfernten Provinz ein Mr. Seabright Ellison gestorben war. Dieser Herr hatte ein fürstliches Vermögen zusammengerafft, und da er keine direkten Nachkommen hatte, packte ihn die Grille, das Vermögen sich bis hundert Jahre nach seinem Tode weiter aufstapeln zu lassen. Indem er die Anlage des Kapitals eingehend und scharfsinnig bestimmte, vermachte er die aufgehäufte Summe demjenigen nächsten Blutsverwandten des Namens Ellison, der nach Ablauf von hundert Jahren am Leben wäre. Viele Versuche waren gemacht worden, diese eigenartige Bestimmung zu umgehen; ihr Ex-post-facto-Charakter ließ sie fehlschlagen; man lenkte aber die Aufmerksamkeit einer habgierigen Regierung darauf und erlangte eine gesetzliche Verfügung, die alle derartigen Geldanhäufungen untersagte. Das hinderte freilich den jungen Ellison nicht, an seinem einundzwanzigsten Geburtstag als der Erbe seines Ahnherrn Seabright in den Besitz eines Vermögens von vierhundertundfünfzig Millionen Dollar zu kommen.

Als es bekannt wurde, welch ungeheuerliche Summe die Erbschaft ausmachte, gab es natürlich viele Vermutungen über die Art, wie sie anzulegen sei. Die Höhe und die sofortige Greifbarkeit der Summe verwirrte alle, die sich mit der Sache befaßten. Für den Besitzer irgendeiner übersehbaren Geldmenge hätte man sich irgendeinen von tausend Plänen ausgedacht. Wäre er mit Gütern gesegnet worden, die lediglich die der andern Bürger überstiegen, so hätte man sich unschwer vorgestellt, er werde die beliebten Extravaganzen seiner Zeit in unerhörtester Weise übertreiben – oder sich mit politischen Umtrieben befassen – oder nach der Machtstellung eines Ministers streben – oder sich den höheren Adel kaufen – oder große Museen der schönen Künste anlegen – oder den freigebigen Mäzen in Wissenschaft, Literatur und Kunst spielen – oder seinen Namen in ausgedehnten Wohlfahrtseinrichtungen verewigen. Bei dem unfaßlichen Vermögen jedoch, in dessen unumschränktem Besitz der Erbe sich befand, empfand man diese und alle gewöhnlichen Ziele als ein allzu begrenztes Feld. Man nahm zu Zahlen seine Zuflucht, und auch diese verwirrten noch mehr. Es stellte sich heraus, daß selbst bei nur drei Prozent das Jahreseinkommen der Erbschaft nicht weniger als dreizehn Millionen fünfhunderttausend Dollar betrug, was eine Million einhundertfünfundzwanzigtausend Dollar im Monat ausmachte; oder sechsunddreißigtausendneunhundertundsechsundachtzig am Tag; oder sechsundzwanzig Dollar für jede entfliehende Minute. So wurde natürlich der übliche Weg der Mutmaßungen völlig umgestoßen. Die Leute wußten nicht, was sie ersinnen sollten. Einige meinten sogar, Mr. Ellison werde sich mindestens der Hälfte seines Vermögens als völlig überflüssig entledigen – und die ganze Sippe seiner Verwandtschaft durch Verteilung dieses Überflusses bereichern. Den nächsten Verwandten überließ er tatsächlich die ungewöhnlich großen Reichtümer, die ihm bereits vor der Erbschaft gehörten.

Ich war jedoch gar nicht überrascht, als ich merkte, daß er schon längst seinen Entschluß über einen Punkt gefaßt hatte, der von seinen Freunden soviel erörtert worden war. Auch war ich über die Art dieses Entschlusses nicht allzusehr erstaunt. Hinsichtlich der persönlichen Wohltätigkeit hatte er sein Gewissen beruhigt. Von der Möglichkeit irgendeines wesentlichen Dienstes, den der Mensch, wie man so zu sagen pflegt, der Menschheit erweisen könnte, war er (wie ich leider gestehen muß) wenig überzeugt. Kurz und gut, glücklich oder nicht glücklich, er war so ziemlich ganz auf sich selber angewiesen.

Er war im weitesten und edeln Sinne ein Dichter. Er erfaßte überdies den wahren Charakter, die erhabenen Ziele, die herrliche Majestät und Würde der poetischen Empfindung. Er fühlte instinktiv, daß die vollste, wenn nicht die einzige Befriedigung in der Erschaffung neuer Schönheitsformen lag. Eine gewisse Eigenart, eine Folge seiner Erziehung oder seines Intellekts, gab allen seinen ethischen Betrachtungen eine materialistische Färbung, und dieser Hang vielleicht war es, der ihn zu der Ansicht führte, das vorteilhafteste, wenn nicht das einzig rechtmäßige Feld für angewandte Poesie biete die Schöpfung neuer Formen von natürlicher, rein physischer Schönheit. So kam es, daß er weder Musiker noch Dichter wurde – wenn wir die letztere Bezeichnung in ihrer gewöhnlichen Bedeutung fassen. Es mag aber auch sein, daß er beides nicht werden wollte – lediglich in Verfolgung seiner Idee, daß die Verachtung jeglichen Ehrgeizes eine der wesentlichen Wurzeln des irdischen Glücks sei. Ist es nicht tatsächlich möglich, daß, während ein großes Genie naturgemäß ehrgeizig ist, noch ein größeres über dem steht, was wir Ehrgeiz nennen? Kann es nicht sein, daß viele, die weit größer sind als Milton, sich begnügt haben, »stumm und unberühmt« zu bleiben? Ich glaube, die Welt hat auf dem Gebiet der Kunst die ganze erschöpfende Fülle prachtvoller Leistungen, deren die menschliche Natur unbedingt fähig ist, nie gesehen und wird sie nie sehen – es sei denn, daß allerlei Zufälle einmal eines jener größeren Genies, entgegen seiner eigenen Anschauung, zu Taten veranlassen.

Ellison wurde weder Musiker noch Dichter, obgleich man Musik und Poesie nicht inniger lieben konnte als er. Es ist nicht ausgeschlossen, daß er unter andern Lebensbedingungen Maler geworden wäre. Die Bildhauerkunst war trotz ihres stark poetischen Gehalts zu begrenzt in Form und Wirkung, um jemals seine Aufmerksamkeit lange fesseln zu können. Und ich habe nun alle Gebiete aufgezählt, in denen nach allgemeinen Begriffen die poetische Empfindung sich ausbreiten kann. Ellison aber behauptete, das reichste und echteste, das natürlichste und wohl auch umfassendste Gebiet sei unverantwortlicherweise übersehen worden. Kein Deuter habe je den Landschaftsgärtner als Künstler erwähnt; dennoch, so meinte mein Freund, biete der Landschaftsgarten der wahren Muse die edelsten Möglichkeiten. Hier sei wirklich das schönste Feld zur Entfaltung der Phantasie in immer neuer Gestaltung neuer Schönheitsformen, da die zur Zusammenstellung vorhandenen Elemente bei weitem die herrlichsten seien, die die Erde zu bieten habe. In den zahllosen Formen und Farben der Blumen und Bäume erkannte er den ausgesprochensten und kraftvollsten Drang der Natur nach körperlicher Schönheit. Und in der Anordnung oder Vereinigung dieser Bemühungen – oder richtiger, in ihrer Anpassung an die Augen, die sie auf Erden würdigen sollten – glaubte er auf die beste Art und mit den erfolgreichsten Leistungen der Erfüllung nahezukommen, nicht nur seiner eigenen Bestimmung als Künstler, sondern auch den erhabenen Zielen, um derentwillen die Gottheit dem Menschen das künstlerische Empfinden eingeimpft habe.

»Ihre Anpassung an die Augen, die sie auf Erden würdigen sollten ...« In seiner Erläuterung dieses Ausdrucks trug Mr. Ellison viel zur Lösung dessen bei, was mir immer als Rätsel erschienen war: – ich meine die (nur von Unwissenden bestrittene) Tatsache, daß es in der Natur keine solchen Szenerien gibt, wie der geniale Maler sie zu schaffen weiß. Keine solchen Paradiese sind in der Wirklichkeit zu finden, wie sie auf der Leinwand Claudes erglühen. In den bezauberndsten natürlichen Landschaften wird stets ein Mangel oder ein Unmaß zu finden sein – viele Mängel und viele Unmäßigkeiten. Während die gegebenen Bestandteile im einzelnen das größte Können des Künstlers übertreffen mögen, so wird die Anordnung dieser Teile stets noch der Vervollkommnung bedürftig sein. Kurz, in der ganzen weiten natürlichen Landschaft auf Erden gibt es keinen Betrachtungspunkt, von dem aus ein Künstlerauge bei längerem Zusehen nicht einen Verstoß gegen das fände, was man die »Komposition« der Landschaft nennt. Und wie unbegreiflich ist das doch! In allen andern Dingen sind wir richtig belehrt, die Natur als überlegen anzusehen. Wir scheuen den Wettbewerb mit ihren Einzelschöpfungen. Wer wollte es fertigbringen, die Farben der Tulpe wiederzugeben oder die Gestalt des Maiglöckchens zu verbessern? Die Kritik, die von der Bildhauerei oder der Porträtkunst sagt, daß hier die Natur nicht nur erreicht, sondern übertroffen oder idealisiert sei, befindet sich im Irrtum. Kein malerisches noch bildhauerisches Zusammenwirken von Einzelheiten menschlicher Schönheit kann mehr, als der lebendigen, atmenden Schönheit nahekommen. Nur in der Landschaft ist jener Standpunkt des Kritikers im Recht, und da er seine Wahrheit hier empfand, so ist es nur die unüberlegte Vorliebe zur Verallgemeinerung, die ihn dahin führte, ihn auf allen Gebieten der Kunst als richtig aufzustellen. Ich sage: »seine Wahrheit hier empfand«; denn die Empfindung ist keine Einbildung, keine Schimäre. Die Mathematiker liefern keine exakteren Beweise, als sie dem Künstler in seiner Kunst das Gefühl bietet. Er glaubt nicht nur, sondern er weiß positiv, daß die und die scheinbar willkürliche Anordnung der Dinge die wahre Schönheit ausmacht – sie ganz allein ausmacht. Seine Gründe aber sind noch nicht zum Ausdruck gereift. Es bleibt einer gründlicheren Analyse, als die Welt sie bisher gesehen hat, überlassen, diese Gründe voll zu erforschen und darzutun. Dessenungeachtet wird er in seiner instinktiven Ansicht durch die Stimme aller seiner Brüder unterstützt.

Nehmen wir an, eine »Komposition« sei mangelhaft, sie solle lediglich in ihrer Zusammensetzung umgearbeitet werden; nun möge man die Frage nach der Notwendigkeit dieser Umarbeitung jedem Künstler, den es nur gibt, vorlegen, von jedem wird die Notwendigkeit zugegeben werden. Und sogar weit mehr als das: zur Behebung der fehlerhaften Komposition würde jedes einzelne Glied dieser Bruderschaft die nämliche Änderung vorgeschlagen haben.

Ich wiederhole, daß nur bei Landschaftsbildern die Schönheit der Natur eine Steigerung zuläßt und daß daher die Fähigkeit zu ihrer Vervollkommnung in gerade diesem einen Punkte ein Geheimnis war, das ich nicht zu lösen wußte.

Meine eigenen Anschauungen über den Gegenstand gingen dahin, die Natur habe in ihrer ursprünglichen Absicht die Erde so gebildet, daß sie in allen Punkten der menschlichen Auffassung von vollendeter Schönheit oder Erhabenheit entsprach; aber diese ursprüngliche Absicht sei durch die bekannten geologischen Störungen vernichtet worden – Störungen in Form und Farbengruppierung, in deren Verbesserung oder Abschwächung die Seele der Kunst beruht. Die Kraft dieses Gedankens wurde jedoch sehr abgeschwächt durch die in ihm verborgene Notwendigkeit, die Störungen als anormal und durchaus unzweckmäßig zu betrachten. Ellison war es, der die Vermutung aussprach, sie seien ein Anzeichen des Todes. Er erklärte das so: »Angenommen, die ursprüngliche Absicht sei die irdische Unsterblichkeit des Menschen gewesen. Dann finden wir die ursprüngliche Bildung der Erde seinem seligen Zustand angepaßt – zwar nicht bestehend, aber beabsichtigt. Die Umwälzungen waren die Vorbereitungen für seine später beschlossene Bestimmung zum Tode.

Nun könnte aber«, sagte mein Freund, »das, was wir als Steigerung der landschaftlichen Schönheit empfinden, eine lediglich menschliche Anschauungsweise sein. Jede Veränderung der natürlichen Szenerie würde das Bild vielleicht verunstalten, wenn wir es uns von weitem – als große Masse gesehen – denken, von einem der Erdoberfläche fernen Punkt, wenngleich nicht hinter den Grenzen ihrer Atmosphäre. Es ist leicht begreiflich, daß das, was einem nah besehenen Detail zum Vorteil gereichen mag, gleichzeitig eine allgemeine oder auf größere Entfernung berechnete Wirkung beeinträchtigen kann. Es *könnte* doch eine Art vordem menschlicher, nun aber der Menschheit unsichtbarer Wesen geben, denen aus der Ferne unsre Wirrnis als Ordnung erscheint – unser Unmalerisches als malerisch; mit einem Wort, ich meine die Erdengel, für deren Betrachtung mehr als für unsre und für deren durch den Tod veredelte Bewertung des Schönen die weiten Landschaftsgärten der Hemisphären von Gott aufgestellt worden sein mögen.«

Im Laufe des Gespräches führte mein Freund einige Zitate eines Beurteilers der Landschaftsgärtnerei an, der, wie man sagt, sein Thema gut behandelt haben soll:

›Es gibt eigentlich nur zwei Richtungen in der Landschaftsgärtnerei, die natürliche und die künstliche. Man versucht die ursprüngliche Schönheit der Landschaft wiederherzustellen, indem man ihre eigenen Mittel auf die Umgebung anwendet: Bäume anpflanzt, die sich den benachbarten Hügeln oder Flächen harmonisch anpassen; jenen reizvollen Einklang von Größe, Form und Farbe entdeckt und anwendet, der, dem gewöhnlichen Beschauer verborgen, sich erfahrenen Naturbeobachtern überall enthüllt. Das Resultat der natürlichen Richtung in der Gärtnerei zeigt sich mehr in der Vermeidung aller Mängel und Mißverhältnisse – in der Pflege einer gesunden Harmonie und Ordnung –, als im Hervorbringen von Wundern oder Besonderheiten. Die künstliche Richtung hat so viele Abstufungen, wie es Geschmacksverschiedenheiten zu befriedigen gibt. Sie hat eine gewisse allgemeine Verwandtschaft mit den verschiedenen Baustilen. Da gibt es die pomphaften Alleen und Boskette Versailles', italienische Terrassen und einen vielfach gemischten altenglischen Stil, der eine gewisse Ähnlichkeit mit der profanen Gotik oder der englischen elisabethanischen Architektur zeigt. Was auch gegen den Mißbrauch der künstlichen Landschaftsgärtnerei gesagt worden sein mag, so gibt doch eine Beimischung reiner Kunst einer Gartenszene große Schönheit. Teils erfreut es das Auge, daß es eine Ordnung und Planmäßigkeit wahrnimmt, teils ist es ein geistiges Genießen. Eine Terrasse mit einer alten, moosbewachsenen Balustrade ruft uns sofort die reizenden Gestalten ins Gedächtnis, die hier in früheren Tagen gewandelt sind. Die kleinste Darbietung von Kunst ist ein Beweis der Sorgfalt und menschlichen Einflusses.‹

»Aus meinen bisherigen Bemerkungen werden Sie begreifen«, sagte Ellison, »daß ich den Gedanken verwerfe, die ursprüngliche Schönheit der Landschaft wieder herstellen zu wollen. Die ursprüngliche Schönheit ist nie so groß wie die, welche man hervorrufen könnte. Allerdings liegt alles an der Wahl eines geeigneten Platzes. Was oben über die Entdeckung und praktische Anwendung hübscher Beziehungen in Größe, Gestalt und Farbe gesagt wurde, ist nichts als eine hohle Redensart, um unklare Gedanken zu bemänteln. Der genannte Ausspruch kann alles und nichts besagen und gibt keinerlei Anweisung. Daß der wahre Erfolg des natürlichen Stils in der Gärtnerei mehr in der Vermeidung aller Mängel und Mißverhältnisse als in der Erschaffung irgendwelcher Wunder und Besonderheiten zu suchen sei, ist eine Behauptung, die besser zu dem niedrigen Begriffsvermögen der Herdenmenschen paßt als zu den feurigen Träumen eines genialen Mannes. Der befürwortete negative Vorzug gehört zu den hinkenden Beurteilungen, die in der Literatur zum Beispiel einem Addison eine Apotheose bereiten würden. Ja, während jene Tüchtigkeit, die lediglich in der Vermeidung von Fehlern besteht, sich direkt an unsre Einsicht wendet und daher durch Vorschriften umschrieben werden kann, ist die erhabenere Gabe, die in der Neuschöpfung flammt, allein in ihren Wirkungen zu begreifen. Regeln behandeln nur die Vorzüge der Vermeidung – den Wert der Enthaltsamkeit. Darüber hinaus kann die kritische Kunst nur mutmaßen. Man kann uns unterweisen, einen ›Cato‹ zu konstruieren, aber vergeblich wird man uns belehren, wie ein Parthenon oder ein ›Inferno‹ zu schaffen sei. Ist aber die Sache getan, das Wunder vollendet, so ist es allgemeinverständlich. Die Sophisten der negativen Schule, die aus Unfähigkeit zum Schöpferischen solches Tun verspottet haben, sind nun die eifrigsten im Beifallspenden. Was im Larvenzustand seines Beginns ihren zahmen Verstand beleidigte, verfehlt nie, in seiner Reise der

Vollendung ihrem Schönheitsinstinkt Bewunderung abzunötigen.

Gegen die Bemerkungen des Verfassers über den künstlichen Stil ist weniger zu sagen«, fuhr Ellison fort. »Die Beimischung reiner Kunst gibt einer Gartenszene eine große Schönheit. Das ist richtig, ebenso wie der Hinweis auf menschlichen Einfluß. Das angeführte Prinzip ist unbestreitbar – es könnte aber darüber hinaus noch etwas geben. Es könnte ein auf diesem Grundsatz aufgebautes Ziel geben – ein mit den üblichen Mitteln des einzelnen unerreichbares Ziel, das aber, wenn es erreicht wird, dem Landschaftsgarten einen Reiz verleihen würde, der alles weit überträfe, was menschlicher Einfluß hervorzubringen imstande wäre. Ein Künstler mit ganz außergewöhnlichen Geldmitteln könnte, unter Beibehaltung des notwendigen Ideenteiles von Kunst oder Kultur oder, wie unser Autor sagt, von Einfluß, seine Pläne gleichzeitig so durch großzügige Anlage und neuartige Schönheit bereichern, daß man an die Einmischung von Feenhand glauben möchte. Man wird sehen, daß er zu solchem Resultat alle Vorteile des Einflusses oder der Absicht heranzieht, während er doch sein Werk von der Schärfe oder den Kunstgriffen der irdischen Kunst befreit. Im finstersten Urwald – in den entlegensten Gebieten der Natur – ist die Kunst eines Schöpfers erkennbar; doch diese Kunst wird nur dem Verstande deutlich; in keiner Weise hat sie die einleuchtende Kraft des Gefühls. Nun wollen wir uns diesen Sinn in der Absicht des Allmächtigen nur einen Grad niedriger denken – irgendwie in Harmonie oder in Übereinstimmung gebracht mit dem Wesen der menschlichen Kunst – um ein Zwischenglied zwischen beiden zu bilden: stellen wir uns beispielsweise eine Landschaft vor, die durch Ausgedehntheit und Bestimmtheit, durch Schönheit, Pracht und Absonderlichkeit den Gedanken an Sorgfalt, Kultur und Pflege durch höhere und doch der Menschheit verwandte Wesen wachruft – dann ist der Begriff des Einflusses gewahrt, während die eingeflochtene Kunst zur Annahme einer vermittelnden oder zweiten Natur führt – eine Natur, die weder Gott noch eine Emanation Gottes, die aber dennoch Natur ist, als Kunstwerk der Engel, die zwischen den Menschen und Gott schweben.«

Ellison gedachte seinen ungeheuren Reichtum in der Verwirklichung einer derartigen Vision anzulegen – in der durch persönliche Überwachung seiner Anordnungen gebotenen Bewegung im Freien – in dem unbeschränkten Ziel, das diese Absichten boten, in dem vergeistigten Wesen dieses Zieles, in der Verachtung ehrgeizigen Strebens, die ihm dadurch ermöglicht wurde, in dem ewigen Lenz, mit dem dieses Ziel, ohne je zu übersättigen, seine Hauptleidenschaft, den Durst nach Schönheit, befriedigte; vor allem aber in der Sympathie eines nicht unweiblichen Weibes, dessen Lieblichkeit und Liebe sein Dasein mit der purpurnen Atmosphäre des Paradieses umgeben sollten; und er hoffte, Befreiung von den Alltagszielen der Menschheit zu finden, und er *fand* sie und eine weit größere Fülle positiven Glücks, als je in den überschwenglichen Wachträumen einer Staël glühte.

Ich bezweifle, daß ich in dem Leser eine irgendwie klare Vorstellung der Wunder vermitteln kann, die mein Freund tatsächlich schuf. Ich möchte beschreiben, fühle mich aber von der Schwierigkeit der Beschreibung entmutigt und zögere zwischen Detaillierung und Verallgemeinerung. Der beste Weg ist vielleicht der, die beiden Extreme zu vereinigen.

Mr. Ellisons erster Schritt galt natürlich der Wahl einer Örtlichkeit, und kaum hatte er über diesen Punkt nachgedacht, als die üppige Naturpracht der Südsee-Inseln seine Aufmerksamkeit fesselte. Ja, er hatte schon beschlossen, eine Reise in die Südsee anzutreten, als die Überlegung einer Nacht ihn veranlaßte, die Idee aufzugeben. »Wäre ich ein Menschenfeind,« sagte er, »so würde mir solch ein Ort gefallen. Die völlige Abgeschlossenheit und die Schwierigkeit des

Hin- und Zurückgelangens wäre in solchem Falle der Reiz aller Reize; noch aber bin ich nicht Timon. Ich wünsche die Erholung, aber nicht das Bedrückende der Einsamkeit. Ich muß in gewissem Sinne den Grad und die Dauer meiner Zurückgezogenheit bestimmen können. Es mögen Stunden kommen, in denen ich das, was ich geleistet habe, der Sympathie poetischer Geister vorführen will. Ich werde daher einen Ort wählen, der nicht weit von einer volkreichen Stadt liegt, deren Nähe mir auch die Durchführung meiner Pläne am besten ermöglicht.«

Auf der Suche nach einem solchen Ort reiste Ellison mehrere Jahre umher, und mir war es erlaubt, ihn zu begleiten. Wohl tausend Plätze, von denen ich entzückt war, verwarf er aus Gründen, deren Richtigkeit ich jedesmal anerkennen mußte. Wir kamen schließlich zu einem erhöhten Tafelland von wundervoller Fruchtbarkeit und Schönheit, das einen Rundblick bot, der dem des Ätna an Ausdehnung sehr wenig nachstand und nach Ellisons wie meiner Ansicht die weitberühmte Aussicht jenes Berges in allen wesentlichen Elementen des Malerischen überragte.

»Ich bin mir bewußt,« sagte der Reisende mit einem Seufzer tiefen Entzückens, nachdem er die Szene wohl eine Stunde lang bezaubert betrachtet hatte, »ich weiß, daß neun Zehntel der wählerischsten Männer an meiner Stelle hier befriedigt sein würden. Dieses Panorama ist in der Tat herrlich, und ich würde davon hingerissen sein, wenn es nicht übertrieben herrlich wäre. Der Geschmack aller mir bekannten Baumeister veranlaßt sie, der ›Aussicht‹ wegen, ihre Häuser auf eine Höhe zu stellen. Der Irrtum ist klar. Größe in jeder Form, besonders aber als Ausdehnung, bringt Überraschung, Erregung – und ermüdet dann, drückt nieder. Als gelegentliche Szene kann es nichts Besseres geben – zum dauernden Anblick nichts Schlimmeres. Und zum dauernden Anblick ist die unzulässigste Art der Größe die der Ausdehnung, des weiten Raumes. Sie steht mit dem Gefühl, dem Sinn für Zurückgezogenheit auf dem Kriegsfuß – dem Sinn, den wir zu befriedigen suchen, wenn wir uns ›auf das Land zurückziehen‹. Wenn wir vom Gipfel eines Berges um uns blicken, so fühlen wir uns unwillkürlich verloren in der Welt. Die tief melancholischen Seelen meiden einen weiten Blick wie die Pest.«

Nicht vor Ende des vierten Jahres unsrer Suche fanden wir eine Gegend, mit der Ellison sich einverstanden erklärte. Es ist natürlich überflüssig, zu sagen, wo diese Gegend lag. Der kürzlich erfolgte Tod meines Freundes, der seine Besitzung für gewisse Kreise von Besuchern erschloß, hat Arnheim zu einer heimlichen und gedämpften, wenn nicht traurigen Berühmtheit verholfen, ähnlich – allerdings in unendlich höherem Grade – wie es mit dem so lang verehrten Fonthill gegangen ist.

Der übliche Weg nach Arnheim war der Fluß. Der Besucher verließ die Stadt am frühen Morgen. Im Laufe des Vormittags glitt er zwischen Ufern voll stiller, ländlicher Schönheit dahin, auf denen zahllose Schafe weideten, deren weißes Fell das strahlende Grün der vorüberziehenden Wiesen sprenkelte. Nach und nach wirkte die Landschaft weniger bebaut, als lediglich mit Sorgfalt gepflegt. Das wandelte sich allmählich in Verlassenheit – diese wieder in völlige Abgeschiedenheit. Als der Abend kam, wurde das Flußbett enger, die Ufer erhoben sich steiler und waren mit üppigem, dunklem Laubwuchs bedeckt. Das Wasser wurde durchsichtig. Der Fluß machte tausend Windungen, so daß man seine schimmernde Fläche nur immer eine kurze Strecke weit überschauen konnte. Jeden Augenblick war es, als befinde sich das Schiff in einem Zauberkreis aus undurchdringlichen Laubwänden, mit einer Decke von tiefblauer Seide und – *keinem* Boden, da der Kiel mit staunenswerter Geschicklichkeit auf dem eines andern gespenstischen Bootes zu balancieren schien, das, zufällig kieloben treibend, die beständige Begleitung und gewissermaßen der Halt des wirklichen Bootes zu sein schien. Das Flußbett wurde jetzt zu einer Schlucht – diese Bezeichnung ist allerdings etwas unangebracht, ich gebrauche sie nur, weil die Sprache kein Wort hat, das diesen auffälligsten Zug der Landschaft kennzeichnet. Der Charakter einer Schlucht wurde nur durch die Höhe und Gleichmäßigkeit beider Ufer gegeben; in allem andern war keine Ähnlichkeit zu spüren. Die Wände der Schlucht (durch die das Wasser weiter still dahinfloß) erreichten eine Höhe von hundert und gelegentlich hundertundfünfzig Fuß und neigten sich einander so weit zu, daß sie das Tageslicht wesentlich abdämpften, während das lange, flaumige Moos, das in dichten Büscheln vom verflochtenen Strauchwerk oben herniederhing, der ganzen Kluft eine trauernde Düsterkeit verlieh. Die Windungen wurden häufiger und verworrener und schienen oft wieder nach rückwärts zu führen, so daß der Reisende längst nicht mehr die Richtung kannte. Überdies fühlte er mit Entzücken die Seltsamkeit seiner Umgebung. Freilich, Natur war es noch immer, aber sie war beeinflußt worden. Da war eine zauberhafte Symmetrie, eine packende Gleichmäßigkeit, eine märchenhafte Sauberkeit hier in ihren Werken. Nicht ein totes Zweiglein – nicht ein welkes Blatt – nicht ein verirrter Kiesel – nicht ein Fleckchen nackter Erde war zu sehen. Das kristallklare Wasser wellte an dem sauberen Granit oder dem fleckenlosen Moos in einer so ebenmäßigen Grenzlinie empor, daß es das Auge entzückte und bestürzte.

Hatte man die Irrgänge dieses Flußbettes einige Stunden lang durchzogen, während die Dämmerung immer mehr zunahm, so brachte eine scharfe und plötzliche Wendung das Boot wie vom Himmel gefallen in ein rundes Becken von ansehnlichen Ausmaßen, mit denen der Schlucht verglichen. Es hatte etwa zweihundert Meter Durchmesser und war bis auf eine einzige Stelle, die dem Boot bei seinem Eintritt genau gegenüberlag, von Hügeln eingefaßt, deren Höhe den Wänden der Schlucht entsprach, die aber ganz anders in der

Anlage waren. Sie glitten in einem Winkel von etwa vierzig Grad zum Wasser herunter, und diese Hänge waren von unten bis oben – ohne den kleinsten Zwischenraum – mit den prächtigsten Blüten geschmückt; kaum ein grünes Blättchen war in dem Meer duftender Farben und flutender Blütensterne zu sehen. Das Becken war von großer Tiefe; das Wasser war aber so durchsichtig, daß der Boden, der aus einer dichten Menge kleiner, runder Alabasterkiesel zu bestehen schien, gelegentlich deutlich sichtbar wurde, das heißt immer dann, wenn das Auge es fertig brachte, nicht tief unten im umgekehrten Himmel das verdoppelte Blühen der Hügel wahrzunehmen. Auf ihnen gab es weder Bäume noch Sträucher irgendwelcher Größe. Der Eindruck für den Beschauer war Fülle, Wärme, Farbe, Ruhe, Gleichmäßigkeit, Sanftheit, Zartheit, Vornehmheit, Üppigkeit und ein so wundervolles Übermaß von Pflege, daß man träumen mochte, das Geschlecht der Feen, der fleißigen, geschmackvollen, prunkliebenden und stolzen Feen sei auferstanden; wenn aber der Blick von der scharfen Wassergrenze des myriadengetönten Hanges zu seiner in niedrig ziehenden Wolken verschwimmenden Höhe schweifte, so war es wirklich schwer, nicht an einen stürzenden Wasserfall von Rubinen, Saphiren, Opalen und goldschimmernden Onyxen zu denken, der schweigend aus dem Himmel niederstürzte.

Der Besucher, der plötzlich aus dem Dämmer der Schlucht in diese Bucht herausgleitet, ist entzückt und überrascht, den vollen Ball der untergehenden Sonne zu erblikken, die er längst tief unter dem Horizont glaubte, die ihm nun aber gegenübersteht und den einzigen Abschluß eines andernfalls unbegrenzten Ausblicks durch einen andern schluchtartigen Einschnitt in den Hügeln bildet.

Hier aber verläßt der Reisende das Schiff, das ihn soweit getragen hat, und besteigt ein leichtes Boot aus Elfenbein, das innen wie außen mit Arabesken in Scharlachrot geziert ist. Bug und Hinterteil des Bootes heben sich in scharfer

Spitze hoch aus dem Wasser, so daß die Form des Ganzen ein unregelmäßiger Halbmond ist. Mit der stolzen Anmut des Schwanes wiegt es sich auf dem Spiegel der Bucht. Auf seinem hermelinbelegten Boden ruht ein einziges leichtes Ruder aus Atlasholz; doch kein Ruderer oder Begleiter ist zu sehen. Der Gast wird gebeten, sich vertrauensvoll darauf zu verlassen, daß das Schicksal ihn behüten wird. Der größere Kahn verschwindet, und er bleibt allein in dem Boot zurück, das anscheinend unbeweglich mitten im See liegt. Während er überlegt, welchen Kurs er nehmen soll, spürt er jedoch, daß das Feenboot sich sacht bewegt. Es schwingt sich langsam herum, bis sein Bug zur Sonne weist.

Es bewegt sich mit sanfter, aber zunehmender Schnelligkeit voran, und das leichte Wellenkräuseln umtanzt die elfenbeinernen Bootswände wie mit himmlischen Melodien – und gibt jedenfalls die einzige Erklärung für die schmeichelnde, doch schwermütige Musik, nach deren unsichtbarem Ursprung der bestürzte Reisende vergeblich um sich blickt.

Das Boot rückt stetig voran, und das Felsentor der Durchsicht rückt näher, so daß man deutlicher in seine Tiefen spähen kann. Rechts erhebt sich ein Kette wild und üppig bewaldeter Höhen. Immer aber kann man sehen, daß die köstliche Sauberheit des Ufers dort, wo es ins Wasser taucht, gewahrt bleibt. Nicht ein Zeichen des an Flußufern sonst üblichen Verfalls ist wahrzunehmen. Nach links ist die Szene sanfter, und das Künstliche ist stärker betont. Hier schwingt sich das Ufer in sehr sanfter Steigung vom Fluß empor und bildet eine breite Rasenfläche, die nur mit Samt zu vergleichen ist und ein so strahlendes Grün aufweist, daß es mit dem reinsten Smaragd wetteifert. Dieses »Plateau« hat eine wechselnde Breite von zehn zu dreihundert Metern und reicht vom Ufer bis zu einer Mauer, die in unzähligen Kurven dahinzieht, im allgemeinen aber dem Flußlauf folgt, bis sie sich nach Westen in der Ferne verliert. Diese Mauer besteht aus einem zusammenhängenden Fels und ist dadurch entstanden, daß man den einst zerklüfteten Hang des südlichen Flußufers senkrecht abschnitt; doch nicht die kleinste Spur dieser Arbeit ist mehr zu sehen. Der gemischte Stein ist altersgrau und ist verschwenderisch mit Efeu, korallenrotem Geißblatt, der wilden Rose und Klematis behangen und umwuchert. Die Gleichmäßigkeit der obern und untern Abschlußlinie der Mauer wird durch Bäume von gigantischer Größe erreicht, die vereinzelt oder in Gruppen auf dem »Plateau« oder im Bereich hinter der Mauer, aber immer dicht neben ihr stehen, so daß zuweilen die Äste (besonders jene der schwarzen Walnuß) herübergreifen und ihre hängenden Spitzen ins Wasser tauchen. Weiter hinten ist das eingeschlossene Besitztum von undurchdringlichem Laubwerk verhüllt.

Diese Dinge bemerkt man, während das Boot der Stelle immer näher kommt, die ich das Tor der Durchsicht genannt habe. Je mehr man sich ihm nähert, desto mehr verschwindet das Zauberhafte daran; nach links öffnet sich ein neuer Abfluß aus der Bucht, und in dieselbe Richtung scheint auch die Mauer sich zu ziehen, die immer noch den Flußlauf begleitet. Weit kann das Auge nicht in diese neue Flucht hinunterspähen, denn das von der Mauer begleitete Wasser biegt wiederum nach links ab, bis beide im Laubdach verschwinden.

Das Boot aber gleitet wie durch Zauberkraft in das gewundene Flußbett, und hier zeigt das der Mauer gegenüberliegende Ufer Ähnlichkeit mit dem vorhin beschriebenen Ufer. Hohe Hügel, die sich gelegentlich zu Bergen erheben und eine üppige, wilde Vegetation tragen, schließen die Szene ein.

Das Boot gleitet sanft, aber mit zunehmender Geschwindigkeit dahin, bis nach vielen kurzen Drehungen der Reisende seinen Weg von einem gigantischen Tor oder vielmehr einer vergoldeten, überreich verzierten Tür gehemmt sieht,

die den vollen Strahlen der jetzt schnell sinkenden Sonne ein
so glänzender Spiegel ist, daß der ganze umliegende Wald in
Flammen zu stehen scheint. Dieses Tor ist in die hohe Mauer
eingelassen, die den Fluß hier scheinbar rechtwinklig kreuzt.
Nach kurzer Zeit allerdings sieht man, daß der Hauptstrom
des Wassers noch immer in sanftem und gedehntem Bogen
nach links gleitet, wie zuvor der Mauer folgend, während
eine nicht unbeträchtliche Strömung sich von dem Haupt-
arm abzweigt und leise kräuselnd unter dem Tor den Blicken
entschwindet. Das Boot fällt in den kleinen Kanal und nähert sich dem Tor. Seine weitausladenden Flügel dehnen sich
langsam und sanft erklingend. Das Boot gleitet hindurch
und fliegt eilig einem ungeheuren Amphitheater zu, das vollständig von purpurnen Bergen umschlossen ist, deren Füße
ein schimmernder Fluß umspült. Und nun zeigt sich den
Blicken urplötzlich dieses ganze Paradies Arnheim. Eine be-
zaubernde Melodie rauscht auf; ein seltsam süßes Duften
umschmeichelt die Sinne, – und traumgleich erstehen vor
dem Auge hohe, schlanke Zypressen, laubenartiges Ge-
sträuch, Scharen goldener und scharlachroter Vögel, lilien-
umsäumte Teiche, Wiesen voller Veilchen, Tulpen, Mohn,
Hyazinthen und Tuberosen, lange, gewundene, silberne
Wasserläufe und mitten aus alledem phantastisch emporste-
hend ein halb gotisches, halb maurisches Bauwerk, das wie
durch Wunderkraft frei in der Luft zu schweben scheint, im
roten Sonnenglanz mit hundert Erkern, Minaretten und Zin-
nen erglitzert und vermuten läßt, es sei ein Geisterwerk der
Sylphen, der Feen, der Genien und Gnomen.

Landors Landhaus

Während einer Wanderung, die mich letzten Sommer durch einige Flußtäler der Grafschaft Neuyork führte, sah ich mich, als der Tag zur Neige ging, in gewisser Verlegenheit, welchen Weg ich einschlagen sollte. Das Land war auffallend hügelig, und in der letzten halben Stunde hatte mich der Pfad, bei meinem Bemühen, mich in den Tälern zu halten, so verwirrend um und rundum geführt, daß ich nicht mehr ahnte, in welcher Richtung das reizende Dorf B... lag, wo ich die Nacht zu bleiben gedachte. Es hatte, genau genommen, den Tag über eigentlich keinen Sonnenschein gegeben, dennoch war es ungewöhnlich warm gewesen. Ein Nebelschleier, wie lauter Altweibersommer, verhängte alle Dinge und vermehrte natürlich meine Unsicherheit. Nicht daß ich die Sache sehr wichtig nahm. Sollte ich nicht vor Sonnenuntergang, selbst nicht vor Einbruch der Dunkelheit auf das Dorf stoßen, so war es doch mehr als wahrscheinlich, daß irgendein kleines Farmhaus oder dergleichen auftauchen würde, wenn auch die Gegend (vielleicht weil sie sich mehr malerisch als fruchtbar erwies) nur spärlich bewohnt war. Jedenfalls wäre ein Biwak im Freien, mit einem Rucksack als Kissen und meinem Jagdhund als Wächter, so recht nach meinem Geschmack gewesen. Ich schlenderte daher wohlgemut weiter und hatte meine Flinte Ponto aufgeladen, als ich schließlich, da ich eben Betrachtungen darüber anstellte, ob die zahlreichen kleinen Lichtungen, die hier- und dorthin führten, überhaupt Pfade vorstellen sollten, auf dem verlockendsten von ihnen auf einen richtigen Fahrweg geriet. Jeder Irrtum war ausgeschlossen. Leichte Räderspuren waren sichtbar, und obgleich das hohe Strauchwerk und das aufgeschlossene Unterholz sich oben zusammenschlossen, gab es am Boden nicht das geringste Hemmnis, selbst nicht für ein virginisches Berggefährt, meiner Meinung nach das anspruchsvollste, hochfahrendste Vehikel seiner Art. Abgesehen davon, daß der Weg frei in den Wald führte (wenn die Bezeichnung Wald nicht allzu wuchtig ist für dieses Beieinander lichter Bäume) und daß er deutliche Räderspuren aufwies, glich er auch nicht entfernt irgendeinem der Wege, die ich je gesehen hatte. Die besagten Spuren waren kaum wahrnehmbar auf einer Fläche, die eine lebhafte Ähnlichkeit mit grünem Genueser Samt besaß. Es war Gras, gewiß, aber Gras, wie wir es außer in England selten sehen, so kurz, so dicht, so eben und von so leuchtender Farbe. Nicht das geringste Hindernis fand sich in der Radspur, nicht einmal ein Span oder ein dürrer Zweig. Die Steine, die einst den Weg gehemmt hatten, waren zur Seite des Weges sorgsam niedergelegt, nicht geworfen worden, so daß sie den Rasen mit einer sozusagen nachlässigen Sorgsamkeit malerisch abgrenzten. Büsche wilder Blumen wuchsen in den Zwischenräumen in verschwenderischer Fülle.

Was ich aus alledem machen sollte, wußte ich natürlich nicht. Hierin lag unzweifelhaft Kunst. Das überraschte mich nicht; alle Wege sind im herkömmlichen Sinne Kunstwerke; auch kann ich nicht sagen, daß lediglich die Übertreibung des Künstlerischen so wundersam erschien; alles, was hier geschehen war, mochte *hier*, wo soviel natürliche »Anlage« vorlag (wie man das in Büchern über Landschaftsgärtnerei findet), mit sehr wenig Arbeit und Ausgaben getan worden sein. Nein, es war nicht die Fülle, sondern der Charakter des Künstlerischen, was mich veranlaßte, mich auf einen der umblühten Steine niederzulassen und wohl eine halbe Stunde oder länger diese feenhafte Allee voll staunender Bewunderung hinauf und hinunter zu blicken. Eines wurde mir, je länger ich schaute, mehr und mehr deutlich: ein Künstler, und zwar ein Künstler mit außerordentlich scharfem Blick für Formen, hatte alle Anordnungen im voraus überlegt. Man war mit größter Sorgfalt bedacht gewesen, zwischen dem Hübschen und Anmutigen einerseits und dem »Pittoresken«, im wahren Sinne der italienischen Bezeichnung, andrerseits die rechte Mitte zu halten. Es gab wenig gerade und keine auf die Länge ungebrochenen Linien. Dasselbe Bild in Krümmung oder Farbe bot sich, soweit das Auge reichte, meist zweimal, doch nicht öfter. Überall in der Einförmigkeit war Abwechslung. Es war ein Stück »Komposition«, in der selbst der anspruchsvollste kritische Geschmack kaum eine Verbesserung hätte vorschlagen können.

Als ich diesen Weg betrat, hatte ich mich nach rechts gewandt, und nun erhob ich mich und verfolgte dieselbe Richtung. Der Pfad war so gewunden, daß ich seinen Lauf nie mehr als zwei, drei Schritte weit vor mir sah. Seine Anlage erfuhr nicht die geringste Wandlung.

Plötzlich traf das sanfte Murmeln eines Wassers mein Ohr, und einige Augenblicke später, als der Pfad mich noch überraschender als bisher um die Ecke führte, gewahrte ich, daß am Fuße eines dicht vor mir abfallenden sanften Hanges irgendein Gebäude lag. Ich konnte aber infolge des Dunstschleiers, der das ganze kleine Tal drunten erfüllte, nichts deutlich erkennen. Jetzt erhob sich jedoch ein leichter Wind, denn die Sonne war am Untergehen, und während ich auf dem Hügelkamm stehen blieb, zerteilte sich der Nebel in krause Fetzen und flutete über die Szene.

Wie die Dinge so allmählich zum Vorschein kamen, Stück um Stück, hier ein Baum, da ein Wasserblinken und hier wieder ein Stück Schornstein, war mir nicht anders zumute, als sei das Ganze eines jener geschickten Trugbilder, wie sie zuweilen unter der Bezeichnung »Vexierbilder« dargeboten werden.

Mit der Zeit jedoch, als der Nebel sich völlig verzogen hatte, war auch die Sonne hinter die sanften Hänge hinabgesunken, kam nun aber, als habe sie ein leichtes »chassez« nach Süden gemacht, wieder in volle Sicht, indem sie in purpurnem Glanz durch eine Kluft im Westen des Tales hereinschimmerte. Plötzlich also und wie mit Zauberhand wurde dieses ganze Tal und alles, was darin war, strahlend sichtbar.

Der erste »COUP D'ŒIL«, als die Sonne in die angegebene Stellung glitt, machte mir einen ähnlichen Eindruck, wie ihn mir in meiner Knabenzeit das Schlußbild eines gut inszenierten Schauspiels oder Melodramas hervorrief. Nicht einmal die Ungeheuerlichkeit in der Farbengebung fehlte, denn die Sonne drang durch die Kluft in sattem Orangerot und Purpur, während das lebhafte Grün des Grases im Tal durch den Dunstschleier, der noch immer darüber schwebte, als widerstrebe ihm die Trennung von einem so zauberhaft schönen Bild, mehr oder weniger auf alle Dinge zurückgestrahlt wurde.

Das kleine Tal, in das meine Blicke so unter der Nebelschicht hinabtauchten, konnte nicht mehr als vierhundert Meter Länge haben, die Breite wechselte von fünfzig zu hundertundfünfzig oder auch zweihundert Metern. An seinem Nordende war es außerordentlich schmal und verbreiterte sich, aber nicht gerade regelmäßig, nach Süden hin. Die größte Breite erreichte es ungefähr achtzig Meter vor dem südlichen Ende. Die Hänge, die das Tal umgaben, konnten nicht eigentlich Hügel genannt werden, höchstens an ihrer Nordseite. Hier erhob sich eine steile Felswand bis zu einer Höhe von neunzig Fuß und mehr, und wie ich schon sagte, war das Tal hier nicht breiter als fünfzig Meter. Wer sich aber von diesem Felsenriff nach Süden wandte, der fand zur Rechten und Linken Abhänge, die weniger hoch wie auch weniger steil und weniger felsig waren. Mit einem Wort, nach Süden hin wurde alles schräger und sanfter, und doch war das ganze Tal von mehr oder weniger hohen Erhebungen umgürtet, abgesehen von zwei Punkten. Von einem dieser Punkte habe ich schon gesprochen. Er lag gegen Nordwesten, und hier war es, wo die Sonne in der geschilderten Weise in das Amphitheater ihren Weg fand, durch eine sauber geschnittene, natürliche Kluft in der granitenen Umfassung. Dieser Einschnitt mochte an seiner breitesten Stelle zehn Meter betragen – soweit das Auge das zu schätzen vermochte. Er schien wie eine natürliche Chaussee sachte aufwärts zu führen, in die Gründe noch undurchforschter Berge und Wälder. Die andre Öffnung befand sich genau am südlichen Talende. Hier waren die Hügel im allgemeinen kaum mehr als sanfte Wellungen, die von Osten nach Westen in einer Breite von etwa hundertundfünfzig Metern verliefen. In der Mitte dieser Strecke lag eine Senkung, die bis auf die Bodenhöhe des Tales herabging. Wie in allem andern, so bot die Szene auch hinsichtlich der Vegetation ein nach Süden hin niedrigeres und sanfteres Bild. Nach Norden, an dem steilen Felshang, erhoben sich nicht weit vom Gipfel die prächtigen Stämme vom weißen und schwarzen Walnußbaum, vom Kastanienbaum und vereinzelten Eichen, und die besonders von den Walnußbäumen streng waagerecht gebreiteten Äste sprangen weit über den Felsrand vor. Nach Süden fortschreitend, sah man zunächst dieselben Baumarten, nur weniger hochgewachsen und majestätisch; dann begegnete man der schlankeren Ulme, dem Sassafras und der Robinie – ihnen folgte die sanftere Linde, der Judasbaum, Trompetenbaum und Ahorn – und schließlich kamen noch anmutigere und bescheidenere Arten. Die ganze südliche Hügelwelle war nur mit wildem Strauchwerk bedeckt, bis auf eine paar vereinzelte Silberweiden und Silberpappeln. Drunten im Tale selbst (denn man muß beachten, daß die genannte Vegetation nur auf den Felsen oder Hügelwänden wuchs) sah man drei einzeln stehende Bäume. Der eine war eine Ulme von beträchtlicher Größe und herrlicher Gestalt; sie stand als Wächter am südlichen Eingang des Tales. Der zweite war ein Nußbaum, viel größer als die Ulme und alles in allem ein viel edlerer Baum, wenngleich beide ausnehmend schön waren. Er schein den nordwestlichen Zutritt zu bewachen, wie er da aus einer Felsengruppe seine vornehme

Gestalt mitten in den offenen Rachen der Schlucht hinausreckte, in einem Winkel von fast fünfundvierzig Grad, weit hinaus in den Sonnenschein des Amphitheaters.

Etwa dreißig Meter östlich von diesem Baum stand jedoch der Stolz des Tales und ohne Frage der prächtigste Baum, den ich je gesehen habe, ausgenommen vielleicht die Zypressen von Itchiatuckanee. Es war ein dreistämmiger Tulpenbaum – ein LIRIODENDRON TULIPIFERUM – eine der wilden Magnolienarten. Die drei Stämme trennten sich vom Mutterstamm in etwa drei Fuß Höhe, strebten nur ganz allmählich auseinander und waren dort, wo der breiteste Stamm Laub ansetzte, nicht mehr als vier Fuß auseinander. Das war in einer Höhe von ungefähr achtzig Fuß. Die ganze Höhe des Baumes betrug einhundertzwanzig Fuß. Nichts kommt an Schönheit dem leuchtkräftigen Grün der Blätter des Tulpenbaumes gleich. Im gegenwärtigen Fall waren sie volle acht Zoll breit; ihre Pracht aber wurde übertroffen von dem schwellenden Prunk üppiger Blüten. Man stelle sich eine Million dicht zusammengedrängter, strahlendster Tulpen vor! Nur so kann sich der Leser eine Vorstellung von dem Bild machen, das ich ihm vermitteln möchte. Und dann die stolze Anmut der sauberen, zart gekerbten säulenartigen Stämme, deren größter zwanzig Fuß vom Boden einen Durchmesser von vier Fuß hatte. Die unzähligen Blüten erfüllten im Verein mit den Blüten andrer, kaum weniger schöner, allerdings weit weniger majestätischer Bäume das Tal mit Wohlgerüchen, die köstlicher waren als die Wohlgerüche Arabiens.

Der eigentliche Boden des Amphitheaters bestand aus Gras von derselben Beschaffenheit, wie ich es auf dem Weg gefunden hatte, höchstens noch weicher, üppiger und von einem noch wundervolleren, samtartigen Grün. Es war schwer zu fassen, wie all diese Schönheit erzielt werden konnte.

Ich habe von den zwei Öffnungen im Tal gesprochen; aus

der ersten gen Nordwesten ergoß sich ein Bächlein, das mit sanftem Murmeln und einigem Schäumen die Schlucht herunterkam, bis es gegen die Felsengruppe prallte, aus der der einzelstehende Walnußbaum aufschoß. Hier umkreiste es den Baum und wandte sich dann etwas nach Nordwesten, den Tulpenbaum einige zwanzig Fuß südlich lassend; nun veränderte es seinen Lauf nicht eher, als bis es etwa die Mitte zwischen der östlichen und westlichen Grenze des Tales erreicht hatte. An dieser Stelle bog es nach mehreren Krümmungen im rechten Winkel ab und verfolgte eine im allgemeinen südliche Richtung, bis es sich eilig in einem kleinen See von unregelmäßiger, aber ziemlich ovaler Form verlor, der schimmernd nahe am südlichen Talausgang lag. Dieser See hatte vielleicht an seiner breitesten Stelle hundert Meter Durchmesser. Kein Kristall konnte klarer sein als seine Wasser. Sein Grund, den man deutlich sehen konnte, bestand überall aus strahlend weißen Kieseln. Seine Ufer, von besagtem Smaragdgrün, rundeten sich in den klaren Himmel hinunter, und so klar war dieser Himmel, so vollkommen spiegelte er zuzeiten alle Gegenstände von oben, daß es schwer festzustellen war, wo das wirkliche Ufer aufhörte und das widergespiegelte begann. Die Forelle und einige andre Fischarten, von denen es im Weiher wimmelte, erweckten alle den Anschein von fliegenden Fischen. Es war schwer, nicht anzunehmen, daß sie einfach in der Luft hingen. Ein leichtes Birkenboot, das friedlich auf dem Wasser lag, wurde von dem so köstlich polierten Spiegel bis in seine feinsten Rippen mit unerhörter Treue wiedergegeben. Eine kleine Insel im heitern Schmuck vollerblühter Blumen und nur gerade groß genug, um ein malerisches kleines Bauwerk zu tragen, offenbar ein Wasservogelhaus, erhob sich im See, nicht weit von seinem nördlichen Ufer – mit dem sie durch eine unbegreiflich zierlich wirkende und doch ganz primitive Brücke verbunden war. Sie bestand aus einer einzigen, breiten und dikken Planke aus Tulpenholz. Sie war vierzig Fuß lang und überspannte den Raum zwischen Ufer und Ufer in leichtem, doch gut wahrnehmbarem Bogen, der jede Schwankung ausschloß. Aus dem Südende des Sees ergoß sich wieder der Bach, der sich ungefähr dreißig Meter in Windungen ergötzte und dann schließlich durch die schon beschriebene Niederung in der Mitte der südlichen Hänge hindurchfloß und, in eine Tiefe von hundert Fuß hinuntertaumelnd, seinen vielfach gewundenen Weg zum Hudson nahm.

Der See war tief – an manchen Stellen bis zu dreißig Fuß, der Bach aber hatte selten mehr als drei, während seine größte Breite etwa acht betrug. Sein Bett und die Ufer glichen denen des Weihers – wenn etwas daran auszusetzen war, so war es dies, daß die malerische Wirkung vielleicht durch übertriebene Sauberkeit beeinträchtigt wurde.

Die Weite des grünen Feldes wurde gelegentlich durch einen Zierstrauch unterbrochen, wie Hortensie, Schneeball oder duftendes Jasmingesträuch; häufiger noch durch eine Geraniumgruppe, die in allen Varietäten üppig blühte. Diese Geranien standen in Töpfen, die sorgfältig in die Erde gegraben waren, um den Eindruck wildwachsender Pflanzen hervorzurufen. Überdies war der Wiesensamt anmutig von Schafen belebt, die als stattliche Herde das Tal durchstreiften, in Gesellschaft dreier zahmen Rehe und einer beträchtlichen Anzahl strahlendgefiederter Enten. Ein sehr großer Bullenbeißer schien all diesen Tieren, dem einzelnen wie der Gesamtheit, eine wachsame Aufmerksamkeit zu widmen.

An den östlichen und westlichen Felsen – dort, wo die Begrenzung nach den höhergelegenen Teilen des Amphitheaters hin mehr oder weniger steil war – zog sich in verschwenderischer Fülle Efeu hin, so daß man nur hie und da ein Fleckchen nackten Fels hindurchschimmern sah. Der Westabhang war gleicherweise fast vollständig mit selten prächtigen Reben bedeckt, die zum Teil vom Fuße des Felsens aufstrebten, zum Teil am Hange selbst hervorwuchsen.

Die geringe Erhebung, aus der die untere Abgrenzung

dieser kleinen Besitzung bestand, wurde von einer sauberen Steinmauer gekrönt, deren Höhe genügte, das Entweichen des Wildes zu verhindern. Nirgends sonst war eine Einfriedung zu bemerken; denn nirgends sonst war ein künstlicher Abschluß nötig. Wollte zum Beispiel ein versprengtes Schaf versuchen, sich durch die Schlucht aus dem Tal zu entfernen, so würde es sein Vorwärtskommen nach wenigen Schritten durch den steilen Felsenvorsprung gehemmt sehen, über den der Wasserfall herabstürzte, der gleich, als ich mich der Ansiedlung näherte, meine Aufmerksamkeit erregt hatte. Kurz, der einzige Ein- und Ausgang bestand aus einem Tor, das einen Felspfad sperrte, wenige Schritte unterhalb der Stelle, auf der ich stehen blieb, um die Szene zu betrachten.

Ich habe geschildert, wie der Bach in seinem Laufe viele unregelmäßige Windungen machte. Seine beiden Hauptrichtungen liefen, wie ich sagte, zuerst von West nach Ost und dann von Norden nach Süden.

Da, wo der Wasserlauf den Bogen machte und wieder nach rückwärts lief, schloß er eine fast kreisrunde Schlinge, so daß eine Halbinsel entstand, die beinahe eine Insel war. Auf dieser Halbinsel stand ein Wohnhaus – und wenn ich sage, daß dieses Haus, gleich der Höllenterrasse, die Vathek sah, »ÉTAIT D'UNE ARCHITECTURE INCONNUE DANS LES ANNALES DE LA TERRE«, so meine ich lediglich, daß das Ganze mich durch seine Eigenart wie auch durch seine Zweckmäßigkeit ungemein verblüffte – mit einem Wort, durch »Poesie« – denn ich könnte kaum mit andern Bezeichnungen als den vorstehend gewählten eine genaue Definition für abstrakte Poesie geben – und ich meine nicht, daß das »OUTRÉ« in irgendeiner Hinsicht bemerkenswert war.

In der Tat, nichts hätte wohl einfacher – unaufdringlicher wirken können als dieses Landhaus. Sein wundersamer Eindruck lag ausschließlich in seiner künstlerischen, bildhaften Anlage. Während ich hinsah, hätte ich mir vorstellen können, ein hochbedeutender Landschaftsmaler habe es mit seinem Pinsel geschaffen.

Der Aussichtspunkt, von dem aus ich das Tal zum ersten Male sah, war zur Betrachtung des Hauses nicht der beste, aber doch fast der beste Platz. Ich will es daher so beschreiben, wie es sich mir später bot – von dem Steinwall am Südende des Amphitheaters aus gesehen.

Das Hauptgebäude hatte eine Länge von ungefähr vierundzwanzig Fuß und eine Tiefe von sechzehn – sicher nicht mehr. Seine Gesamthöhe vom Boden bis zur Dachspitze konnte nicht mehr als achtzehn Fuß betragen. An der Westseite dieses Bauwerks war ein zweites angefügt, das in allen seinen Teilen etwa ein Drittel kleiner war: – seine Vorderseite stand etwa zwei Meter hinter der des größeren Hauses zurück, und sein Dach verlief natürlich beträchtlich niedriger als das benachbarte. In rechtem Winkel zu diesen Gebäuden und am Ende des Hauptbaues – aber nicht genau in der Mitte – erstreckte sich ein dritter, sehr kleiner Bau – im ganzen ein Drittel kleiner als der westliche Flügel. Die Dächer der beiden größeren Bauten waren sehr steil – glitten in einer langen, konkaven Kurve vom First hernieder und griffen mindestens vier Fuß über die Frontmauern hinaus, so daß sie noch die Bedachung zweier Laubengänge bildeten. Als solche bedurften sie selbstredend keiner Stützen; da sie aber dem Anschein nach Stützen brauchten, so waren nur an den Ecken leichte und völlig glatte Säulen eingeschaltet worden. Das Dach des nördlichen Flügels war nur eine Verlängerung des Hauptdaches. Zwischen dem Hauptgebäude und dem westlichen Flügel erhob sich ein sehr hoher und ziemlich schlanker, viereckiger Schornstein aus harten schottischen Ziegeln, abwechselnd schwarzen und roten – mit einer schmalen Kranzleiste ausladender Ziegel am oberen Ende. Auch über die Giebel sprangen die Dächer sehr weit vor – am Hauptbau etwa vier Fuß nach Osten und zwei nach Westen. Die Eingangstür befand sich nicht genau in der Mitte, sondern etwas mehr östlich, während die beiden Fenster westlich davon lagen. Sie reichten nicht bis zur Erde, waren aber viel länger und schmaler als üblich – sie hatten einflügelige Fensterladen, die wie Türen aussahen – die Glasscheiben hatten Rautenform, aber von ziemlicher Größe. Die Tür selbst bestand in ihrem oberen Teil aus Glas, ebenfalls in Rautenform – durch einen beweglichen Schalter nachts verschließbar. Die Tür für den Westflügel befand sich in der Giebelseite und war sehr einfach – ein einziges Fenster wies hier nach Süden. Am Nordflügel gab es keine Außentür, und er hatte auch nur ein Fenster nach Osten.

Die nackte Wand des östlichen Giebels wurde durch eine Treppe mit Geländer gehoben, die schräg daran emporlief – der Aufstieg begann von Süden. Unter dem Schutz des weit vorspringenden Dachbogens führten diese Stufen zu einer Dachkammer, mehr einem Bodenraum – denn er erhielt sein Licht nur durch ein einziges Fenster nach Norden und schien als Speicher gedacht zu sein.

Die Vorplätze des Hauptgebäudes und westlichen Flügels waren nicht, wie sonst üblich, gepflastert. Aber an den Türen und vor jedem Fenster lagen große, flache, unregelmäßige Granitplatten im herrlichen Grasteppich, die ein angenehmes Gehen bei jeder Witterung ermöglichten.

Prächtige Pfade aus dem gleichen Material – nicht zierlich ausgeführt, sondern von dem samtenen Grün unterbrochen, das in Abständen zwischen den Steinen hervorquoll, führten vom Hause hierhin und dorthin, zu einer kristallenen Quelle in fünf Schritt Entfernung, zu dem Weg oder ein paar Nebengebäuden, die hinter dem Bach nach Norden lagen und durch einige Akazien- und Trompetenbäume völlig verborgen wurden.

Nicht mehr als sechs Schritt vom Haupteingang des Landhauses erhob sich der tote Strunk eines phantastischen Birnbaumes, so ganz von Kopf zu Fuß in üppige Bignoniablüten gehüllt, daß es keine Kleinigkeit war, zu ergründen, woraus diese wunderschöne Sache eigentlich bestand. An verschiedenen Ästen dieses Baumes hingen Käfige aller Art. In einem großen, zylinderförmigen Weidengeflecht vergnügte sich ein Spottvogel, in einem andern ein Pirol, in einem dritten die dreiste Reisammer – während aus drei bis vier zierlicheren Zellen der Gesang von Kanarienvögeln erschallte.

Die Pfeiler der Vorplätze waren von Jasmin und Geißblatt umrankt, und im Winkel, wo Hauptbau und Westflügel sich trafen, erhob sich ein Weinstock von unvergleichlicher Pracht. Alle Hindernisse nehmend, hatte er erst das tieferliegende Dach erklommen, dann das höhere, und am Rande des letzteren wand er sich weiter, nach rechts und nach links Ranken aussendend, bis er schließlich glücklich den Ostgiebel erreichte und sich die Treppe herunterwand.

Das ganze Haus samt seinen Flügeln war mit den altmodischen schottischen Schindeln, die breit und eckig sind, belegt. Es ist eine Eigenart dieses Materials, daß es die Häuser unten breiter als oben erscheinen läßt, gleich den ägyptischen Bauwerken, und hier wurde dieser außerordentlich malerische Eindruck durch zahlreiche Töpfe voll prächtiger Blumen unterstützt, die beinahe den gesamten Bau umringten.

Die Schindeln hatten einen mattgrauen Anstrich, und die glückliche Kontrastwirkung dieser neutralen Tönung zu dem lebhaften Grün der Blätter des Tulpenbaumes, der das Landhaus teilweise überschattete, wird jeder Künstler begreifen.

Von einem Platz am Steinwall aus war der Anblick der Gebäude am vorteilhaftesten, denn der südöstliche Flügel sprang vor, so daß das Auge gleichzeitig die beiden Fronten mit dem malerischen östlichen Giebel umfaßte und noch ein Stückchen vom Nordgiebel dazu, ferner etwa die Hälfte einer leichten Brücke, die sich in nächster Nähe des Hauptgebäudes über den Bach spannte.

Ich blieb nicht sehr lange auf dem Hügelkamm, wenngleich lange genug, um das Bild zu meinen Füßen gründlich in mich aufzunehmen. Es war klar, daß ich vom Weg zum Dorf abgekommen war, und ich hatte daher die gute Berechtigung des Wanderers, das Tor vor mir zu öffnen und jedenfalls meinen Weg zu erfragen; so trat ich ohne viel Umstände näher.

Der Pfad schien hinter dem Tor einem natürlichen Felsensteig zu folgen und schlängelte sich allmählich an den nordöstlichen Klippen hinunter. Er führte mich an den Fuß des nördlichen Abhangs hinab und dann über die Brücke, um den östlichen Giebel herum zum Haupteingang. Dabei stellte ich fest, daß von den Nebengebäuden nichts zu sehen war.

Als ich um die Ecke der Giebelseite kam, lief der Bullenbeißer in Sätzen auf mich zu, stumm, aber mit dem Blick und dem Gebaren eines Tigers. Ich streckte ihm jedoch meine Hand hin, als Freundschaftszeichen, und ich habe noch keinen Hund gekannt, der solch einem Appell an seine Höflichkeit widerstanden hätte. Er schloß nicht nur den Rachen und wedelte mit dem Schwanz, sondern bot mir eindringlich die Pfote, um dann auch Ponto seine Begrüßung zu erweisen.

Da keine Klingel zu entdecken war, pochte ich mit dem Stock an die Tür, die halb offen stand. Sogleich näherte sich eine Gestalt – die eines jungen Weibes von ungefähr achtundzwanzig Jahren – schlank und etwas über Mittelgröße. Als sie mit einem gewissen nicht zu beschreibenden Schritt von bescheidener Entschiedenheit herantrat, sagte ich zu mir selbst: »Hier habe ich nun die Vollendung der natürlichen im Gegensatz zur künstlerischen Anmut gefunden.« Der zweite Eindruck, den sie in mir hervorrief, der aber noch weit lebhafter war als der erste, war Begeisterung. Ein so intensiver Ausdruck von Romantik – so sollte ich es vielleicht nennen – oder von Unweltlichkeit, wie er aus ihren tiefliegenden Augen schimmerte, war mir nie vorher ins innerste Herz gedrungen. Ich weiß nicht, wie das ist, aber dieser besondere Ausdruck im Auge, der gelegentlich auch den Mund kräuselt, ist der mächtigste, wenn nicht der durchaus einzige Zauber, mit dem ein Weib mich fesseln kann. »Romantik« – vorausgesetzt, daß meine Leser begreifen, was ich hier mit dem Wort besagen will – »Romantik« und »Weiblichkeit« sind für mich dieselben Begriffe, und was schließlich der Mann im Weibe wirklich liebt, ist einfach ihre Weiblichkeit. Annies Augen (ich hörte, wie jemand von drinnen rief: »Annie, Liebes!«) waren »geistvoll grau«, ihr Haar war ein lichtes Kastanienbraun; das war alles, was ich beobachten konnte.

Ihrer sehr artigen Einladung folgend, trat ich ein und durchschritt zunächst eine ziemlich weite Diele. Da ich hauptsächlich gekommen war, um zu beobachten, stellte ich fest, daß sich rechts von mir ein solches Fenster befand, wie sie von außen zu sehen gewesen waren, links eine Tür, die in das Hauptgemach führte, während gegenüber eine offene Tür mir Einblick in ein kleines Zimmer gestattete, das, von derselben Größe wie die Diele, als Arbeitszimmer eingerichtet war und ein großes Bogenfenster nach Norden hatte.

Ich trat ins Wohnzimmer und sah mich Mr. Landor gegenüber, denn so war, wie ich später erfuhr, sein Name. Er war höflich, ja kordial von Wesen, aber ich blieb eben jetzt eifriger bedacht, die Einrichtung des Hauses, das mich so ungemein interessierte, zu betrachten, als die persönliche Erscheinung des Besitzers.

Der Nordflügel, den ich nun sah, bestand aus einem Schlafzimmer, dessen Tür in das Wohnzimmer führte. Den Boden bedeckte ein Teppich von prächtigem Gewebe: kleine, grüne, kreisende Figuren auf weißem Grunde. An den Fenstern befanden sich Vorhänge aus schneeweißem Jakonettmusselin; sie waren ziemlich schwer und hingen genau, vielleicht etwas steif, in strengen, gleichmäßigen Falten bis auf den Boden – genau bis auf den Boden. Die Wände waren mit einer sehr zarten französischen Tapete bekleidet, auf

deren silbernem Grund ein blaßgrüner Faden in Zickzackli-
nien hindurchlief. Sie wurde in ihrer ganzen Ausdehnung
nur von drei kostbaren Lithographien Juliens »À TROIS
CRAYONS« unterbrochen, die ungerahmt an der Wand befe-
stigt waren. Eine der Zeichnungen war eine Szene voll orien-
talischer Pracht oder besser Üppigkeit, eine andere ein Kar-
nevalsbild, unvergleichlich geistvoll, die dritte bot den Kopf
einer Griechin: ein so göttlich schönes und dabei so heraus-
fordernd unentschiedenes Antlitz hatte ich nie vorher gesehen.

Die gegenständliche Einrichtung bestand aus einem runden Tisch, ein paar Stühlen (darunter ein großer Schaukel-
stuhl) und einem Sofa oder besser einem »Kanapee«; es war
aus glattem, gelblich-weiß lackiertem Ahornholz mit zarten,
grünen Streifen, der Sitz war Rohrgeflecht. Die Stühle und
der Tisch »paßten« dazu, aber ganz offenbar war die Form
eines jeden Gegenstandes von demselben Kopf entworfen,
der »die Landschaft« angelegt hatte – man kann sich nichts
Anmutigeres denken.

Auf dem Tisch lagen ein paar Bücher, stand eine große,
eckige Kristallflasche mit einem eigenartigen Parfüm, eine
Astral-(nicht Solar-)Lampe aus glattem Milchglas mit einer
italienischen Glocke und eine große Vase strahlend blühen-
der Blumen. Blumen in verschwenderischer Farbenpracht
und zarten Düften bildeten tatsächlich den einzigen
Schmuck des Zimmers. Der Kamin war fast ausgefüllt von
einer Vase mit leuchtenden Geranien. Ein dreieckiges Wand-
brett in jeder Zimmerecke trug je eine ähnliche Vase, nur ihr
lieblicher Inhalt wechselte. Ein paar kleinere Sträuße zierten
den Kaminsims, und späte Veilchen umdrängten die offenen
Fenster.

Es liegt nicht in der Absicht dieser Erzählung, mehr zu
geben als eine eingehende Schilderung von Mr. Landors
Wohnsitz, wie ich ihn fand.

Anmerkung

Wolf Durian übersetzte *Eine mesmeristische Offenbarung.*
Von Gisela Etzel stammen die Übersetzungen von *Berenice,
Morella, Das Stelldichein, Metzengerstein, Ligeia, Schwei-
gen, Der Untergang des Hauses Usher, William Wilson,
Eleonora, Das ovale Porträt, Eine Erzählung aus den Rag-
ged Mountains* und *Die Tatsachen im Falle Waldemar.* Ma-
rie Ewers übertrug die Geschichten *Schatten, Die Insel der
Fee, Der Herrschaftssitz Arnheim* und *Landors Landhaus,*
Karl Lerbs *Das Gespräch zwischen Eiros und Charmion,
Das Zwiegespräch zwischen Monos und Una* und *Die Schöp-
ferkraft der Worte* ins Deutsche.